btb
Aus Freude am Lesen

btb

Buch

Tauben im Gras (1951) ist der erste Roman jener »Trilogie des Scheiterns«, mit der Wolfgang Koeppen eine erste kritische Bestandsaufnahme der sich formierenden Bundesrepublik gab. Mit Vehemenz und unerbittlicher Schärfe analysiert Koeppen die Rückstände jener Ideologien und Verhaltensweisen, die zu Faschismus und Krieg geführt haben und die schließlich in den fünfziger Jahren die Restauration der überkommenen Verhältnisse protegieren. Dabei ist das Verfahren von *Tauben im Gras* ein kaleidoskopartiges: der ganze Roman schildert Vorgänge eines einzigen Tages im München des Jahres 1949. Mit einer Fülle atmosphärisch genauer Details zeichnet Koeppen den Nachkriegsalltag dieser Stadt. Im Mittelpunkt steht der verhinderte Schriftsteller Philipp, ein Held des Scheiterns, ins Mißlingen verliebt, ein Träumer und intellektueller Zauderer, unfähig, einen aktiven Part im Leben zu übernehmen.

Autor

Wolfgang Koeppen, geboren am 23. Juni 1906 in Greifswald (Pommern), ist am 15. März 1996 in München gestorben. 1962 wurde er mit dem Georg-Büchner-Preis ausgezeichnet. Bekannt wurde Wolfgang Koeppen durch die Romane *Eine unglückliche Liebe*, 1934, *Die Mauer schwankt*, 1935, und die nach dem Kriegsende erschienenen Romane *Tauben im Gras*, 1951, *Das Treibhaus*, 1953, *Der Tod in Rom* 1954.

Wolfgang Koeppen

Tauben im Gras

Roman

btb

Umwelthinweis:
Alle bedruckten Materialien dieses Taschenbuches
sind chlorfrei und umweltschonend.

btb Taschenbücher erscheinen im Goldmann Verlag,
einem Unternehmen der Verlagsgruppe Random House GmbH.

2. Auflage
Genehmigte Taschenbuchausgabe April 2001

Umschlaggestaltung: Design Team München
Umschlagfoto: Stone / Share
Satz: IBV Satz- und Datentechnik GmbH, Berlin
KR · Herstellung: Augustin Wiesbeck
Made in Germany
ISBN 3-442-72705-7
www.btb-verlag.de

Tauben im Gras

Pigeons on the grass alas

GERTRUDE STEIN

Handlung und Personen des Romans *Tauben im Gras* sind frei erfunden. Ähnlichkeiten mit Personen und Geschehnissen des Lebens sind Zufall und vom Verfasser nicht beabsichtigt.

»Tauben im Gras« wurde kurz nach der Währungsreform geschrieben, als das deutsche Wirtschaftswunder im Westen aufging, als die ersten neuen Kinos, die ersten neuen Versicherungspaläste die Trümmer und die Behelfsläden überragten, zur hohen Zeit der Besatzungsmächte, als Korea und Persien die Welt ängstigten und die Wirtschaftswundersonne vielleicht gleich wieder im Osten blutig untergehen würde. Es war die Zeit, in der die neuen Reichen sich noch unsicher fühlten, in der die Schwarzmarktgewinner nach Anlagen suchten und die Sparer den Krieg bezahlten. Die neuen deutschen Geldscheine sahen wie gute Dollars aus, aber man traute doch mehr den Sachwerten, und viel Bedarf war nachzuholen, der Bauch war endlich zu füllen, der Kopf war von Hunger und Bombenknall noch etwas wirr, und alle Sinne suchten Lust, bevor vielleicht der dritte Weltkrieg kam. Diese Zeit, den Urgrund unseres Heute, habe ich geschildert, und ich möchte nun annehmen, sie allgemeingültig beschrieben zu haben, denn man glaubte, in dem Roman »Tauben im Gras« einen Spiegel zu sehen, in dem viele, an die ich beim Schreiben nicht gedacht hatte, sich zu erkennen wähnten, und manche, die ich nie in Verhältnissen und Bedrückungen vermutet hatte, wie dieses Buch sie malt, fühlten sich zu meiner Bestürzung von mir gekränkt, der ich nur als Schriftsteller gehandelt hatte und nach dem Wort Georges Bernanos' »das Leben in meinem Herzen filterte, um die geheime, mit Balsam und Gift erfüllte Essenz herauszuziehen«.

(Vorwort zur 2. Auflage)

Flieger waren über der Stadt, unheilkündende Vögel. Der Lärm der Motoren war Donner, war Hagel, war Sturm. Sturm, Hagel und Donner, täglich und nächtlich, Anflug und Abflug, Übungen des Todes, ein hohles Getöse, ein Beben, ein Erinnern in den Ruinen. Noch waren die Bombenschächte der Flugzeuge leer. Die Auguren lächelten. Niemand blickte zum Himmel auf.

Öl aus den Adern der Erde, Steinöl, Quellenblut, Fett der Saurier, Panzer der Echsen, das Grün der Farnwälder, die Riesenschachtelhalme, versunkene Natur, Zeit vor dem Menschen, vergrabenes Erbe, von Zwergen bewacht, geizig, zauberkundig und böse, die Sagen, die Märchen, der Teufelsschatz: er wurde ans Licht geholt, er wurde dienstbar gemacht. Was schrieben die Zeitungen? *Krieg um Öl, Verschärfung im Konflikt, der Volkswille, das Öl den Eingeborenen, die Flotte ohne Öl, Anschlag auf die Pipeline, Truppen schützen Bohrtürme, Schah heiratet, Intrigen um den Pfauenthron, die Russen im Hintergrund, Flugzeugträger im Persischen* Golf. Das Öl hielt die Flieger am Himmel, es hielt die Presse in Atem, es ängstigte die Menschen und trieb mit schwächeren Detonationen die leichten Motorräder der Zeitungsfahrer. Mit klammen Händen, mißmutig, fluchend, windgeschüttelt, regennaß, bierdumpf, tabakverbeizt, unausgeschlafen, alpgequält, auf der Haut noch den Hauch des Nachtgenossen, des Lebensgefährten, Reißen in der Schulter, Rheuma im Knie, empfingen die Händler die druckfrische Ware. Das Frühjahr war kalt. Das Neueste wärmte nicht. *Spannung, Konflikt,* man lebte im Spannungsfeld, östliche Welt, westliche Welt, man lebte an der Nahtstelle, vielleicht an der Bruchstelle, die Zeit war kostbar, sie war eine Atempause auf dem Schlachtfeld, und man hatte noch nicht richtig Atem geholt, wieder wurde gerüstet, die Rüstung verteuerte das Leben, die Rüstung schränkte die Freude ein, hier und dort horteten sie Pulver, den Erdball in die Luft zu sprengen, *Atomversuche in Neu-Mexiko, Atomfabriken im Ural,* sie bohrten Sprengkammern in das notdürftig geflickte Gemäuer der Brücken, sie redeten von Aufbau und bereiteten den Abbruch vor, sie ließen weiter zerbrechen, was schon angebrochen war: Deutschland war in zwei Teile gebrochen. Das Zeitungspapier roch nach heißgelaufenen Maschinen, nach Unglücksbotschaften, gewaltsamem Tod, falschen Urteilen, zynischen Bankrotten, nach Lüge, Ketten und Schmutz. Die Blätter klebten verschmiert aneinander, als näßten sie Angst. Die Schlagzeilen schrien: *Eisenhower inspiziert in Bundesrepublik, Wehrbeitrag gefordert, Adenauer gegen Neutralisierung, Konferenz in Sackgasse, Vertriebene klagen an, Millionen Zwangsarbeiter, Deutschland größtes Infanteriepotential.* Die Illustrierten lebten von den Erinnerungen der Flieger und Feldherren, den Beichten der strammen Mitläufer, den Memoiren der Tapferen, der Aufrechten, Unschuldigen, Überraschten, Übertölpelten. Über Kragen mit Eichenlaub und Kreuzen blickten sie grimmig von den Wänden der Kioske. Waren sie Akquisiteure der Blätter, oder warben sie ein Heer? Die Flieger, die am Himmel rumorten, waren die Flieger der andern.

Der Erzherzog wurde angekleidet, er wurde hergestellt. Hier ein Orden, da ein Band, ein Kreuz, ein strahlender Stern, Fangschnüre des Schicksals, Ketten der Macht, die schimmernden Epauletten, die silberne Schärpe, das Goldene Vlies, Orden del Toison de oro, Aureum Vellus, das Lammfell auf dem Feuerstein, zum Lob und Ruhm des Erlösers, der Jungfrau Maria und des heiligen Andreas wie zum Schutz und zur Förderung des christlichen Glaubens und der heiligen Kirche, zur Tugend und Vermehrung guter Sitte gestiftet. Alexander schwitzte. Übelkeit quälte ihn. Das Blech, der Tannenbaumzauber, der gestickte Uniformkragen, alles schnürte und engte ihn ein. Der Garderobier fummelte zu seinen Füßen. Er legte dem Erzherzog die Sporen an. Was war der Garderobier vor den blankgewichsten Schaftstiefeln des Erzherzogs? Eine Ameise, eine Ameise im Staub. Das elektrische Licht in der Umkleidekabine, diesem Holzverschlag, den man Alexander anzubieten wagte, kämpfte mit der Morgendämmerung. Was war es wieder für ein Morgen! Alexanders Gesicht war käsig unter der Schminke; es war ein Gesicht wie geronnene Milch. Schnäpse und Wein und entbehrter Schlaf gärten und gifteten in Alexanders Blut; sie klopften ihm von innen den Schädel. Man hatte Alexander in aller Frühe hierhergeholt. Die Gewaltige lag noch im Bett, Messalina, seine Frau, das Lustroß, wie man sie in den Bars nannte. Alexander liebte sein Weib; wenn er an seine Liebe zu Messalina dachte, war die Ehe, die er mit ihr führte, schön. Messalina schlief, aufgeschwemmt das Gesicht, die Augentusche verwischt, die Lider wie von Faustschlägen getroffen, die grobporige Haut, ein Droschkenkutscherteint, vom Trunk verwüstet. Welche Persönlichkeit! Alexander beugte sich vor der Persönlichkeit. Er sank in die Knie, beugte sich über die schlafende Gorgo, küßte den verqueren Mund, atmete den Trunk, der nun wie ein reines Spiritusdestillat durch die Lippen drang: »Was ist? Gehst du? Laß mich! Oh, mir ist schlecht!« Das war es, was er an ihr hatte. Auf dem Weg zum Badezimmer trat sein Fuß in Scherben. Auf dem Sofa schlief Alfredo, die Malerin, klein, zerzaust, hingesunken, niedlich, Erschöpfung und Enttäuschung im Gesicht, Krähenfüße um die geschlossenen Augen, mitleiderregend. Alfredo war amüsant, wenn sie wach war, eine schnell verbrennende Fackel; sie sprühte, witzelte, erzählte, girrte, scharfzüngig, erstaunlich. Der einzige Mensch, über den man lachen konnte. Wie nannten die Mexikaner die Lesbierinnen? Es war was wie Maisfladen, Tortilleras, wohl ein flacher gedörrter Kuchen. Alexander hatte es vergessen. Schade! Er hätte es anbringen können. Im Badezimmer stand das Mädchen, das er aufgegabelt, das er mit seinem Ruhm angelockt hatte, mit dieser schiefen Visage, die jedermann kannte. Schlagzeilen der Filmblätter: *Alexander spielt den Erzherzog, der deutsche Superfilm, der Erzherzog und die Fischerin,* die hatte er gefischt, aufgefischt, abgetischt. Wie hieß sie noch? Susanne! Susanne im Bade. Sie war schon angezogen. Billiges Konfektionskleid. Strich mit Seife über die Laufmasche im Strumpf. Hatte sich mit dem Guerlain seiner Frau begossen. War mißmutig. Maulig. Das waren sie nachher immer. »Na, gut bekommen?« Er wußte nicht, was er sagen sollte. Eigentlich war er verlegen. »Dreckskerl!« Das war es. Sie wollten ihn. Alexander, der große Liebhaber! Hatte sich was! Er mußte sich duschen. Das Auto hupte unten wie verrückt. Die waren auf ihn angewiesen. Was zog denn noch? Er zog noch. *Alexander, die Liebe des Erzherzogs.* Die Leute hatten die Nase voll; sie hatten genug von der Zeit, genug von den Trümmern; die Leute wollten nicht ihre Sorgen, nicht ihre Furcht, nicht ihren Alltag, sie wollten nicht ihr Elend gespiegelt sehen. Alexander streifte den Schlafanzug ab. Das Mädchen Susanne sah neugierig, enttäuscht und böse auf alles, was an Alexander schlapp war. Er dachte ›schau dir es an, erzähl, was du willst, sie glauben es dir nicht, ich bin ihr Idol‹. Er prustete. Der kalte Strahl der Dusche schlug seine schlaffe Haut wie eine Peitsche. Schon wieder hupten sie unten. Die hatten es eilig, sie brauchten ihren Erzherzog. In der Wohnung schrie ein Kind, Hillegonda, Alexanders kleines Mädchen. Das Kind schrie »Emmi!« Rief das Kind um Hilfe? Angst, Verzweiflung, Verlassenheit lagen in dem Kinderschrei. Alexander dachte ›ich müßte mich um sie kümmern, ich müßte Zeit haben, sie sieht blaß aus‹. Er rief: »Hille, bist du schon auf?« Warum war sie so früh schon auf? Er prustete die Frage ins Handtuch. Die Frage erstickte im Handtuch. Die Stimme des Kindes schwieg, oder sie ging unter im wütenden Hupen des wartenden Wagens. Alexander fuhr ins Atelier. Er wurde angekleidet. Er wurde gestiefelt und gespornt. Er stand vor der Kamera. Alle Scheinwerfer leuchteten auf. Die Orden glitzerten im Licht der Tausendkerzenbirnen. Das Idol spreizte sich. Man drehte den Erzherzog *Eine deutsche Superproduktion.*

Die Glocken riefen zur Frühmesse. Hörst-du-das-Glöcklein-läuten? Teddybären hörten zu, Puppen hörten zu, ein Elefant aus Wolle und auf roten Rädern hörte zu, Schneewittchen und Ferdinand der Stier auf der bunten Tapete vernahmen das traurige Lied, das Emmi, die Kinderfrau, langgezogen und klageweibisch sang, während sie den mageren Körper des kleinen Mädchens mit einer rauhen Bürste schrubbte. Hillegonda dachte ›Emmi du tust mir weh, Emmi du kratzt mich, Emmi du ziepst mich, Emmi deine Nagelfeile sticht mich‹, aber sie wagte der Kinderfrau, einer derben Person vom Lande, in deren breitem Gesicht die einfache Frömmigkeit der Bauern böse erstarrt war, nicht zu sagen, daß ihr weh getan wurde und daß sie litt. Der Gesang der Kinderfrau, hörst-du-das-Glöcklein-läuten, war eine immerwährende Mahnung und hieß: klage nicht, frage nicht, freue dich nicht, lache nicht, spiele nicht, tändele nicht, nütze die Zeit, denn wir sind dem Tod verfallen. Hillegonda hätte lieber noch geschlafen. Sie hätte lieber noch geträumt. Sie hätte auch gern mit ihren Puppen gespielt, aber Emmi sagte: »Wie darfst du spielen, wenn dich Gott ruft!« Hillegondas Eltern waren böse Menschen. Emmi sagte es. Man mußte für die Sünden der Eltern büßen. So begann der Tag. Sie gingen zur Kirche. Eine Straßenbahn bremste vor einem jungen Hund. Der Hund war struppig und ohne Halsband, ein herrenloser, verlaufener Hund. Die Kinderfrau drückte Hillegondas kleine Hand. Es war kein freundlicher, beistehender Druck; es war der feste unerbittliche Griff des Wächters. Hillegonda blickte dem kleinen herrenlosen Hund nach. Sie wäre lieber hinter dem Hund hergelaufen als mit der Kinderfrau in die Kirche gegangen. Hillegonda preßte die Knie zusammen, Furcht vor Emmi, Furcht vor der Kirche, Furcht vor Gott bedrückte ihr kleines Herz; sie machte sich schwer, sie ließ sich ziehen, um den Weg zu verzögern, aber die Hand des Wächters zerrte sie weiter. So früh war es noch. So kalt war es noch. So früh war Hillegonda schon auf dem Wege zu Gott. Die Kirchen haben Portale aus dicken Bohlen, schwerem Holz, eisernen Beschlägen und kupfernen Bolzen. Fürchtet sich auch Gott? Oder ist auch Gott gefangen? Die Kinderfrau faßte die kunstgeschmiedete Klinke und öffnete spaltbreit die Tür. Man konnte gerade zu Gott hineinschlüpfen. Es duftete bei Gott wie am Weihnachtstag nach Wunderkerzen. Bereitete sich hier das Wunder vor, das schreckliche, das angekündigte Wunder, die Vergebung der Sünden, die Lossprechung der Eltern? ›Komödiantenkind‹ dachte die Kinderfrau. Ihre schmalen, blutlosen Lippen, Asketenlippen in einem Bauerngesicht, waren wie ein scharfer, für die Ewigkeit gezogener Strich. ›Emmi ich fürchte mich‹, dachte das Kind. ›Emmi die Kirche ist so groß, Emmi die Mauern stürzen ein, Emmi ich mag dich nicht mehr, Emmi liebe Emmi, Emmi ich hasse dich!‹ Die Kinderfrau sprengte Weihwasser über das zitternde Kind. Ein Mann drängte durch den Spalt der Tür. Fünfzig Jahre Mühe, Arbeit und Sorge lagen hinter ihm, und nun hatte er das Gesicht einer verfolgten Ratte. Zwei Kriege hatte er erlebt. Zwei gelbe Zähne verwesten hinter seinen immer flüsternden Lippen; er war in ein endloses Gespräch verstrickt; er sprach zu sich: wer sonst hätte ihm zugehört? Hillegonda folgte auf ihren Zehen der Kinderfrau. Düster waren die Pfeiler, das Mauerwerk war von Splittern verwundet. Kälte, wie aus einem Grab, wehte das Kind an. ›Emmi verlaß mich nicht, Emmi Hillegonda Angst, gute Emmi, böse Emmi, liebe Emmi‹, betete das Kind. ›Das Kind zu Gott führen, Gott straft bis ins dritte und vierte Glied‹, dachte die Kinderfrau. Die Gläubigen knieten. Sie sahen in dem hohen Raum wie verhärmte Mäuse aus. Der Priester las den Meßkanon. Die Wandlung der Elemente. Das Glöcklein läutete. Herr-vergib-uns. Der Priester fror. Wandlung der Elemente! Macht, der Kirche und ihren Dienern verliehen. Vergeblicher Traum der

Alchimisten. Schwärmer und Schwindler. Gelehrte. Erfinder. Laboratorien in England, in Amerika, auch in Rußland. Zertrümmerung. Einstein. Blick in Gottes Küche. Die Weisen von Göttingen. Das Atom photographiert: zehntausendmillionenfache Vergrößerung. Der Priester litt unter seiner Nüchternheit. Das Flüstern der betenden Mäuse rieselte wie Sand über ihn. Sand des Grabes, nicht Sand des Heiligen Grabes, Sand der Wüste, die Messe in der Wüste, die Predigt in der Wüste. Heilige-Maria-bitt-für-uns. Die Mäuse bekreuzten sich.

Philipp verließ das Hotel, in dem er die Nacht verbracht, aber kaum geschlafen hatte, das Hotel Zum Lamm, in einer Gasse der Altstadt. Er hatte wach auf der harten Matratze gelegen, dem Bett der Handlungsreisenden, der blumenlosen Wiese der Paarung. Philipp hatte sich der Verzweiflung hingegeben, einer Sünde. Das Schicksal hatte ihn in die Enge getrieben. Die Flügel der Erinnyen schlugen mit dem Wind und dem Regen gegen das Fenster. Das Hotel war ein Neubau; die Einrichtung war fabrikfrisch, gelacktes Holz, sauber, hygienisch, schäbig und sparsam. Ein Vorhang, zu kurz, zu schmal und zu dünn, um vor dem Lärm und dem Licht der Straße zu schützen, war mit dem Muster einer Bauhaustapete bedruckt. In regelmäßigen Abständen flammte der Schein eines Leuchtschildes, das Gäste für den gegenüberliegenden Ecartéklub anlocken sollte, ins Zimmer: ein Kleeblatt entfaltete sich über Philipp und entwischte. Unter dem Fenster schimpften Spieler, die ihr Geld verloren hatten. Betrunkene torkelten aus dem Bräuhaus. Sie pißten gegen die Häuser und sangen die-Infanterie-die-Infanterie, verabschiedete, geschlagene Eroberer. Auf den Stiegen des Hauses war ein fortwährendes Kommen und Gehen. Das Hotel war ein Bienenstock des Teufels, und jedermann in dieser Hölle schien zur Schlaflosigkeit verdammt. Hinter den windigen Wänden wurde gejohlt, gerülpst und Dreck weggespült. Später war der Mond durch die Wolken gebrochen, die sanfte Luna, die Leichenstarre.

Der Wirt fragte ihn: »Bleiben Sie noch?« Er fragte es grob, und seine kalten Augen, todbitter im glatten ranzigen Fett befriedigter Freßlust, gesättigten Durstes, im Ehebett sauer gewordener Geilheit, blickten Philipp mißtrauisch an. Philipp war am Abend ohne Gepäck in das Hotel gekommen. Es hatte geregnet. Sein Schirm war naß gewesen, und außer dem Schirm hatte er nichts bei sich gehabt. Würde er noch bleiben? Er wußte es nicht. Er sagte: »Ja, ja.« »Ich zahle für zwei Tage«, sagte er. Die kalten, todbitteren Augen ließen ihn los. »Sie wohnen hier in der Fuchsstraße«, sagte der Wirt. Er betrachtete Philipps Meldezettel. ›Was geht es ihn an‹, dachte Philipp, ›was geht es ihn an, wenn er sein Geld bekommt.‹ Er sagte: »Meine Wohnung wird geweißt.« Es war eine lächerliche Ausrede. Jeder mußte merken, daß es eine Ausrede war. ›Er wird denken ich verstecke mich, er wird sich genau denken, was los ist, er wird denken, daß man mich sucht.‹

Es regnete nicht mehr. Philipp trat aus der Bräuhausgasse auf den Böttcherplatz. Er zögerte vor dem Haupteingang des Bräuhauses, am Morgen einem geschlossenen Schlund, aus dem es nach Erbrochenem dunstete. Auf der anderen Seite des Platzes lag das Café Schön, der Klub der amerikanischen Negersoldaten. Die Vorhänge hinter den großen Spiegelfenstern waren zur Seite gezogen. Die Stühle standen auf den Tischen. Zwei Frauen spülten den Unrat der Nacht auf die Straße. Zwei alte Männer kehrten den Platz. Sie wirbelten Bierdeckel, Luftschlangen, Narrenkappen der Trinker, zerknüllte Zigarettenpackungen, geplatzte Gummiballons auf. Es war eine schmutzige Flut, die mit jedem Besenstoß der Männer Philipp näher rückte. Hauch und Staub der Nacht, der schale tote Abfall der Lust hüllten Philipp ein.

Frau Behrend hatte es sich gemütlich gemacht. Ein Scheit prasselte im Ofen. Die Tochter der Hausbesorgerin brachte die Milch. Die Tochter war unausgeschlafen und hungrig. Sie war hungrig nach dem Leben, wie es ihr Filme zeigten, sie war eine verwunschene Prinzessin, zu niederem Dienst gezwungen. Sie erwartete den Messias, die Hupe des Erlöserprinzen, den Millionärssohn im Sportwagen, den Fracktänzer der Cocktail-Bar, das technische Genie, den vorausschauenden Konstrukteur, den Knock-out-Sieger über die Zurückgebliebenen, die Feinde des Fortschritts, Jung-Siegfried. Sie war schmalbrüstig, hatte rachitische Gelenke, eine Bauchnarbe und einen verkniffenen Mund. Sie fühlte sich ausgenutzt. Ihr verkniffener Mund flüsterte: »Die Milch, Frau Obermusikmeister.«

Geflüstert oder gerufen: die Anrede zauberte das Bild schöner Tage. Aufrecht schritt der Musikmeister an der Spitze des Regiments durch die Stadt. Aus Fell und Blech dröhnte der Marsch. Schellen rasselten. Die Fahne hoch. Die Beine hoch. Die Arme hoch. Herrn Behrends Muskeln stemmten sich gegen das Tuch der engen Uniform. Die Platzmusik im Waldpavillon! Der Meister dirigierte den Freischütz. Unter dem Befehl seines ausgestreckten Stabes stiegen Carl Maria von Webers romantische Klänge pianissimo gedämpft in die Wipfel der Bäume. Frau Behrends Brust hob und senkte sich, den Wogen des Meeres gleich, am Gartentisch der Wirtschaft. Ihre Hände ruhten in Filethandschuhen auf dem buntgewürfelten Leinen der Kaffeetafel. Für diese Stunde der Kunst sah sich Frau Behrend aufgenommen in den Kreis der Damen des Regiments. Leier und Schwert, Orpheus und Mars verbrüderten sich. Frau Major bot liebenswürdig das Mitgebrachte an, das Selbstgebackene, die Schichttorte aus dreierlei Mus, in den Ofen geschoben, während der Major auf dem Pferde saß, den Kasernenhof kommandierte, das Auf-marsch-marsch, und dazu die Paukenwirbel der Wolfsschlucht.

Konnten sie uns nicht in Frieden lassen? Frau Behrend hatte den Krieg nicht gewollt. Der Krieg verseuchte die Männer. Beethovens Totenmaske musterte bleich und streng die enge Mansarde. Ein bronzebärtiger und barettierter Wagner balancierte vergrämt auf einem Stoß klassischer Klavierauszüge, der vergilbenden Hinterlassenschaft des Musikmeisters, der sich in irgendeiner vom Führer besetzten und dann wieder verlorenen Gegend Europas an eine bemalte Schlampe gehängt hatte und nun in Gott weiß was für Kaffeehäusern für Neger und Veronikas »Wenn-ich-nach-Alabama komm'« spielte.

Er kam nicht nach Alabama. Er entwischte nicht. Die Zeit der Gesetzlosigkeit war vorbei, die Zeit, die meldete *Gruppenführer als Rabbiner in Palästina, Barbier Direktor der Frauenklinik.* Die Akteure waren eingefangen; sie saßen, saßen hinter Gittern ihre neuen, viel zu milden Strafen ab: Kazettler, Verfolgte, Deserteure, Doktortitelschwindler. Es gab wieder Richter in Deutschland. Der Musikmeister zahlte die Mansarde, er zahlte das Scheit im Ofen, die Milch in der Flasche, den Kaffee im Topf. Er zahlte es vom Alabama-Sündenlohn. Ein Tribut an die Ehrbarkeit! Was hilft's? Alles wird teurer, und wieder sind es Schleichwege, die zu den Annehmlichkeiten des Daseins führen. Frau Behrend trank Maxwell-Coffee. Sie kaufte den Kaffee beim Juden. Beim Juden – das waren schwarzhaarige, gebrochenes Deutsch sprechende Leute, Unerwünschte, Ausländer, Hergewehte, die einen vorwurfsvoll aus dunkelschimmernden, nachtverwobenen Augen ansahen, von Gas und Grabgräben wohl sprechen wollten und Hinrichtungsstätten im Morgengrauen, Gläubiger, Gerettete, die mit dem geretteten Leben nichts anderes zu beginnen wußten, als auf den Schuttplätzen der zerbombten Städte (warum mit Bomben beworfen? mein Gott, warum geschlagen? für welche Sünde gestraft? die fünf Zimmer in Würzburg, Heim am Südhang, Blick über die Stadt, Blick über das Tal, der Main schimmernd, die Morgensonne auf dem Balkon, *Führer beim Duce,* warum?) in kleinen schnell errichteten Buden, den windigen Notläden, Unverzolltes und Unversteuertes zu verkaufen. »Sie lassen uns nichts«, sagte die Lebensmittelhändlerin, »nichts, sie wollen uns zugrunde richten.« In der Villa der Lebensmittelhändlerin wohnten die Amis. Sie wohnten seit vier Jahren in dem beschlagnahmten Haus. Sie gaben die Wohnung aneinander weiter. Sie schliefen in dem Doppelbett aus geflammter Birke, dem

Schlafzimmer der Aussteuer. Sie saßen im Altdeutschen Zimmer in den Ritterstühlen, inmitten der Pracht der achtziger Jahre, die Beine auf dem Tisch, und leerten ihre Konservenbüchsen, die Fließbandnahrung *Chikago packt tausend Ochsen pro Minute,* ein Jubel in ihrer Presse. Im Garten spielten die fremden Kinder, tütenblau, dottergelb, feuerrot, angezogen wie Clowns, siebenjährige Mädchen, die Lippen wie Huren geschminkt, die Mütter in Schlosserhosen, die Waden aufgekrempelt, fahrende Leute, unernste Menschen. Der Kaffee im Laden der Händlerin verschimmelte, verzollt und übersteuert. Frau Behrend nickte. Sie vergaß nie den Respekt, den sie der Krämerin schuldete, die Furcht, anerzogen in der harten Schule der Markenzeit *Aufruf zweiundsechzigeinhalb Gramm Weichkäse.* Nun gab es wieder alles. Bei uns jedenfalls. Wer konnte es kaufen? *Vierzig Mark Kopfgeld.* Sechs Prozent Aufwertung des Ersparten und vierundneunzig Prozent in den Wind geschrieben. Der eigene Bauch am nächsten. Die Welt war hart. Soldatenwelt. Soldaten packten hart zu. Bewährung. Das Gewicht stimmte wieder. Für wie lange? Zucker verschwand aus den Geschäften. In England fehlte Fleisch. Wo ist der Sieger, ich will ihn bekränzen? *Bacon* heißt Speck. *Ham* ist dasselbe wie Schinken. Fett lag das Geräucherte im Fenster des Schlächters Schleck. »Bitte vom Mageren.« Das Schlächtermesser trennte das gelblich weißliche schwabbelnde Fett von der rötlichen Faser des Kerns. Wo ist der Sieger, ich will ihn bekränzen? Die Amis waren reich. Ihre Automobile glichen Schiffen, heimgekehrten Karavellen des Kolumbus. Wir haben ihr Land entdeckt. Wir haben ihren Erdteil bevölkert. Solidarität der weißen Rasse. Es war schön, zu den reichen Leuten zu gehören. Verwandte schickten Pakete. Frau Behrend schlug das Heft auf, in dem sie gestern vor dem Einschlafen gelesen hatte. Eine spannende Geschichte, ein lebenswahrer Roman: *Das Schicksal greift nach Hannelore.* Frau Behrend wollte wissen, wie es weiterging. Der Dreifarbentitel zeigte das Bild einer jungen Frau, brav, rührend und unschuldig, und im Hintergrund versammelten sich die Schurken, gruben ihre Gruben, Wühlmäuse des Schicksals. Gefährlich war das Leben, voll Fallgruben der Weg der Anständigen. Das Schicksal griff nicht nur nach Hannelore. Aber im letzten Kapitel triumphieren die Guten.

Philipp kam mit der Zeit nicht zurecht. Der Augenblick war wie ein lebendes Bild, der possierliche Gegenstand einer Erstarrung, das Dasein in Gips gegossen, ein Bauch, der Husten hervorrief, umschwebte es wie eine karikierende Arabeske, und Philipp war ein kleiner Junge im Kieler Anzug, S. M. Schiff Grille auf dem Mützenband, und er saß in einer Kleinstadt auf einem Stuhl im Deutschen Saal, und die Damen des Luisenbundes führten auf der Bühne in einer Waldkulisse Bilder aus der vaterländischen Geschichte vor, Germania und ihre Kinder, das liebte man damals, oder man gab vor, es zu lieben, die Tochter des Rektors hielt die Pfanne mit dem brennenden Pech, das der Szene wohl etwas Feierliches, Dauerndes, dem Tag Entrücktes geben sollte. Die Tochter des Rektors war schon lange tot. Eva, er hatte ihr Kletten ins Haar geworfen. Die Jungens waren tot, alle, die neben ihm auf den Stühlen des Deutschen Saales gesessen hatten. Die Stadt war eine tote Stadt wie so viele Städte im Osten, eine Stadt irgendwo in Masuren, doch man konnte nicht mehr zum Bahnhof gehen und eine Fahrkarte nach diesem Ort verlangen. Die Stadt war ausgelöscht. Merkwürdig: niemand war auf der Straße. Die Klassenzimmer des Gymnasiums waren stumm und leer. In den Fenstern nisteten die Krähen. Das hatte er geträumt, das hatte er in den Schulstunden geträumt: das Leben war in der Stadt gestorben, die Häuser waren leer, die Straßen, der Markt stumm und leer, und er, als einziger übriggeblieben, war mit einem der verlassen am Straßenrand stehengebliebenen Autos allein durch die tote Stadt gefahren. Die Dekoration des Traums war ins Leben gestellt, aber Philipp agierte nicht mehr auf dieser Bühne. Litt er, wenn er an die Toten dachte, an die toten Stätten, die verscharrten Gefährten? Nein. Die Empfindung versteifte sich wie vor den lebenden Bildern des Luisenbundes, die Vorstellung war irgendwie pompös, traurig und abscheulich, eine Siegesallee aus Stuck und gestanztem Lorbeer, aber vor allem war sie langweilig. Zugleich aber raste dieselbe Zeit, die doch wiederum stillstand und das Jetzt war, dieser Augenblick von schier ewiger Dauer, flog dahin, wenn man die Zeit als die Summe aller Tage betrachtete, den Ablauf aus Licht und Dunkel, der uns auf Erden gegeben ist, glich dem Wind, war etwas und nichts, meßbar durch List, aber niemand konnte sagen, was er da maß, es umströmte die Haut, formte den Menschen und entfloh angreifbar, unhaltbar: woher? wohin? Aber er, Philipp, stand noch dazu außerhalb dieses Ablaufs der Zeit, nicht eigentlich ausgestoßen aus dem Strom, sondern ursprünglich auf einen Posten gerufen, einen ehrenvollen Posten vielleicht, weil er alles beobachten sollte, aber das Dumme war, daß ihm schwindlig wurde und daß er gar nichts beobachten konnte. Schließlich nur ein Wogen sah, in dem einige Jahreszahlen wie Signale aufleuchteten, schon nicht mehr natürliche Zeichen, künstlich listig errichtete Bojen in der Zeitsee, schwankendes Menschenmal auf den ungebändigten Wellen, aber zuweilen erstarrte das Meer, und aus dem Wasser der Unendlichkeit hob sich ein gefrorenes, nichtssagendes, dem Gelächter schon überantwortetes Bild.

In die Engellichtspiele kann man schon am Morgen vor dem Licht des Tages fliehen. »Der letzte Bandit« ist ein Kassenschlager. Der Lichtspielbesitzer telegraphiert die Besucherzahl an den Filmverleiher. Hausrekord, Zahlenakrobatik wie einst die Sondermeldung *Bruttoregistertonnen versenkt.* Wiggerl, Schorschi, Bene, Kare und Sepp standen unter dem Lautsprecher, standen unter der Kaskade von Worten, Sieg und Fanfaren, kleine Hitlerjungen, Pimpfsoldaten, braunes Hemd, kurze Hosen, nackte Schenkel. Sie schüttelten die Sammelbüchsen, rüttelten die Groschen wach, klapperten mit den Abzeichen aus Blech. »Für die Winterhilfe! Für die Front! Für den Führer!« In der Nacht heulte die Sirene. Die Flak schwieg. Jetzt flogen die Jäger auf Jagd. Brillanten zum Ritterkreuz. Minen. Das Licht flackerte. Duck dich! In den Kellerrohren rauschte das Wasser. Im Nebenhaus sind sie ersoffen. Alle sind sie im Keller ersoffen. Schorschi, Bene, Kare und Sepp sitzen vor dem letzten Banditen. Tief graben sich ihre harten Hintern in die ausgefurzten kuhligen Polster des Kinogestühls. Sie haben keine Lehrstelle und keine Arbeit. Sie haben kein Geld, aber doch die Mark für den Banditen; sie flog ihnen zu, Vöglein auf dem Felde. Sie schwänzen die Gewerbeschule, da sie kein Gewerbe haben, oder doch Gewerbe, die man in der Schule nicht lernt, wohl an den Straßenecken, in den Torwegen der Dollarwechsler, den Gassen der Damen, den Alleen der Freunde im Schatten des Justizpalastes, das Gewerbe der flinken Hände, die nehmen und nicht geben, das Handwerk der festen Fäuste, die schlagen und fleddern, und die warme Tour, die Profession des weichen Blicks, der schwingenden Hüften, des wippenden Arsches. Wiggerl ist in der Legion, übers Meer so weit, bei den Annamiten im Busch, Schlangen und Lianen, verfallene Tempel, oder bei den Franzosen im Fort, Mädchen und Wein in Saigon, Brodem der Unterkünfte, die Strafzelle in den Kasematten, Eidechsen in der Sonne. Gleichgültig. Wiggerl kämpft. Er singt: weiter die Fahne hoch. Er fällt. *Soldatentod ist der schönste Tod.* So oft gehört, in der Kindheit eingeprägt, von Vätern und Brüdern vorgelebt, Tränentrost der Mutter, nie wird das Wort vergessen. Schorschi, Bene, Kare und Sepp warten auf den Trommler. Sie warten in der Dämmerung des Kinos. Der letzte Bandit. Sie sind bereit; bereit zu folgen, bereit zu kämpfen, bereit zu sterben. Es braucht kein Gott zu sein, der sie ruft, ein Plakat auf allen Mauern, eine grade gängige Larve, ein Bärtchen mit Markenschutz, kein lächelnder Augur, die Roboter-Maske aus gestanztem Blech, ein Gesicht unter dem Durchschnitt, kein Versprechen in den Augen, leere Wasser, geschliffene Spiegel, die immer nur dich zeigen, Kaliban, von dem die Genien sich abwandten, der synthetische Rattenfänger, sein Ruf: *Bewährung*, Blut, Schmerzen und Tod, ich führe dich zu dir selbst, Kaliban, du brauchst dich nicht zu schämen, ein Scheusal zu sein. Noch steht das Kino; in die Kasse strömt das Geld. Noch steht das Rathaus; die Lustbarkeitssteuer wird verbucht. Noch wächst die Stadt.

Die Stadt wächst. *Zuzugsperre* aufgehoben. Sie strömen zurück, eine Flut, die verebbte, ins Land verrieselte, in die Bauernstuben, als die Städte brannten, als der Asphalt hinschmolz in der täglich durchschrittenen Gasse, stygisches Wasser wurde, ätzend und brennend, dort, wo die kleinen Schuhe zur Schule liefen, wo man als Braut und Bräutigam ging, die Steinheimat bebte, und dann hockten sie in den Dörfern, verloren der Hausrat, verloren das Nest, wo die Brut zur Welt kam, verloren das Immeraufbewahrte, das Was-du-Warst, die in das unterste Fach des Schrankes verbannte Jugend, ein Kinderbild, die Schulklasse, der ertrunkene Freund, die verblaßte Schrift eines Briefes, Leb-wohl-Fritz, Ade-Marie, ein Gedicht, war ich es, der es reimte? –

Der kleine zierliche stramme Körper des Doktors lag, wohltrainiert in behenden leichtathletischen Übungen, auf dem mit Wachstuch bezogenen Tisch, und aus einer Vene des Armes strömte sein Blut nicht sichtbar und nicht nah einem anderen Menschen zu, kein warmer Blick des mit neuem Lebensfluß Beschenkten dankte dem Spender, Dr. Behude war ein abstrakter Samariter, sein Blut verwandelte sich in eine Ziffer, eine chemische Formel, ausgedrückt durch die Zeichensprache der Mathematik, es strömte in ein Einmachglas, wurde mit einem Schild versehen, Himbeersaft, Erdbeermarmelade, die Blutgruppe stand auf dem Schild, der Saft wurde sterilisiert, und die Konserve konnte verschickt werden, irgendwohin, durch die Luft, über Ozeane weit, dahin wo gerade ein Schlachtfeld war, und das fand sich immer, eine ursprünglich harmlose

Landschaft, Natur mit dem Wechsel der Jahreszeiten, ein Akker mit Saat und Ernte, wohin nun Menschen marschiert, gereist und geflogen waren, um sich zu verwunden und zu töten. Da lagen sie blaß auf einer Feldbahre, der Wimpel des Roten Kreuzes flatterte im fremden Wind und erinnerte sie an die Unfallwagen, die mit Sirenenschwall durch die Straßen der verkehrsverstopften Städte eilen, der Städte, aus denen sie kamen, die Tetanusspritze brannte, und Dr. Behudes Blut wurde ihnen in den zerrissenen Leib gepumpt. Der Behude erhielt zehn Mark für die Blutentnahme. Bar wurde das Geld an der Kasse der Klinik ausgezahlt. Die jungen Ärzte, die schon die Soldaten des Zweiten Weltkrieges aufgeschnitten, zersägt, bespritzt und zugenäht hatten und nun in unbezahlten Volontär- und Assistentenstellen erkennen mußten, daß sie überflüssig und zu viele waren, viel zuviel Kriegsmediziner drängten sich, ihr Blut zu verkaufen, das einzige, was sie zu verkaufen hatten. Auch Dr. Behude brauchte die zehn Mark, aber es war nicht nur der Betrag, Blut gegen Geld, der ihn zu diesem Handel veranlaßte. Dr. Behude kasteite sich. Es war eine mönchische Geißelung, der er sich unterzog, und die Blutentnahme war ein Versuch, wie die Hanteln, die Morgenläufe, die Rumpfbeugen, die Atemübungen, ein Gleichgewicht herzustellen zwischen den Kräften und Forderungen des Körpers und der Seele. Dr. Behude analysierte sich, während er auf dem kühlen Wachstuch des Tansfusionstisches lag. Er war kein Wohltäter, kein Spender; das Blut löste sich von ihm ab, wurde ein Medikament wie andere, man konnte es verschicken, konnte damit handeln, Leben retten, es berührte Dr. Behude nicht; er reinigte sich, er bereitete sich vor. Bald werden sich die Räume seiner Praxis füllen, werden sich mit Leuten füllen, die Kraft und Lebensmut von ihm zapfen wollen. Die Schar der Halbverrückten liebt und bedrängt den Dr. Behude, die Neurotiker, die Lügner, die nicht wissen, warum sie lügen, die Impotenten, die Schwulen, die Pädophilen, die sich in Kinder vergaffen, kurzen Röcken folgen, nackten Beinen, die Literaten, die zwischen allen Stühlen sitzen, die Maler, denen die Farben des Lebens zu geometrischen Strichen zusammenfließen, Schauspieler, die an toten Worten ersticken, Pan war tot, zum zweitenmal gestorben, sie alle kamen, die ihre Komplexe brauchten wie ihr tägliches Brot, die Geängstigten und Untüchtigen, zu untüchtig auch, sich in eine Krankenkasse einzukaufen oder je eine Rechnung zu bezahlen. –

Sie hatten ihr Leben gerettet, ein nutzloses Dasein, sie hausten verbittert in den Flecken, auf Alm und Au, in Hütten und auf den Höfen, der Rauch verzog sich, sie lauschten den Baggern, die in die Trümmer griffen, lauschten von fern, ausgesperrt von Ninive, von Babylon, Sodom, den geliebten Städten, den großen wärmenden Kesseln, Geflohene, zur Sommerfrische verdammt, Touristen, die nicht zahlen konnten, scheel angesehen beim Landvolk, heimwehtoll nach den Steinen. Sie kehrten heim, die Schranke hob sich, die verhaßte Verordnung der Zuzugsperre fiel, aufgehoben war die Ausstoßung, sie strömten zurück, sie fluteten ein, der Pegel stieg *Stadt Brennpunkt des Wohnungsbedarfs.* Sie waren wieder zu Hause, reihten sich ein, rieben sich aneinander, übervorteilten einander, handelten, schufen, bauten, gründeten, zeugten, saßen in der alten Kneipe, atmeten den vertrauten Brodem, beobachteten das Revier, den Paarungsplatz, den Nachwuchs der Asphaltgassen, Gelächter und Zank und das Radio der Nachbarn, sie starben im Städtischen Krankenhaus, wurden vom Bestattungsamt hinausgefahren, lagen auf dem Friedhof an der Ost-Süd-Kreuzung, von Straßenbahnen umbimmelt, benzindunstumschwelt, glücklich in der Heimat. *Superbomber in Europa stationiert.*

Odysseus Cotton verließ den Bahnhof. Am schlenkernden Arm, in der braunen Hand baumelte ein Köfferchen. Odysseus Cotton war nicht allein. Eine Stimme begleitete ihn. Aus dem Koffer kam die Stimme, sanft, warm, weich, eine tiefe Stimme, wohlige Atmung, ein Hauch wie Samt, heiße Haut unter einer alten zerrissenen Autodecke in einer Wellblechhütte, Schreie,

Brüllen der Riesenfrösche, Nacht am Mississippi. Richter Lynch reitet über Land, o Tag von Gettysburg, Lincoln zieht in Richmond ein, vergessen das Sklavenschiff, ewig das Brandmal ins Fleisch gesengt, Afrika, verlorene Erde, das Dickicht der Wälder, Stimme einer Negerin. Die Stimme sang *Night-and-day, sie* schirmte mit ihrem Klang den Kofferträger gegen den Platz vor dem Bahnhof, umschlang ihn wie Glieder der Liebenden, wärmte ihn in der Fremde, zeltete ihn ein. Odysseus Cotton stand unschlüssig. Er schaute über die Taxistände, blickte zum Warenhaus Rohn hinüber, sah Kinder, Frauen, Männer, die Deutschen, wer waren sie? was dachten sie? wie träumten und liebten sie? Waren sie Freunde? Feinde?

Die schwere Tür der Telephonzelle schlug hinter Philipp zu. Das Glas isolierte ihn von dem Treiben auf dem Bahnhofsplatz, der Lärm war nur noch ein Rauschen, der Verkehr ein Schattenspiel auf den geriffelten Flächen der Wände. Philipp wußte noch immer nicht, wie er den Tag verbringen sollte. Die Stunde gähnte. Er fühlte sich wie eine der leeren Packungen, die der Besen zum Kehricht gefegt hatte, nutzlos, seiner Bestimmung beraubt. Welcher Bestimmung? War er zu etwas bestimmt gewesen, hatte er sich dieser Bestimmung entzogen, und konnte man sich überhaupt, vorausgesetzt, es gab sie, einer Bestimmung entziehen? *Das astrologische Jahrhundert, das Wochenhoroskop, Trumans und Stalins Sterne.* Er hätte heimgehen können. Er konnte nach Hause in die Fuchsstraße gehen. Der Frühling setzte sich durch. Im verwilderten Garten der Villa blühte das Unkraut. Nach Hause? ein Unterstand, in den es hineinprasselte: Emilia würde sich gegen Morgen wohl beruhigt haben. In die Türen würden Schrammen getreten, in die Wände Löcher gestoßen, Porzellan würde zerschlagen sein. Emilia, von ihrem Toben erschöpft, von ihren Träumen ermattet, ihrer Angst geschlagen, lag auf dem rosa Erbbett, dem Totenbett der Urmutter, die noch ein schönes Leben gelebt hatte,

Heringsdorf, Paris, Nizza, die Goldwährung und den Glanz des Wirklichen Geheimen Kommerzienrattitels. Die Hunde, die Katzen, der Papagei, eifersüchtig aufeinander und Feind einander, aber in einer gemeinsamen Front des Hasses gegen Philipp vereint, einer Phalanx tückischer Blicke, wie alles in diesem Haus ihn haßte, die Verwandten seiner Frau, die Miterben, die verbröckelnden Mauern, das stumpfe Parkett, die rieselnden, säuselnden Röhren der kaputten Heizung, der lange nicht gerichteten Bäder, die Tiere hielten die Möbel wie Kampftürme besetzt und beobachteten den Schlaf ihrer Herrin aus halbgeöffneten Lidern, den Schlaf ihres Opfers, an das sie gekettet waren und das sie bewachten. Philipp rief Dr. Behude an. Vergebens! Der Psychiater war noch nicht in seine Praxis zurückgekehrt. Philipp versprach sich nichts von einer Begegnung mit Dr. Behude, keine Deutung, keine Erhellung, weder Vertrauen noch Mut, aber es war ihm zu einer Gewohnheit geworden, den Nervenarzt aufzusuchen, sich in das verdunkelte Behandlungszimmer zu legen und den Gedanken freien Lauf zu lassen, einer Flucht von Bildern, die ihn bei Dr. Behude überkam, einem kaleidoskopartigen Wechsel des Ortes und der Zeit, während der Therapeut der Seele ihn mit sanfter einschläfernder Stimme von Schuld und Buße befreien wollte. – Dr. Behude schloß in dem Behandlungszimmer der Klinik sein Hemd. Sein Gesicht schimmerte bleich im weißgerahmten Spiegel an der Wand. Seine Augen, die hypnotische Kraft besitzen sollten, waren trüb, müde und leicht entzündet. Einhundert Kubikzentimeter seines Blutes ruhten in dem Kühlschrank der Klinik.

Night-and-day. Odysseus Cotton lachte. Er freute sich. Er schlenkerte seinen Koffer. Er zeigte kräftige strahlende Zähne. Er hatte Vertrauen. Ein Tag lag vor ihm. Der Tag bot sich allen. Unter dem Vordach des Bahnhofs wartete Josef, der Dienstmann. Die rote Dienstmannsmütze saß streng, militärisch grade auf dem kahlen Haupt. Was hatte Josefs Rücken gebeugt?

Die Koffer der Reisenden, das Gepäck der Jahrzehnte, ein halbes Jahrhundert Brot im Schweiß des Angesichts, Adams Fluch, Märsche in Knobelbechern, die Knarre über der Schulter, das Koppel, der Sack mit den Wurfgranaten, der schwere Helm, das schwere Töten. Verdun, Argonnerwald, Chemin-des-Dames, er war heil herausgekommen, und wieder Koffer, Reisende ohne Gewehr, Fremdenverkehr zum Gebirgsbahnhof, Fremdenverkehr zum Hotel, die Olympischen Spiele, die Jugend der Welt, und wieder Fahnen, wieder Märsche, er schleppte Offiziersgepäck, die Söhne gingen ohne Wiederkehr, die Jugend der Welt; Sirenen, die Alte starb, die Mutter der vom Krieg verschlungenen Kinder, die Amerikaner kamen mit bunten Taschen, Bagagesäcken, leichtem Gepäck, die Zigarettenwährung, die neue Mark, das Abgesparte verweht, Spreu, bald siebzig Jahre, was blieb? Der Sitz vor dem Bahnhof, das Nummernschild an der Mütze. Der Leib war zusammengeschrumpft, die Augen blinzelten noch munter hinter der stahlgefaßten Brille, lustige Fältlein liefen vom Lid in das Feld der Haut, strömten ein in das Altersgrau, in die Luftbräune, die Bierröte des Gesichts. Die Kollegenschaft ersetzte die Familie. Sie ließen dem Papa die leichten Kommissionen, die zwischen dem schweren Gepäck anfielen, eine Briefbestellung, eine Blumenbesorgung, das Tragen einer Damentasche. Josef ergatterte die Aufträge in Demut und auch mit List. Er kannte die Menschen. Er wußte für sich einzunehmen. Manche Tasche wurde ihm gereicht, die man ihm nicht hatte geben wollen. Er traute dem Tag. Er sah Odysseus Cotton. Er liebäugelte mit dem Köfferchen, aus dem die Musik klang. Er sagte: »Sie, Mister, ich tragen.« Er störte sich nicht an dem Gesang, der das Zelt um Odysseus baute, er griff in die fremde Welt, *Night-and-day*-Welt, drängte die braune Hand vom Bügel des Koffers, drängte sich klein, bescheiden, standhaft, freundlich gegen den dunklen Riesen, King Kong, der ihn überragte, unergründlich sind die nie geschlagenen, die uralten Wälder. Josef blieb ungebannt von der Stimme, Stimme des breiten, trägen und warmen Stromes,

Stimme des Eingewobenseins, Stimme der heimlichen Nacht. Wie Holz auf dem Fluß glitt eins zum andern; Totemtiere um den Kral, ein Tabu um den Abtrünnigen des Stammes, Josef empfand weder Lust noch Unlust, nichts lockte und nichts schreckte ihn: kein libidinöses Verlangen, Odysseus stand in keinem Affektzusammenhang zu Josef, Josef war keine Maske des Ödipus für Odysseus, nicht Haß, nicht Liebe bewegten sie, Josef vermutete Freigebigkeit, er trieb heran, sacht und beharrlich, er sah eine Brotzeit, sah ein Bier *Night-and-day* –

Der Papagei krächzte, ein Liebesvogel, Kama, der Gott der Liebe, reitet auf einem Papagei, die Erzählungen des Papageienbuches, phantastisch und obszön, die Minderjährige nahm sie aus dem Schrank des Vaters, versteckte sie unter dem Bett, der Papagei auf den alten Darstellungen der Heiligen Familie, Symbol der Unbefleckten Empfängnis, es war ein behäbiger Rosellapapagei, rundlich wie eine alte erfolgreiche Schauspielerin, rot, gelb, agavengrün, stahlblau sein Gefieder, das Kleid, das er grimmig schüttelte, die Freiheit war vergessen, war ein vergessener, schon nicht mehr wahrer Traum, der Vogel krächzte, nicht nach Freiheit krächzte er, jammerte nach Licht, nach dem Hochziehen der Jalousie, dem Beiseitestoßen der schweren Vorhänge, dem Zerreißen der Zimmerdunkelheit, dem Ende der künstlich verlängerten Nacht. Auch die Hunde und die Katzen wurden unruhig. Sie sprangen zu der Schlafenden ins Bett, zankten sich, zerrten an der zerschlissenen Seide der Decke, und Daunen wirbelten wie Schnee unsichtbar in der Dunkelheit durch den Raum. Emilia lag noch unter der Decke der Nacht, die draußen schon seit Stunden vergangen war. Ihr Bewußtsein war noch zugedeckt von der Nacht. Ihre Glieder lagen in der Tiefe der Nacht wie in einem Grab. Die rosa Zunge des schwarzen Katers leckte das Ohr der jungen Toten. Emilia regte sich, schlug um sich, wälzte sich vom Bauch auf den Rücken, tastete über den knisternden Pelz der Katze, faßte den Kopf eines Hundes, röchelte »was ist los, was ist denn schon wieder?«, wo kam sie her? aus welchen dunkelen Abgründen des Schlafs? Sie hörte das ewige Säuseln in den Röhren des Hauses, das Bröckeln des Verputzes, das Schnauben, Knurren, Tappen und Schweifschlagen der Tiere. Die Tiere waren ihre Freunde, die Tiere waren ihre Gefährten, sie waren die Gefährten der glücklichen Kindheit, aus der Emilia nun vertrieben war, sie waren die Genossen der Einsamkeit, in der Emilia lebte, sie waren Spiel und Freude, sie waren harmlos, hingebungsvoll und dem Augenblick ergeben, sie waren die harmlose und dem Augenblick ergebene Kreatur ohne Falschheit und Berechnung, und sie kannten nur die gute Emilia, eine Emilia, die zu den Tieren wirklich gut war. Die böse Emilia wandte sich gegen die Menschen. Sie fuhr hoch und rief: »Philipp!« Sie lauschte, die Züge ihres Gesichtes zwischen Weinen und Erbitterung. Philipp hatte sie verlassen! Sie knipste die Bettlampe an, sprang auf, rannte nackt durch das Zimmer, drehte den Schalter für das Deckenlicht, silberne Kerzenbirnen, die sich in grünspanbedeckten Mispelzweigen wiegten, Wandarme entflammten, Licht, das sich in Spiegeln wiederholte, vervielfachte und von Lichtschirmen gefärbt, gelb und rötlich, wie gelbe und rötliche Schatten auf die Haut der Frau fiel, auf ihren fast noch kindlichen Leib, die hohen Beine, die kleinen Brüste, die schmalen Hüften, den glatten elastischen Bauch. Sie lief in Philipps Zimmer, und das natürliche Licht des trüben Tages, das hier durch das unverhüllte Fenster drang, ließ ihre hübsche Gestalt plötzlich erbleichen. Die Augen glänzten krank, lagen unter Schatten, das linke Lid hing herab, als wäre es aller Spannkraft beraubt, die kleine eigensinnige Stirn war gefurcht, Schmutzteilchen staken in der Haut, die schwarzen Haare baumelten in kurzen Zotteln ins Gesicht. Sie betrachtete den Tisch mit der Schreibmaschine, das weiße unbeschriebene Papier, die Requisiten der Arbeit, die sie verabscheute und von der sie sich Wunder versprach, Ruhm, Reichtum, Sicherheit, über Nacht gewonnen, in einer Rauschnacht, in der Philipp ein bedeutendes Werk schreiben würde, in einer Nacht, doch nicht an vielen Tagen, nicht in einer Art Dienst, nicht mit dem stetigen Geklapper der kleinen Schreibmaschine. »Er ist unfähig. Ich hasse dich«, flüsterte sie, »ich hasse dich!« Er war gegangen. Er war ihr entlaufen. Er würde wiederkommen. Wo sollte er hingehen? Aber er war gegangen; er hatte sie allein gelassen. War sie so unerträglich? Sie stand nackend in dem Arbeitsraum, nackt in dem Tageslicht, eine Straßenbahn fuhr vorüber, Emilias Schultern sackten ein, die Schlüsselbeinknochen traten hervor, ihr Fleisch verlor an Frische, und ihre Haut, ihre Jugend, war wie mit abgestandener, mit geronnener Milch übergossen, für eine Sekunde käsig, säuerlich, krümelig. Sie legte sich auf das rillige Ledersofa, das fest und kalt wie ein Doktorbett und darum ihr unheimlich war, und sie dachte an Philipp, zauberte ihn durch Denken herbei, zwang ihn in den Raum zurück, den Komischen, den Unfähigen, den Nicht-Geschäftsmann, den Gefährten, den Geliebten und Gehaßten, den Schänder und Geschändeten. Sie steckte einen Finger in den Mund, umzüngelte ihn, feuchtete ihn an, ein kleines Mädchen, nachdenklich, verlassen, ratlos, streichele-mich, sie nahm den Finger, spielte an sich, ließ ihn in sich eindringen und fiel in die tiefe Betäubung der Lust, die ihr, dem Tag zwar schon preisgegeben und von seinem Schein schon feindlich überschüttet, noch ein Stück innerer Nacht gewährte, eine Spanne Heimlichkeit und Liebe, ein Hinauszögern –

Night-and-day. Odysseus sah herab auf die rote Mütze des Dienstmannes, auf das vielbefleckte brüchige Tuch, er sah den militärisch grade über Brille und Augen gesetzten Mützenschirm, er sah die Messingnummer, erkannte die müden Schultern, die schäbige Wolle des Rockes, die ausgefransten Bänder der Schürze und erblickte schließlich ein Bäuchlein, kaum wert, es zu erwähnen. Odysseus lachte. Er lachte wie ein Kind, das schnell Bekanntschaft schließt, er empfand, kindlich, den Alten als altes Kind, als Spielgefährten der Straße. Odysseus freute sich, er war gutmütig, er begrüßte den Gefährten, er gab ihm etwas ab aus seiner augenblicklichen Fülle, gab ihm etwas von der Siegerposition, ließ ihm den Koffer: die Musik, die Stimme, sie hing in des alten Dienstmannes Hand. Tapfer, ein kleiner schmächtiger Schatten, schritt Josef neben der hohen breiten Gestalt des Soldaten über den Bahnhofsplatz. Aus dem Koffer gellte, knarrte, quietschte es: Limehouse-Blues. Josef folgte dem schwarzen Mann, er folgte dem Befreier, dem Eroberer, folgte der Schutz- und Besatzungsmacht in die Stadt.

Ein Schrein, ein Altarschrein, ein ernster Schatten, Moder vermeintlicher und wieder verworfener Erkenntnis, eine wahrgenommene und nicht wahrgenommene Bedrohung, Brunnen der Hoffnung, täuschender Quell für die Dürstenden: mit seinen geöffneten Flügeln war der Bücherschrank ein unheiliges Triptychon der Schrift hinter der nackten Emilia. Für wen opferte sie sich, Priesterin und Hirschkuh in einer Gestalt, eine verkommene Iphigenie, von keiner Artemis beschützt, nach keinem Taurien entrückt? Die geerbten Bücher, die Prachteinbände der achtziger Jahre, die unberührten Goldschnittausgaben, die deutschen Klassiker und der Pharus-am-Meere-des-Lebens für den Salon der Dame, der Kampf-um-Rom und Bismarcks-Gedanken-und-Erinnerungen für das Herrenzimmer und dazu das Fach mit dem Kognak und den Zigarren, die Bibliothek der Vorfahren, die Geld verdient und nicht gelesen hatten, stand neben Philipps, des unermüdlichen Lesers, ins Haus getragener Büchersammlung voll Unrast und Zergliederung, das entblößte Herz, der sezierte Trieb. Und vor ihnen, den prächtig gebundenen und den zerlesenen vergebens befragten Bänden, vor ihnen und zu ihren Füßen gewissermaßen ruhte die Unbekleidete, die Erbin, die Hand zwischen den kindlich gebliebenen Schenkeln, und suchte zu vergessen, zu vergessen, was man nun Wirklichkeit nannte und Härte des Lebens und Lebenskampf und soziale Eingliederung, und Behude sprach von der nicht gelungenen Anpassung an die Umwelt; und alles bedeutete doch nur, daß es ein schlechtes Leben war, eine verfluchte Welt, und die Sonderstellen verloren das Fein-heraus-Sein durch die glückliche Geburt, den Fall ins wohlbereitete Nest, was war nun am törichten Schmeichelschwall um ihr Kindesalter? ›Du bist reich, Schöne, du erbst, Hübsche, erbst das Großmütterleinvermögen, die Kommerzienratsfabrikmillionen, er dachte an dich, der Geheime diätlebende Kommerzienrat, der treusorgende *pater familias*, dachte an seine Enkelin, an die noch nicht geborene, beschenkte sie reichlich und reichlich sichernd und vorausschauend in seinem Testament, auf daß es dir gut gehe, Kind, und das Geschlecht blühen möge und immer noch reicher werde, brauchst nichts zu tun, er tat so viel, brauchst dich nicht zu mühen, er mühte sich und achthundert Arbeiter, ›für dich, Täubchen, schwimmst oben‹ (was schwimmt oben? was schwimmt oben auf einem Teich? Froschlaich, Vogeldreck, Faulholz, schillernde Farbflecke, unruhige Spektren aus Schmiere, Schlamm und Verwesung, die Leiche der jungen Liebenden), ›darfst feiern, Kind, Gartenfeste, du Hübsche, wirst immer die Ballkönigin sein, Emilia!‹ Sie wollte vergessen, vergessen die entwerteten Hypotheken, die enteigneten Rechte, die Reichsschatzanweisungen im Girosammeldepot, Papier, Makulatur, vergessen den unrentablen verfallenden Hausbesitz, die Bodenlasten, die unverkäuflichen Mauersteine, die Kettung an die Ämter, die Formulare, die gewährten und widerrufenen Stundungen, die Anwälte, sie wollte vergessen, wollte dem Betrügenden entlaufen, zu spät, der Materie entkommen, dem Geist nun sich hingeben, dem bisher nicht geachteten, dem verkannten, er war ein neuer Retter, seine schwerelosen Kräfte, les *fleurs du mal*, Blumen auz dem Nichts, der Trost in Dachkammern, wie-hasse-ich-die-Poeten, die-Pumper, die-alten-Freitischschlucker, Geist Trost in verfallenen Villen, ja-wir-waren-reich, *une saison en enfer: il semblait que ce fût un sinistre lavoir, toujours accablé de la pluie et noir,* Benn Gottfried Frühe Gedichte, La Morgue ist – dunkele-süße – Onanie, *les paradis artificiels* auf den Holzwegen,

Philipp auf den Holzwegen, ratlos im Gestrüpp in den Fußangeln Heideggers, der Geruch nie wieder geschmeckter Bonbons auf dem Ausflug mit den Freundinnen, der Lido von Venedig, die Kinder der Wohlhabenden *à la recherche du temps perdu,* Schrödinger *What is Life?* das Wesen der Mutation, das Verhalten der Atome im Organismus, der Organismus kein physikalisches Laboratorium, ein Strom von Ordnung, du entgehst dem Zerfall im anatomischen Chaos, die Seele, ja, die Seele, *Deus factus sum,* die Upanischaden, Ordnung aus Ordnung, Ordnung aus Unordnung, die Seelenwanderung, die Vielheitshypothese, komme-als-Tier-wieder, bin-freundlich-zu-den-Tieren, das-Kalb-am-Strick-das-so-schrie-vor-dem-Garmischer-Schlachthof, das Geworfensein, Kierkegaard Angst tagebuchschreibender Verführer nicht zu Cordelia ins Bett, Sartre der Ekel ich-ekele-mich-nicht, ich treibe dunkele süße Onanie, das Selbst, die Existenz und die Philosophie der Existenz, Millionärin, war-mal, es-war-einmal, die Reisen der Großmutter, Wirkliche Geheime Kommerzienrätin, Onanie dunkele süße, Auers Gasglühlicht summt, wenn-sie-alles-in-Gold-angelegt- hätten, Beginn der Sozialversicherung, ich-sollte-kleben-für-mein-Alter, der junge Kaiser, Billioneninflation, hätten-sie-in-Gold, Soforthilfeabgabe fällig, das war Nizza, Onanie, die Promenade des Anglais, die Reiherhüte, in Kairo Shepheards Hotel, Mena House Hotel vor den Pyramiden, die Nierenkur des Wirklichen Geheimen Kommerzienrats, Austrocknung der Verschlammung, Wüstenklima, Photopostkarte, *carte postale* Wilhelm-und-Lieschen-auf-demKamelritt, die Ahnen, Luxor das hunderttorige Theben, die Nekropolis, das Totenfeld, die Totenstadt, ich-sterbe-jung, Admet der junge Gide in Biskra *l'Immoraliste* Liebe ohne Namen, der Wirkliche Geheime starb *pompes funèbres,* Millionen, Millionen-nicht-in-Gold, die Abwertungshypothek, der Ammontempel, Ramses irgendeiner im Schutt, die Sphinx Cocteau: ich-liebe, wer-liebt-mich?, das Gen der Kern des befruchteten Eis, brauch-mich-nicht-vorzusehen-zwölfmal-regelmäßig, der Mond, kein Arzt, Behude-ist-neugierig, alle-Ärzte-lüstern, mein Schoß, Körper-gehört-mir, kein Leiden, süße-dunkle-Schuftigkeit –

Erschöpfung perlte auf ihrer Stirn, jede Perle ein Mikrokosmos der Unterwelt, ein Gewimmel von Atomen, Elektronen und Quanten, Giordano Bruno sang auf dem Scheiterhaufen das Lied von der Unendlichkeit des Alls, Botticellis Frühling reifte, wurde Sommer, wurde Herbst, war es schon Winter, ein neuer Frühling? ein Embryo eines Frühlings? Wasser sammelte sich in ihren Haaren, sie fühlte sich feucht an, und vor ihrem glänzenden, im Feuchten schwimmenden Blick schien Philipps Schreibtisch ihr wieder der Ort des Zauberns, ein gehaßter Ort freilich, aber die Stätte des möglichen Wunders zu sein: Reichtum und Ruhm, auch sie in rühmlichem Reichtum und in Sicherheit! Sie taumelte. Die Sicherheit, die ihr die Zeit genommen hatte, die ihr das verkündete, angefallene und entwertete Erbe nun versagte, die ihr die Häuser nicht mehr gewährten, die Risse in den Mauern, überall Risse in der Materie, würde ihr diese verlorene, wie ein Hochstapler aufgetretene und wie ein Hochstapler geplatzte Sicherheit der schwache, mittellose, von Herzklopfen und Schwindel gequälte Philipp bringen, der, immerhin, das war neu für sie, mit dem Unsichtbaren in Verbindung stand, dem Gedanken, dem Geist, der Kunst, der hier sein Sach auf nichts gestellt, aber dort im Spirituellen vielleicht ein Guthaben hatte? Vorerst aber war jede Sicherheit hin. Philipp sagte, es habe nie eine Sicherheit gegeben. Er log! Er wollte sein Gut nicht mit ihr teilen. Wie könnte er ohne Sicherheit leben? Emilia war nicht schuld, daß die alte Sicherheit eingestürzt war, in deren Schoß zwei Generationen sich's gemütlich gemacht hatten. Sie wollte Rechenschaft! Sie forderte ihr Erbe von jedermann, der älter war als sie. Sie war in der Nacht durchs Haus gerast, eine kleine schmächtige Furie, von ihren Tieren gefolgt, den nicht reden könnenden und darum unschuldigen Lieblingen, gestern, als Philipp sich drückte, als er ihre Schreie nicht zu ertragen meinte, ihr sinnloses Aufbegehren treppauf treppab zum Hausmeister in den Keller, Füße und Fäuste gegen die geschlossene Tür: »Ihr Nazis, warum habt ihr ihn gewählt, warum habt ihr das Elend gewählt, warum den Abgrund, warum den Untergang, warum den Krieg, warum das Vermögen in die Luft geschossen, ich hatte ja Geld, ihr Nazis« (und der Hausmeister lag hinter der verriegelten Tür, hielt den Atem an, rührte sich nicht, dachte ›warte es geht vorüber, ein Wetter, es kommt wieder anders, sie beruhigt sich‹), und die andern Nazis hinter anderen Türen im Haus, ihr Vater hinter der gesicherten Schloßfalle ein Miterbe »du Nazi, du Tor, Verschleuderer, mußtest marschieren, mußtest mitmarschieren, mitlaufen, bist Mitläufer, Hakenkreuz auf der Brust, futsch das Geld, konntet ihr nicht Ruhe geben? mußtet ihr kläffen« (und der Vater saß hinter der Tür, hörte nicht den Schrei, stellte sich nicht der Anklage, gerechtfertigt oder nicht, hielt die Akten vors Gesicht, die Bankpapiere, die Schuldbriefe, die Hinterlegungsscheine, rechnete ›und dies bleibt mir noch und dieser Anteil und jener und dort ein Fünftel vom Nebenhaus und vielleicht die Berliner Hypothek, aber im Ostsektor, wer weiß‹ *USA gegen Präventivkrieg)*. Warum sorgte Philipp sich nicht? Vielleicht, weil er von dem mitzehrte, was sie noch hatte, vom Gott der Großeltern, und sein Gott war ein falscher Gott? Wenn man es alles wissen könnte! Das blasse Gesicht zuckte. Sie taumelte, taumelte nackt zum Schreibtisch, nahm ein Blatt vom Stoß des weißen unbeschriebenen Papiers, vom Häufchen der Reinheit der ungeschehenen Empfängnis, spannte es in die kleine Maschine ein und tippte vorsichtig mit einem Finger: ›Sei nicht böse. Ich liebe dich doch, Philipp. Bleib bei mir.‹

Er liebte sie nicht. Warum sollte er sie lieben? Er war nicht weiter stolz auf die Verwandtschaft. Gleichmut erfüllte ihn. Warum sollte er sich gerührt fühlen? Keine besondere Empfindung bedrängte oder weitete die Brust. Die dort unten wohnten, beschäftigten Richard nicht mehr als andere alte Völker: oberflächlich. Er reiste dienstlich; nein, dienstlich, das hätten die unten gesagt, die Kasernenhofsippe, die alten Fürstendiener, er reiste aus Nützlichkeitsgründen, im Auftrag seines Landes und seiner Zeit, und er glaubte, es sei nun die Zeit seines Landes, das Jahrhundert der gereinigten Triebe, der nützlichen Ordnung, der Planung, der Verwaltung und der Tüchtigkeit, und zunächst würde es neben dem Dienst eine Art ironisch-romantischer Welt- und Schloßbesichtigung sein. Was sie von ihm erwarten durften, war Unbefangenheit. Das war ihre Chance. Augustus schiffte sich nicht als Wohltäter der Griechen nach Hellas ein. Die Geschichte zwang Augustus, sich um die verworrenen griechischen Verhältnisse zu kümmern. Er schuf Ordnung. Er gängelte einen Haufen von Fanatikern, Stadtschwärmern und Winkelpatrioten; er unterstützte die Vernunft, die Gemäßigten, das Kapital und die Akademien und nahm die Wahnsinnigen, die Weisen und die Päderasten in Kauf. Es war sein Interesse und ihre Chance. Richard fühlte sich frei von Feindschaft und Vorurteilen, nicht Haß und Verachtung belasteten ihn. Die Mißgefühle waren Giftstoffe, von der Zivilisation überwundene Krankheiten wie Pest, Cholera und Pocken. Richard war geimpft, er war hygienisch erzogen und ausgeschlackt. Vielleicht würde er herablassend sein, ohne herablassend sein zu wollen, denn er war jung, überschätzte das Jungsein und blickte herab, blickte herab auf sie in aller Tatsächlichkeit, herab auf ihre Länder, ihre Könige, ihre Grenzen, ihren Hader, ihre Philosophen, ihre Gräber, ihren ganzen ästhetischen, pädagogischen, gedanklichen Humus, ihre ewigen Kriege und Revolutionen, er blickte herab auf ein einziges lächerliches Schlachtfeld, die Erde lag unter ihm wie auf einem Chirurgentisch: arg zerschnitten. Natürlich sah er es nicht wirklich so; er sah weder Könige noch Grenzen, wo vorläufig nur Nebel und Nacht war, auch sein geistiges Auge stellte es sich nicht vor, sein Schulwissen war es, das den Erdteil so sah. Geschichte war Vergangenheit, die Welt von gestern, Jahreszahlen in Büchern, eine Kindermarter, jeder Tag aber bildete auch wieder Geschichte, neue Geschichte, Geschichte im Präsens, und das bedeutete Dabeisein, Werden, Wachsen, Handeln und Fliegen. Man wußte nicht immer, wohin man flog. Erst morgen würde alles seinen historischen Namen erhalten, mit dem Namen seinen Sinn, würde echte Geschichte werden, in Schulbüchern altern, und dieser Tag, dies Heute, dieser Morgen würde einst für ihn ›meine Jugend‹ sein. Er war jung, er war neugierig, er würde sich's anschauen: das Land der Väter. Es war eine Morgenlandfahrt. Kreuzritter der Ordnung waren sie, Ritter der Vernunft, der Nützlichkeit und angemessener bürgerlicher Freiheit: sie suchten kein Heiliges Grab. Es war Nacht; als sie das Festland erreichten. Am klaren Himmel leuchtete vor ihnen ein frostiges Licht: der Morgenstern, Phospheros, Luzifer, der Lichtbringer der antiken Welt. Er wurde zum Fürsten der Finsternis. Nacht und Nebel lagen über Belgien, über Brügge, Brüssel und Gent. Der Dom zu Köln hob sich aus dem Morgengrauen. Das Morgenrot löste sich wie eine Eischale von der Welt: der neue Tag war geboren. Sie flogen den Rhein aufwärts. Lieb-Vaterland-magst-ruhig-sein-fest-steht-und-treu-dieWacht-am-Rhein: Lied des Vaters, als er achtzehn war, Lied des Wilhelm Kirsch in Schulklassen, in Kasernenstuben, auf dem Exerzierplatz, auf Märschen gesungen, Wacht des Vaters, Wacht des Großvaters, Wacht des Urgroßvaters, Wacht am Rhein, Wacht von Brüdern, Wacht von Vettern, Wacht am Rhein, Grab von Ahnen, Grab der Blutsverwandten, Wacht am Rhein, nicht erfüllte Wacht, mißverstandene Wacht, sie-sollen-ihn-nicht-haben, wer? die Franzosen, wer hatte ihn schon? die Menschen am Strom, Schiffer, Fischer, Gärtner, Winzer, Händler, Fabrikherren, Liebende, der Dichter Heine, wer soll ihn haben? wer mag, wer da ist, hatte nun er ihn, Richard Kirsch, Soldat der US-Luftwaffe, achtzehn Jahre alt, der ihn von oben betrachtete, oder war er es gar nun wieder, der die Wacht am Rhein bezog, guten Glaubens wie sie und vielleicht wieder in der Falle eines Mißverstehens des geschichtlichen Augenblicks? Er dachte ›wenn ich etwas älter wäre, vierundzwanzig vielleicht statt achtzehn, dann hätte ich auch mit achtzehn Jahren hier fliegen, hier zerstören und hier sterben können, wir hätten Bomben gebracht, wir hätten Bomben geworfen, wir hätten einen Weihnachtsbaum angezündet, wir hätten einen Teppich ausgelegt, wir wären ihr Tod gewesen, wir wären vor ihren Scheinwerfern in den Himmel getaucht, wo wird das einmal sein? wo werde ich ausüben, was ich lerne? wo werde ich Bomben werfen? wen werde ich bombardieren? hier? diese? weiter vor? andere? weiter zurück? wieder andere?‹ Über Bayern trübte sich das Land ein. Sie flogen über den Wolken. Als sie landeten, roch die Erde feucht. Der Flughafen roch nach Gras, nach Benzin, Auspuffgasen, Metall und nach etwas Neuem, nach der Fremde, es war ein Backgeruch, ein Brotteiggeruch nach Gärung, Hefe und Alkohol, appetitanregend und animierend, es dunstete nach Biermaische aus den großen Brauereien der Stadt.

Sie gingen durch die Straßen, Odysseus voran, ein großer König, ein kleiner Sieger, jung, lendenstark, unschuldig, tierhaft, und Josef hinter ihm, zusammengeschrumpft, gebückt, alt, müde und pfiffig doch, und mit seinen pfiffigen Äuglein durch die billige Krankenkassenbrille schaute er auf den schwarzen Rücken, hoffnungsvoll, mit Vertrauen, die leichte Last, den guten Auftrag in der Hand, das musizierende Köfferchen Bahama-Joe mit seinen Klängen, Bahama-Joe mit seinem Musikgeknatter, Stimmgeschnatter, Bahama-Joe mit den gestopften Trompeten, den Drums, den Schellen, dem Gequietsch, Gejaul und dem Rhythmus, der sich ausbreitete und die Mädchen ergriff, die Mädchen, die dachten ›der Nigger, dieser freche Nigger, der greuliche Nigger, nein, ich tät's nicht‹, Bahama-Joe, und andere dachten ›Geld haben die, so viel Geld, ein schwarzer Soldat verdient mehr als ein Oberinspektor bei uns, US-Private, wir Mädels haben unser Englisch gelernt, Bund Deutscher Mädel, kann man einen Neger heiraten? keine Rassengesetze in USA, Verfemung, kein Hotel nimmt einen auf, die halbschwarzen Kinder, Besatzungsbabies, arme Kleine, wissen nicht, wo sie hingehören, können nichts dafür, nein, ich tät' es nicht!‹ Bahama-Joe, Schnörkel des Saxophons. Eine Frau stand vor einem Schuhgeschäft, sie sah im Spiegel der Scheibe den Neger vorübergehen, sie dachte ›die Sandalen mit dem Keilabsatz, die würden mir gefallen, wenn man mal könnte, die Burschen haben Körper, Manneskraft, sah mal 'n Boxkampf, Vater war nachher erschöpft, der nicht‹ – Bahama-Joe. Sie gingen vorbei an den Trinkbuden, den Stehausschänken, verboten für alliierte Soldaten, und aus den Holzverschlägen krochen sie hervor, die Schlepper, die Wechsler, die Schnapper: »He, Joe, Dollar? Joe, hast du Benzin? Joe, ein Girl?« Sie saßen schon in den Buden, die Ware, bei Limonade, bei Coca-Cola, schlechtem Kaffee, stinkender Brühe, den Bettdunst, den Geruch der Umarmungen von gestern noch nicht abgewaschen, die Hautflecken überpudert, das von Bleiche und Färbung tote Puppenhaar wie gebündeltes Stroh, sie warteten, Geflügel auf Bestellung täglich frisch, blickten durch die Scheiben, was die Schlepper trieben, ob sie winkten, ein Schwarzer, die waren gutmütig, gaben großzügig, gehörte sich so, minderwertige Kerle, zerrissen einem den Unterleib: ›müssen froh sein 'ne weiße Frau zu kriegen, Entwürdigung von uns, schöne widerliche Entwürdigung.‹ »He, Joe, hast du was zu geben?« – »He, Joe, suchst du was zu kaufen?« – »Joe, ich gebe!« – »Joe, ich nehme!« Sie umschwärmten sie: Maden am Speck, käsige Gesichter, hungrige Gesichter, Gesichter, die Gott vergessen hatte, Ratten, Haifische, Hyänen, Lurche, kaum noch mit Menschenhaut getarnt, wattierte Schultern, karierte Jacken, dreckige Trenchcoats, bunte Socken, Wulstsohlen unter den speckigen Wildlederschuhen, Karikaturen einer Revuefilmmode von drüben, arme Schlucker auch, Heimatlose, Verwehte, Opfer des Krieges. Sie wandten sich an Josef, Bahama-Joe: »Braucht dein Nigger deutsches Geld?« – »Wir wechseln deinem Nigger.« – »Will er ficken? Drei Mark für dich. Darfst zugucken, Alter, machst die Musik.« Bahama-Joe,

Musik mit ihrem Silberklang. Josef und Odysseus hörten das Gewisper und hörten es nicht. Bahama-Joe: sie ließen die Wisperer stehen, die zischenden Schlangen, Odysseus stieß sie zurück, sanft, gewaltig wie ein Walfisch, drängte sie beiseite, die kleinen mickrigen Gauner, die Pickelgesichter, die Stinknasen, die ausgevögelten Burschen. Josef folgte dem mächtigen Odysseus, watschelte in seinem Sog. Bahama-Joe: sie gingen weiter, gingen an den Neubauten der Kinos *Unsterbliche Leidenschaft gnadenlos ergreifendes Arztschicksal,* an den Neubauten der Hotels *Dachgarten über den Ruinen Cocktailstunde* vorbei, wurden von Kalkstaub berieselt, mit Mörtel beworfen, gingen durch die auf Trümmerfeldern errichteten Ladenstraßen, zur Linken und zur Rechten die ebenerdigen Baracken, blitzend mit Chromleisten, Neonleuchten und Spiegelscheiben: Parfüm aus Paris, Dupont-Nylon, Ananas aus Kalifornien, schottischer Whisky, bunte Zeitungsstände: *Zehn Millionen Tonnen Kohle fehlen.* Die Verkehrsampel stand auf Rot und hemmte den Übergang. Straßenbahnen, Automobile, Radfahrer, schwankende Dreiradwagen und schwere amerikanische Heerestrucks strömten über die Kreuzung.

Das rote Licht sperrte vor Emilia den Weg. Sie wollte zum Leihamt, das schloß am Mittag, dann zu Unverlacht, dem Althändler im feuchten Gewölbe, er würde ihr unter den Rock langen, zur jammernden Antiquitätenhändlerin, Frau de Voss, die würde nichts kaufen, wohnte aber nahe bei Unverlacht, und schließlich, sie ahnte es, sie wußte es, die Perlen würden geopfert werden, das geknüpfte mondbleiche Geschmeide, sie mußte zu Schellack, dem Juwelier. Sie trug Schuhe von gutem Schnitt aus echtem Schlangenleder, aber die Absätze waren schiefgetreten. Ihre Strümpfe waren aus dem allerdünnsten Gewebe, denn Philipp liebte hauchdünne Strümpfe und wurde zärtlich, wenn sie im Winter bei scharfem Frost mit verkühlten Waden nach Hause kam, aber, o weh, in dem als maschenfest angepriesenen Gespinst lockerten sich die Fäden und stürzten wie rieselnde Bäche vom Knie zum Knöchel. Der Rock hatte einen Triangelriß im Saum: wer sollte ihn nähen? Emilias Pelzjacke, zu warm für die Jahreszeit, war aus feinstem Feh, zerzaust und zerrissen, was tat's, sie ersetzte den Übergangsmantel, den Emilia nicht hatte. Ihr junger Mund war geschminkt, die Blässe der Wangen mit etwas Rouge behoben, die Haare wehten offen im regennassen Wind. Die Sachen, die sie mitgenommen hatte, waren in ein englisches Reiseplaid gewickelt, dem Gepäck der Lords und Ladys bei Wilhelm Busch und in den Fliegenden Blättern. Emilia trug schwer an dem Entzücken der alten Humoristen. Jede Last machte ihr rheumatische Beschwerden in der Schulter. Jede Beschwerde machte sie unleidlich und erfüllte sie mit Trotz und Verbitterung. Sie stand mißgelaunt unter der roten Ampel und blickte mißmutig in den Strom des Verkehrs.

Im Wagen des Konsuls, im lautlos und erschütterungsfrei gleitenden Cadillac, im Gefährt der Reichen auf der Seite der Reichen, der Staatsmänner, der Arrivierten, der planenden Manager, wenn man sich nicht täuschen ließ, in einem geräumigen schwarzglänzenden Sarg fuhr Mr. Edwin über die Kreuzung. Er fühlte sich müde. Die Reise, wohl liegend, doch schlaflos verbracht, hatte ihn angestrengt. Er schaute entmutigt in den trüben Tag, entmutigt in die fremde Straße. Es war das Land Goethes, das Land Platens, das Land Winckelmanns, über diesen Platz war Stefan George gegangen. Mr. Edwin fror. Er sah sich auf einmal übriggeblieben, allein gelassen, alt, uralt, so alt, wie er war. Er drückte den somit alten, den noch immer jugendschlank gehaltenen Leib in die weichen Polster des Wagens. Es war eine Geste des Verkriechens. Die Krempe seines schwarzen Hutes stieß gegen die Kissen, und er legte den Hut, ein federleichtes Erzeugnis der Bond Street, in den Schoß. Sein edles, Askese, Zucht und Versenkung andeutendes Gesicht wurde böse. Unter den sorgfältig gescheitelten, seidezarten langen grauen Haaren bekam er die scharfen Züge eines alten gierigen Geiers. Der Konsulatssekretär und der literarische Impresario des Amerikahauses, die man zu Mr. Edwins Empfang an die Bahn geschickt hatte, saßen vor ihm auf den Klappsitzen des Wagens, beugten sich zu ihm zurück und fühlten sich verpflichtet, den Berühmten, den Preisgekrönten, das seltene Tier zu unterhalten. Sie deuteten auf angebliche Sehenswürdigkeiten der Stadt, sprachen über die Art, wie sie seinen Vortrag organisiert hatten, schwätzten – es hörte sich an, als schwenkten Scheuerfrauen unermüdlich die nassen Tücher über einen staubigen Boden. Mr. Edwin fand, daß die Herren den Slang der Gewöhnlichkeit sprachen. Das war ärgerlich. Mr. Edwin liebte den Slang der Gewöhnlichkeit, manchmal, wenn er sich der Schönheit gesellte, aber hier bei diesen wohlerzogenen Herren seiner Gesellschaftsklasse ›meine Gesellschaftsklasse? welche Klasse? vorurteilslos gegen jedermann, klassenloser Außenseiter, keine Gemeinschaft, keine‹ war der Slang, das wie Gummi gekaute Amerikanisch, peinlich, bedrückend und verstimmend. Edwin rutschte noch tiefer in die Wagenecke. Was brachte er dem Land mit, Goethe, Winckelmann, Platen, was brachte er mit? Sie würden empfindlich, vielleicht empfänglich sein, die Geschlagenen, sie würden wach sein, schon geweckt vom Unheil, sie würden voll Ahnung sein, näher am Abgrund, vertrauter mit dem Tod. Kam er mit einer Botschaft, brachte er Trost, deutete er das Leid? Er sollte über die Unsterblichkeit sprechen, über die Ewigkeit des Geistes, die unvergängliche Seele des Abendlandes, und jetzt? jetzt zweifelte er. Seine Botschaft war kalt, sein Wissen war erlesen. Erlesen im Doppelsinn, aus Büchern stammend, aber auch ausgewählt, ein Extrakt aus dem Geist der Jahrtausende, erlesen, aus allen Zungen erlesen, der Heilige Geist, ausgegossen in die Sprachen, erlesen, kostbar, die Quintessenz, funkelnd, destilliert, süß, bitter, giftig, heilsam, fast schon die Deutung, aber die Deutung der Geschichte nur, schließlich auch diese Deutung fragwürdig, die schöngeformten klugen Strophen, sensible Reaktionen, und dennoch: er kam mit leeren Händen, ohne Gabe, ohne Trost, keine Hoffnung, Trauer, Müdigkeit, nicht Trägheit, Herzensleere. Sollte er nicht schweigen? Er hatte schon vorher die Zerstörungen des Krieges gesehen, wem in Europa waren sie unbekannt?, er hatte sie in London gesehen, in Frankreich, in Italien, furchtbare unverhüllte Wunden in den Städten, doch was er hier in dem wohl betroffensten Ort seiner Wanderschaft aus dem Fenster des Konsulatswagens sah, gewiegt auf Gummi, Preßluft und ingeniöser Federung, vor Staub geschützt, war aufgeräumt, geordnet, verpflastert, schon wiederhergestellt und grade darum so schrecklich, so hinfällig: es war nie wiedergutzumachen. Er sollte über Europa und für Europa sprechen, aber wünschte er geheim vielleicht die Zerstörung, die Zertrümmerung des Gewandes, in welcher der geliebte, der im Geist so sehr geliebte Erdteil sich zeigte, oder war es so, daß er, Mr. Edwin, spät auf die Reise gegangen, den spät und ach aus welchem Mißverstehen gekommenen Ruhm zu kassieren, sich feiern zu lassen, daß er die Bedeutung des Vergehens kannte, ein Freund des Vogels Phönix war, der ins Feuer mußte, in die Asche das bunte Gefieder, diese Läden da, die Menschen, behelfsmäßig alles, das Slanggeschwätz in seinem Wagen – töricht: was sollte er ihnen sagen? Vielleicht würde er in dieser Stadt sterben. Eine Nachricht. Eine Notiz in den Abendausgaben. Ein paar Gedenkartikel in London, in Paris, in New York. Dieser schwarze Cadillac war ein Sarg. Nun streiften sie einen Radfahrer ›o weh, er schwankt, er hält sich‹ –

Er hielt sich im Gleichgewicht. Er balancierte, strampelte, lenkte das Rad in die freie Lücke, Dr. Behude, Facharzt für Psychiatrie und Neurologie, er trat die Pedale, er kam voran, heute abend wird er im Amerikahaus den Vortrag von Mr. Edwin hören, das Gespräch über den abendländischen Geist, die Rede über die Macht des Geistes, Sieg des Geistes über die Materie, Geist bezwingt die Krankheit, Krankheiten seelisch bedingt, Leiden psychisch heilbar. Dr. Behude schwindelte. Die

Blutentnahme hatte ihn diesmal geschwächt. Vielleicht ließ er sich zu oft anzapfen. Die Welt brauchte Blut. Dr. Behude brauchte Geld. Sieg der Materie über den Geist. Sollte er vom Weg abbiegen, vom Rad steigen, in eine Kneipe gehen, etwas trinken, fröhlich sein? Er schwamm im Strom des Verkehrs. Er spürte Kopfschmerzen, die er bei seinen Patienten ignorierte. Er radelte weiter auf dem Wege zu Schnakenbach, dem müden Gewerbelehrer, dem begabten Formeltüfteler, dem Volkshochschuleinstein, einem pervitin- und benzidrinsüchtigen Schatten. Behude bereute, Schnakenbach gestern die Pillen verweigert zu haben, die den Lehrer wach hielten. Nun wollte er ihm das die Sucht befriedigende, für eine Spanne das klägliche Leben erhaltende und es doch weiter zerstörende Rezept ins Haus bringen. Gern wäre er zu Emilia gefahren. Er mochte sie: er hielt sie für gefährdeter als Philipp ›der wird alles überstehen, er wird sogar seine Ehen überstehen, ein tapferes Herz, Neurosen, gewiß Neurosen, eine Pseudoangina pectoris, gehupft wie gesprungen, aber ein tapferes Herz, man sieht's ihm nicht an‹, doch Emilia kam nicht in seine Sprechstunde und versteckte sich, wenn er Philipp zu Hause besuchte. Er übersah, daß Emilia an der Kreuzung, an der er vorüberradelte, auf das grüne Licht wartete. Er war über die Lenkstange gebeugt, die rechte Hand an der Bremse, den Zeigefinger der linken an der Klingel: ein Fehlläuten konnte töten, eine Fehlleistung entlarven, das Fehlläuten der Nachtglocke, verstand er Kafka? –

Washington Price lenkte die horizontblaue Limousine über die Kreuzung. Sollte er? Sollte er nicht? Er wußte, daß die Tankwagen in seinem Depot geheime Zapfhähne hatten. Das Risiko war klein. Er brauchte nur mit dem Fahrer des Tanks halbpart zu machen, bei der deutschen Tankstelle, die jeder Benzinkutscher kannte, vorzufahren und sich einige Gallonen abdrehen zu lassen. Gutes Geld war ihm sicher. Er brauchte Geld. Er wollte nicht unterliegen. Er wollte Carla, und er wollte Carlas Kind. Er hatte noch keinen Punkt auf der Strafliste.

Er glaubte an Anständigkeit. Jedem Bürger seine Chance. Auch dem schwarzen Mann seine Chance. Washington Price Sergeant in the Army. Washington mußte reich sein. Er mußte wenigstens vorübergehend reich sein; hier und heute mußte er reich sein. Dem Reichtum würde Carla vertrauen. Sie würde dem Geld eher vertrauen als seinen Worten. Carla wollte nicht sein Kind zur Welt bringen. Sie hatte Angst. Mein Gott, warum Angst haben? Washington war der beste, der stärkste, der flinkeste Baseballcrack in der berühmten Mannschaft der Red Stars. Aber er war nicht mehr der Jüngste. Dieses mörderische Laufen um die Base! Es strengte ihn an. Er bekam keine Luft mehr. Aber ein Jahr, zwei Jahre würde er es schon noch aushalten. Er würde noch gut in der Arena sein. Ein rheumatischer Schmerz durchzuckte seinen Arm; das war eine Warnung. Er würde die Sache mit dem Benzin nicht machen. Er mußte zum Central Exchange fahren. Er mußte Carla ein Geschenk kaufen. Er mußte telephonieren. Er brauchte Geld. Gleich –

Gleich aus der Linie sechs in die elf. Sie würde Dr. Frahm noch treffen. Es war gut, wenn sie ein wenig nach der Sprechstunde kam. Frahm hatte dann Zeit. Sie mußte es loswerden. Gleich. Washington war ein guter Kerl. Wie hatte sie sich gefürchtet! Der erste Tag in der Kaserne der Schwarzen. Der Leutnant hatte gesagt: »Ich weiß nicht, ob Sie bleiben werden.« Sie drängten sich vor dem Fenster der Tür, preßten die platten Nasen wie Knetgummi gegen die Scheibe, ein Gesicht neben dem andern. Wer saß im Käfig? wer vertrat die Gattung im Zoo? sie hinter dem Glas? die vor dem Glas? War es ein so weiter Weg vom deutschen Wehrmachtsbüro, Sekretärin des Platzkommandanten, zu den schwarzen Soldaten der US-Transporttruppe? Sie schrieb, schrieb ganz gut Englisch, beugte den Kopf über die Maschine, nicht das fremde Wesen sehen, nicht die dunkle Haut, nicht diese Geschmeidigkeit in Ebenholz, nicht den Mann, nicht den gutturalen Laut hören, nur den Text, den er diktiert, sie mußte arbeiten, sie konnte nicht bei der Mutter bleiben, nicht bei Frau Behrend, sie gab ihr unrecht in der Verurteilung des Musikmeisters, sie mußte für ihren Jungen sorgen, sein Vater lag an der Wolga, vielleicht ertrunken, vielleicht begraben, verschollen in der Steppe, kein Gruß mehr nach Stalingrad, sie mußte was auftreiben, man war am Verhungern, die schlimmen Jahre fünfundvierzig, sechsundvierzig, siebenundvierzig, am Verhungern, sie mußte, warum sollte sie nicht? waren es nicht auch Menschen? Am Abend war er da. »Ich bringe Sie nach Hause.« Er führte sie durch den Kasernengang. War sie nackt? Die Männer standen im Gang, dunkel im Abendschatten des Ganges, ihre Augen waren wie unruhige weiße Fledermäuse und ihre Blicke wie Haftscheiben an ihrem Leib. Er saß neben ihr am Steuer des Jeeps. »Wo wohnen Sie?« Sie sagte es ihm. Er sprach nicht während der Fahrt. Er hielt vor ihrem Haus. Er öffnete den Wagenschlag. Er reichte ihr Schokolade, Konserven, Zigaretten, sehr viel in jenen Tagen. »Auf Wiedersehen.« Nichts weiter. Jeden Abend. Er holte sie ab aus dem Büro, führte sie durch den Gang mit den wartenden, starrenden, dunklen Männern, brachte sie heim, saß stumm neben ihr im Wagen, schenkte ihr was, sagte: »Auf Wiedersehen.« Manchmal hockten sie wohl eine Stunde in dem Wagen vor ihrem Haus: stumm und ohne sich zu rühren. Auf der Straße lag damals noch der Schutt der zerbombten Gebäude. Der Wind wehte Staub auf. Die Ruinen waren wie ein Totenfeld, außerhalb jeder Wirklichkeit des Abends, waren Pompeji, Herkulaneum, Troja, versunkene Welt. Eine erschütterte Mauer stürzte ein. Neuer Staub legte sich wie eine Wolke über den Jeep. In der sechsten Woche hielt Carla es nicht mehr aus. Sie träumte von Negern. Im Traum wurde sie vergewaltigt. Schwarze Arme griffen nach ihr: wie Schlangen kamen sie aus den Kellern der Ruinen. Sie sagte: »Ich kann nicht mehr.« Er kam mit ihr auf ihr Zimmer. Es war wie ein Ertrinken. War es die Wolga? Nicht eisig, ein glühender Strom. Am nächsten Tag kamen die Nachbarn, kamen die Bekannten, der frühere Wehrmachtchef kam, alle kamen sie, wollten Zigaretten, Konserven,

Kaffee, Schokolade »sag deinem Freund, Carla«, »dein Freund kann im Central Exchange, im amerikanischen Kaufhaus, Carla«, »wenn dein Freund mal dran denken würde, Carla, Seife«: Washington Price besorgte, beschaffte, brachte. Die Freunde bedankten sich leichthin. Es war, als liefere Carla einen Tribut ab. Die Freunde vergaßen, daß die Waren im amerikanischen Lager Dollars und Cents kosteten. War es zum Lachen? War es schön? War es, um stolz drauf zu sein? Carla als Wohltäterin? Sie wußte es bald nicht mehr, und Nachdenken strengte sie an. Sie gab die Stellung in der Transportkaserne auf, zog in ein anderes Haus, wo andere Mädchen mit anderen Männern verkehrten, lebte mit Washington zusammen, war ihm treu, obwohl sich ihr nun viele, ja ungezählte Gelegenheiten zum Beischlaf ergaben, denn jedermann, ob Schwarz ob Weiß, Deutscher oder Ausländer, glaubte nun, da sie mit Washington zusammenlebte, daß sie mit allen ins Bett ginge, es geilte sie auf, und Carla war ihres Gefühls nicht sicher und fragte sich ›liebe ich ihn? liebe ich ihn wirklich? fremd, fremd aber ich bleibe ihm treu, treu das bin ich ihm schuldig, keinen andern‹, und im Nichtstun gewöhnte sie sich an die Bilderwelt unzähliger Magazine, die ihr das Damenleben in Amerika zeigten, die automatischen Küchen, die Waschwunder und Spülmaschinen, die alles reinigten, während man im Liegestuhl der Television folgte, Bing Crosby erschien in jedem Heim, die Wiener Sängerknaben jubelten vorm elektrischen Herd, im schwellenden Polster des Pullmanwagens fuhr man von Ost nach West, im Stromlinienauto genoß man am Abend die Lichter- und Palmenpracht am Golf von San Franzisko, Sicherheit jeder Art wurde von Tablettenfabrikanten und Insurancegesellschaften angeboten, keine Angstträume ängstigten mehr, denn *you can sleep soundly tonight* mit Maybels Magnesium Milch, und die Frau war die Königin, der alles dort diente und zu Füßen lag, sie war *the gift that stars the home*, und für die Kinder gab es Puppen, die echte Tränen weinten; es waren die einzigen Tränen, die in diesem Paradies geweint wurden. Carla wollte Washington heiraten. Sie war bereit, ihm in die Staaten zu folgen. Durch ihren ehemaligen Chef, den Platzkommandanten, der jetzt Bürovorsteher in einer Anwaltskanzlei war, ließ sie die Todeserklärung ihres an der Wolga verschollenen Mannes betreiben. Und da kam das Kind, ein schwarzes Wesen, rührte sich in ihrem Leib, kam zu früh, bereitete ihr Übelkeit, nein, sie wollte es nicht, Dr. Frahm mußte ihr beistehen, mußte es nehmen, gleich –

»Das Zentrum, das Sie hier sehen, war vollständig zerstört. Fünf Jahre Aufbau demokratischer Verwaltung und Verständnis der Alliierten machten die Stadt wieder zum blühenden Mittelpunkt des Handels und des Gewerbes« *Marshallplanhilfe auch für Deutschland, ERP-Mittel gekürzt, Senator Taft kritisiert Ausgaben.* Der Autobus mit der Reisegesellschaft der Lehrerinnen aus Massachusetts passierte die Kreuzung. Sie reisten, ohne es zu ahnen, getarnt. Keinem Deutschen, der die Frauen hinter den Scheiben des Autobusses sah, fiel es ein, sie für Lehrerinnen zu halten. Es waren ja Damen, die da auf rotem Leder saßen, wohlgekleidete, schöngeschminkte, jugendlich gehaltene und wirklich junge, jedenfalls, so dachte man, reiche, gepflegte, nichtstuende, sich mit Stadtbesichtigungen die Zeit vertreibende Damen. ›Hättet ihr die Stadt nicht in Brand geworfen, gäb's hier was anderes zu sehen und ihr wäret gar nicht hier, Soldaten, schön, aber auch noch Weiber auf Besatzungskosten, das sind doch lauter Drohnen.‹ Eine amerikanische Lehrerin verdient – was verdient sie? – ach, unendlich viel mehr als ihre deutsche Kollegin in Starnberg, das arme verschüchterte Wesen, ›ja keinen Anstoß erregen, etwas Puder im Gesicht, der Herr Vikar könnte es übel vermerken, der Herr Schulrat könnte es in die Personalakten schreiben‹. Erziehung ist in Deutschland eine ernste und graue Angelegenheit, fern jeder Daseinsfreude, ein Pfui dem Mondänen, und es bleibt ewig unvorstellbar, eine Dame auf einem deutschen Schulkatheder zu sehen, geschminkt, parfümiert, zu den Ferien in Paris, auf Studienreisen in New York und in Boston, Massachusetts, mein Gott, die Haare sträuben sich, wir sind ein armes Land, und das ist unsere Tugend. Kay saß neben Katharine Wescott. Kay war einundzwanzig, Katharine achtunddreißig Jahre alt. »Du bist in Kays grüne Augen verliebt«, sagte Mildred Burnett. ›Grüne Augen Katzenaugen falsche Augen.‹ Mildred war fünfundvierzig und saß vor ihnen. Sie hatten einen Tag für die Stadt und zwei weitere für die amerikanische Besatzungszone in Deutschland. Katharine schrieb alles mit, was der neben dem Fahrer stehende Mann vom American-Express Büro ihnen erzählte. Sie dachte ›ich kann es im Geschichtsunterricht anbringen, es ist eine historische Stunde, Amerika in Deutschland, die *stars and stripes* über Europa, ich habe es mir angesehen, ich habe es erlebt‹. Kay hatte es aufgegeben, während der Besichtigungsfahrten ein Merkheft zu führen. Man sah ohnedies zuwenig. Erst im Hotel übertrug Kay die wichtigsten Daten aus Katharines Stenogramm in ihr Reisetagebuch. Kay war enttäuscht. Das romantische Deutschland? Es war düster. Das Land der Dichter und Denker, der Musik und der Gesänge? Die Leute sahen aus wie Leute überall. An der Kreuzung stand ein Neger. Ein kleiner Radiokoffer spielte Bahama-Joe. Das war wie in Boston; wie in einer Vorstadt von Boston. Das andere Deutschland war wohl eine Erfindung des Professors für Germanistik im College. Er hieß Kaiser und hatte bis zum Jahre dreiunddreißig in Berlin gelebt. Man hatte ihn vertrieben. ›Vielleicht hat er Heimweh‹, dachte Kay, ›es ist ja seine Heimat, er sieht das anders als ich, er mag Amerika nicht, er hält sie hier alle für Dichter, sie sind nicht so geschäftstüchtig wie die Leute bei uns, aber sie haben ihn vertrieben, warum? er ist ein netter Mann, in Amerika haben wir auch Dichter, Kaiser sagt, es sind Schriftsteller, bedeutende Schriftsteller, aber er macht da einen Unterschied, immerhin: Hemingway, Faulkner, Wolfe, O'Neill, Wilder, Edwin lebt in Europa, wandte uns den Rükken, auch Ezra Pound, in Boston hatten wir Santayana, die Deutschen haben Thomas Mann, aber der ist bei uns, komisch, auch vertrieben, sie hatten, sie hatten Goethe, Schiller, Kleist, Hölderlin, Hofmannsthal, Hölderlin und Hofmannsthal sind Dr. Kaisers Lieblingsdichter, Rilkes Elegien, Rilke starb sechsundzwanzig, wen haben sie jetzt? sitzen auf den Trümmern Karthagos und weinen, ich müßte unserer Reisegesellschaft entwischen, vielleicht würde ich jemand kennenlernen, einen Dichter, ich würde mit ihm sprechen, ich, eine Amerikanerin, ich würde ihm sagen, er soll nicht traurig sein, aber Katharine paßt auf mich auf, lästig, ich bin erwachsen, sie wollte nicht daß ich *Across-the-river* lese ein Buch das nie hätte gedruckt werden dürfen, sagte sie, warum eigentlich nicht? wegen der kleinen Contessa? ob ich auch so schnell?‹ – ›Die Stadt ist farblos‹, dachte Mildred, ›und die Frauen sind schlecht angezogen.‹ Katharine notierte: Noch immer sichtbar die Unterdrückung der Frau, keine dem Mann gleichwertige Stellung. Sie würde darüber in Massachusetts im Frauenklub sprechen. Mildred dachte ›es ist blöd, mit lauter Weibern zu reisen, wir müssen stinken, die Frau, das schwache Geschlecht, ermüdend diese Fahrt, was sieht man? nichts, jedes Jahr lass' ich mich wieder darauf ein, die gefährlichen Krauts, die Judenschinder, jeder Deutsche unterm Stahlhelm, ich seh' nichts, friedliche Leute, arm wohl, ein Soldatenvolk, *Warnung vor Ohne-uns-Propaganda,* Katharine mag den Hemingway nicht, stellte sich an, die Gans, als Kay das Buch lesen wollte, ein furchtbares Buch, Komtesse geht mit altem Major ins Bett, Kay ginge auch mit Hemingway ins Bett, ist aber kein Hemingway da, dafür Schokolade als Betthupfer von Katharine, Kay-Liebling, ihre grünen Augen, haben es ihr angetan, was seh' ich? natürlich ein Pissoir, nie seh' ich Denkmäler, immer nur so was, ob ich mich mal analysieren lasse? wozu? zu spät, in Paris an diesen Orten Wellblech wie kurze Hottentottenschürzen, daß sich die Kerle nicht genieren?‹

Grünes Licht. Messalina hatte sie entdeckt. Alexanders lustwütiges Weib. Emilia wollte ihr entwischen, wollte sich verstekken, aber die Flucht in die Retirade mißglückte: es war ein Männerpissoir gerade an der Straßenecke, und Emilia merkte es erst, als ihr Herren entgegentraten, die sich die Hose schlossen. Emilia erschrak, stolperte und wäre, nun auch noch von dem strengen Ammoniakdunst und Teergeruch benommen, mit dem schweren Plaid, dem lustigen komischen Plaid der Karikaturisten beinahe gegen die urinierenden Rücken gefallen, die Rücken, über die sich ihr Köpfe zuwandten, sinnend ins Leere gerichtete Augen, einfältige Gesichter, die langsam den Ausdruck des Staunens annahmen. Messalina hatte von dem erspähten Opfer nicht gelassen; sie hatte ihr Taxi verabschiedet, das Mietsauto, das sie zum Friseur bringen sollte, zum Bleichen und Aufplustern der Haare: nun wartete sie vor der Retirade. Emilia kam mit feuerrotem Kopf aus der Männerzuflucht gerannt, und Messalina rief: »Emilykind, suchst du Strichjungenbekanntschaften, ich kann dir Hänschen empfehlen, er ist der Freund von Jack, du weißt doch, wer Jack ist, sie treffen sich bei mir. Tag, wie geht's dir denn, laß dich küssen, du hast einen so frischen Teint, ganz rot. Du treibst es zuwenig, komm heut abend zu mir, ich geb' eine Party, vielleicht kommt Edwin der Dichter, er soll in der Stadt sein, ich kenn' ihn nicht, weiß nicht, was er geschrieben hat, er hat einen Preis bekommen. Jack bringt ihn vielleicht mit, er soll Hänschen kennenlernen, es wäre doch nett!« Emilia krümmte sich, wenn Messalina sie Emilykind nannte, sie haßte es, wenn Philipp von Messalina erwähnt wurde, alle Bemerkungen Messalinas verletzten sie und machten sie verlegen, aber da sie in Alexanders nach Dämonenart hergerichteter Frau mit der Ringkämpferfigur ein Riesenmiststück sah, dem nicht zu entkommen war, eine gewaltige und gewalttätige Dame, das pompöse groteske Denkmal einer Dame, war Emilia immer wieder von ihr eingeschüchtert und begegnete ihr, dem Denkmal, fast wie ein kleines Mädchen, knicksend und zur Denkmalshöhe emporblikkend, was wiederum Messalina aufs neue begehrlich machte, in schwindelnder Bewunderung mit ausgesuchter Höflichkeit.

Messalina dachte ›sie ist reizvoll, warum lebt sie mit Philipp? sie liebt ihn, es ist nicht anders möglich, komisch, ich konnte es lange nicht begreifen, vielleicht hat er sie entjungfert, es gibt solche Bindungen, der erste Mann, ich trau' mich nicht sie zu fragen, ärmlich, alles an ihr ist abgerissen, eine feine Gestalt ein feiner Kopf, sieht immer gut aus, dieser räudige Pelz, Feh, Lumpenprinzessin, ob sie im Bett was kann? ich glaube es, Jack ist scharf auf sie, Knabenkörper, wenn sie mit Alexander? aber sie kommt nicht zu mir, oder sie kommt mit Philipp, er ruiniert das Mädchen, man müßte sie retten, er nützt sie aus, ein Nichtskönner, Alexander bat ihn um einen Film, was schrieb er? nichts, lachte verlegen, ließ sich nicht wieder sehen, undurchschaubar, verkanntes Genie, Kaffeehausliterat in Berlin im Romanischen Café, in Paris im Dome, dabei ernst, die wahre Vogelscheuche, schade um die hübsche Kleine, hat einen sinnlichen Mund‹. Und Emilia dachte ›was ist es für ein Pech, daß ich sie treffen wußte, immer wenn ich mit Sachen unterwegs bin treffe ich jemand, ich schäme mich, das dumme Plaid, natürlich merkt sie daß ich was verkaufen muß daß ich auf dem Weg zum Leihamt bin zu den Althändlern sie sieht es mir an, ein Blinder muß es sehen, die anzüglichen Fragen nach Philipp, gleich wird sie sich nach seinem Buch erkundigen, die leeren weißen Seiten liegen zu Haus, ich schäme mich, ich weiß er könnte ein Buch schreiben und er kann nicht, *Angriff bedeutet Weltkrieg,* was versteht sie? Edwin ist für sie ein Name aus der Zeitung, keine Zeile hat sie von ihm gelesen, sie sammelt Berühmtheiten, Wunderdoktor Gröning war bei ihr, ob es wahr ist, daß sie Alexander prügelt wenn er mit anderen Frauen, was versteht sie? ich muß mich beeilen, das grüne Licht.‹–

Das grüne Licht. Sie gingen weiter, Bahama-Joe. Josef blinzelte zum alten Wirtshaus »Zur Glocke« hinüber; es war bis auf die Grundmauern abgebrannt und nun als Bretterhütte wiedererstanden. Josef zupfte seinen schwarzen Herrn am Ärmel: Mister vielleicht Bier trinken wollen? Hier sehr gutes Bier.« Er blickte hoffnungsvoll. *»Oh, beer«,* sagte Odysseus. Er lachte, Bahama-Joe, das Lachen hob und senkte die breite Brust: Wellen des Mississippi. Er schlug Josef auf die Schulter; der sackte in die Knie. *»Beer!«* – »Bier!« Sie gingen hinein, gingen in die berühmte alte zerstörte wiederauferstandene »Glocke«, Arm in Arm, Bahama-Joe, tranken: der Schaum lag wie Schnee auf ihren Lippen.

Vor dem Schreibmaschinengeschäft zögerte Philipp. Er betrachtete die Auslage. Das war falsch. Er traute sich nicht hinein. Die dürre Gräfin Anne – sie war eine überaus geschäftstüchtige, gewissensfreie, herzlose und aller Welt bekannte Dame aus der politischen Kulissenfamilie, die Hitler auf den Reichskanzlerstuhl half, wofür dann Hitler, zur Macht gekommen, die Familie bis auf die dürre Anne ausrottete, eine Nazistin mit dem Opfer-des-Faschismus-Ausweis, das eine von Natur, den Ausweis besaß sie zu Recht – die dürre Gräfin Anne hatte Philipp, den Verfasser eines im Dritten Reich verbotenen und nach dem Dritten Reich vergessenen Buches, traurig in einem traurigen Café getroffen, und da sie immer unternehmungslustig und zu einem Gespräch aufgelegt war, hatte sie auch mit Philipp eine Unterhaltung begonnen. Einseitig, sehr einseitig, ›mein Gott, was will sie?‹ – »Sie dürfen sich nicht treiben lassen«, hatte sie gesprochen, »Philipp, wie sieht das aus! Ein Mann mit Ihrem Talent! Sie dürfen sich nicht von Ihrer Frau ernähren lassen. Sie müssen sich aufraffen, Philipp. Warum schreiben Sie keinen Film? Sie kennen doch Alexander. Sie haben doch Beziehungen. Messalina erwartet viel von Ihnen!« Doch Philipp dachte ›welchen Film soll ich schreiben? Wovon redet sie? Filme für Alexander? Filme für Messalina? *Erzherzogliebe im Atelier,* ich kann das nicht, sie wird es nicht begreifen, aber ich kann das nicht, ich verstehe es nicht, *Erzherzogliebe,* was sagt mir das? die falschen Gefühle, die echten falschen Gefühle, kein Organ dafür, wer will so was sehen?

alle, so sagt man, ich glaube es nicht, ich weiß es nicht, ich will nicht!‹ – »Aber wenn Sie nicht wollen«, sagte die Gräfin, »dann tun Sie was anderes, Philipp, verkaufen Sie einen leichtabsetzbaren Artikel, ich habe die Vertretung für einen Patentkleber, jedes Geschäft braucht ihn, hausieren Sie doch mit ihm. Keine Verpackung ist heute ohne den Patentkleber denkbar, er spart Zeit und Material, Sie brauchen nur in den erstbesten Laden zu gehen, und schon haben Sie zwei Mark verdient. Zwanzig, dreißig Packungen können Sie am Tag verkaufen – rechnen Sie sich das aus!« So das Gespräch mit Anne, der dürren, der geschäftstüchtigen, ein suggestives Geschwätz, nun saß er in der Tinte, nein, stand da mit dem Kleister – er öffnete die Tür. Eine Alarmvorrichtung schrillte und erschreckte ihn. Er zuckte zusammen wie ein Dieb. Seine Linke umkrampfte in der Manteltasche den Patentkleber der Gräfin. Die Schreibmaschinen blitzten im Neonlicht, und Philipp hatte die Empfindung, daß ihre Tastaturen ihn angrinsten: die Buchstabenfront wurde zu einem höhnenden offenen Maul, in dem das Alphabet mit blekkenden Zähnen nach ihm schnappte. War Philipp nicht Schriftsteller? Herr der Schreibgeräte? Ein gedemütigter Herr! Wenn er den Mund aufmachte, ein Zauberwort ausspräche, würden sie losklappern: willige Diener. Philipp wußte das Zauberwort nicht. Er hatte es vergessen. Er hatte nichts zu sagen. Er hatte den Leuten, die draußen vorübergingen, nichts zu sagen. Die Leute waren verurteilt. Er war verurteilt. Er war in anderer Weise verurteilt als die vorübergehenden Leute. Aber er war auch verurteilt. Die Zeit hatte diesen Ort verurteilt. Sie hatte ihn zu Lärm und Schweigen verurteilt. Wer redete, was redete man denn? *Wie Emmy Hermann Göring kennenlernte,* die grellen Plakate schrien es von allen Wänden. Lärm für ein Jahrhundert. Was sollte Philipp hier? Er war überflüssig. Er war feige. Er hatte nicht den Mut, dem Geschäftsmann im eleganten Anzug, viel neuer als Philipps Anzug war, den gräflichen Patentkleber anzubieten, einen, wie es Philipp nun vorkam, völlig lächerlichen und unnützen Gegenstand. ›Mir fehlt der Sinn für die Wirklichkeit, ich bin eben kein ernster Mann, der Geschäftsmann hier ist ein ernster Mann, ich kann das, was alle treiben, einfach nicht ernst nehmen, ich finde es komisch, dem Mann etwas zu verkaufen, gleichzeitig bin ich zu feige dazu, soll er seine Pakete verkleben womit er will, was geht es mich an? warum klebt er Pakete? um seine Maschinen zu verschicken, warum verschickt er sie? um Geld zu verdienen, um gut zu essen, um sich gut zu kleiden, weil er gut schlafen will, Emilia hätte diesen Mann heiraten sollen, und was tun die Leute mit den Maschinen, die sie bei ihm gekauft haben? sie wollen mit ihnen Geld verdienen und gut leben, sie stellen Sekretärinnen an, schauen ihnen auf die Waden und diktieren Briefe »Sehr geehrte Herren wir bestätigen Ihr Gestriges und geben unser Heutiges«, ich möchte ihnen ins Gesicht lachen, dabei lachen sie mich aus, sie haben recht, ich bin der Reingefallene, ein Verbrechen an Emilia, unfähig, feige, überflüssig bin ich: ein deutscher Schriftsteller.‹ – »Was darf ich dem Herrn zeigen?« Der elegant gekleidete Geschäftsmann verbeugte sich vor Philipp, auch er ließ sich's sauer werden. Philipps Blick schweifte über die Stellagen mit den blanken geölten Maschinen, den boshaften zu jedem Schabernack bereiten Erfindungen, denen der Mensch seine Gedanken, seine Mitteilungen, seine Botschaften, die Kriegserklärungen anvertraute. Dann sah er das Diktiergerät. Es war ein Tonaufnahmekoffer, wie er ihn von zwei Rundfunklesungen kannte, die er aufs Magnetophonband gesprochen hatte, und auf dem Apparat stand das Wort Reporter. Reporter heißt Berichterstatter. ›Bin ich ein Berichterstatter?‹ dachte Philipp. ›Ich könnte mit diesem Gerät Bericht erstatten, berichten, daß ich zu feige und zu unfähig bin, einen Kleister zu verkaufen, daß ich mich zu erhaben fühle, für Alexander einen Film nach dem Geschmack der Leute zu schreiben die draußen vorübergehen, und daß ich mir's nicht zutraue, den Geschmack der Leute zu ändern, daran liegt es, überflüssig und komisch bin ich, und ich finde mich überflüssig und komisch, aber ich sehe die andern, etwa diesen Geschäftsmann, der sich einbildet, er könne mir was verkaufen, während ich mich nicht traue, ihm einen Kleister anzudrehen, ich finde ihn nicht weniger überflüssig und komisch als mich!‹ Der Ladenbesitzer sah Philipp erwartungsvoll an. »Ich interessiere mich für das Diktaphon da«, sagte Philipp. »Es ist die beste Konstruktion auf dem Markt«, entgegnete der elegante Herr. Er war sehr beflissen. »Ein erstklassiges Gerät. Es macht sich von selbst bezahlt. Überall, auf Reisen, im Auto, im Bett können Sie Ihre Briefe diktieren. Probieren Sie es bitte –.« Er schaltete an dem Kasten und reichte Philipp ein kleines Mikrophon. Das Tonband lief von der einen Spule auf die andere. Philipp sprach in das Mikrophon: »Das Neue Blatt will, daß ich Edwin interviewe. Ich könnte den Apparat hier mitnehmen, und er würde unser Gespräch aufzeichnen. Ich werde verlegen sein, als Berichterstatter zu Edwin zu kommen. Wahrscheinlich fürchtet er Journalisten. Er wird sich verpflichtet fühlen, was Allgemeines und Verbindliches zu sagen. Es wird mich kränken. Ich werde mich genieren. Natürlich kennt er mich nicht. Andererseits freue ich mich auf Edwin. Ich schätze ihn. Vielleicht wird es eine gute Begegnung. Ich könnte mit Edwin im Park spazierengehen. Oder soll ich doch lieber den Kleister –« Er hielt erschrocken inne. Der Geschäftsmann lächelte verbindlich und sagte: »Der Herr sind Journalist? Schon viele Journalisten haben unsern Reporter –« Er schaltete das Band zurück, und Philipp hörte nun seine eigene Stimme seine Gedanken über das Interview mit Edwin wiedergeben. Die Stimme befremdete ihn. Was sie sagte, beschämte ihn. Es war eine Exhibition, eine intellektuelle Exhibition. Er hätte sich auch nackt ausziehen können. Seine eigene Stimme, die Worte, die sie sprach, erschreckten Philipp, und er floh aus dem Laden.

– wie Schnee auf den Lippen. Sie wischten sie ab und tauchten wieder in die irdenen Krüge, der Bock stieg in sie ein, rieselte süß bitter klebrig aromatisch die Kehle hinunter *»Beer«* – »Bier«: Odysseus und Josef prosteten einander zu. Der kleine

Radioapparat stand auf dem Stuhl neben Josef. Er spielte jetzt Candy. *Candy-I-call-my-sugar-candy.* Irgendwo meilenfern lief die Platte ab, stumm und unsichtbar lief der Klang durch die Luft, und hier auf dem Wirtshausstuhl sang nun eine schmalzige Stimme, die Stimme eines fetten mit seiner Schmalzstimme gut verdienenden Mannes den Text *Candy-I-call-my-sugar-candy.* Die »Glocke« war gut besucht. In Loden gekleidete Leute vom Lande, die in der Stadt was kaufen wollten, und Geschäftsleute, die ihren Laden in der Nähe hatten und den Leuten vom Lande etwas verkaufen wollten, aßen Weißwürste. Der Friseur Klett pellte mit den Fingern die Haut von der weißen Fülle und steckte sich die Wurst prall und voll in den Mund. *Candy-I-call-my-sugar-candy.* Klett schmatzte und grunzte genüßlich. Eben waren noch seine Hände in Messalinas Haaren gewesen. ›Messalina Frau des Schauspielers. Alexander spielt *Erzherzogliebe,* wird bestimmt ein wunderbarer Film‹. »Haar etwas spröde, gnädige Frau, vielleicht eine Ölmassage. Herr Gemahl in Uniform, ich freu' mich schon, *Erzherzogliebe,* deutsche Filme sind doch die besten, das können sie uns nicht nehmen.« Jetzt saß Messalina unter der Trockenhaube. Noch fünf Minuten. Ob er noch eine Weißwurst? Das zarte Fleisch, der Saft an den Fingern. *Candy-I-call-my-sugar-candy. An* einem Tisch würfelten Griechen. Sahen aus, als wollten sie sich an die Gurgel springen. Theater! »He, Joe, willst du setzen? fünfmal den Einsatz?« – »Das sind schlechte Menschen, Mister, haben Messer.« Josef hob das Gesicht aus dem Bierkrug und blinzelte treu Odysseus den Herrn an. Odysseus' Brust schüttelte das Lachen, Mississippiwellen, wer konnte ihm was? *»Beer« – »Bier«.* Die »Glocke« war gemütlich. Italienische Händler maßen Stoffballen ab, schnitten mit einer kleinen flinken Schere Coupons von den Ballen: Zellwolle mit englischen Stempeln. Zwei fromme Juden verstießen gegen Moses Gesetz. Sie aßen unkoscher, aber sie aßen nichts Schweinernes, vergeben, vergeben auf der Reise, vergeben auf der Wanderschaft, immer auf der Wanderschaft, immer auf dem Weg nach Israel, immer im Schmutz. *Kämpfe am See Genezareth, Arabische Liga beansprucht Jordanien.* Ein Mann erzählte einem andern von der Landung in Narwik unter Dietl »wir waren am Polarkreis«, der andere berichtete aus der Cyrenaika, aus der Libyschen Wüste »die Sonne Rommel«, sie waren in der Welt herumgekommen, siegreich voran, alte Kameraden, es drängte hoch aus dem Vergessen, da war einer bei der SS »in Tarnopol Mensch wenn der Scharführer pfiff ich sag euch die sprangen.« – »Halt die Fresse sauf's aus und Scheiße.« Sie legten die Arme einander über die Schulter und sangen: das-war-ein-Edelweiß. *»Beer«* – »Bier«. Mädchen strichen herum, dickliche Mädchen, rauhgesichtige Mädchen *Candy-I –*

call-the-States! In einer gepolsterten Telephonzelle im großen Postraum des Central Exchange stand Washington Price. Er schwitzte in der geschlossenen Zelle. Er wischte sich den Schweiß von der Stirn, und sein Taschentuch flatterte unter der matten elektrischen Birne der Zelle wie ein aufgeregter weißer Vogel in einem Käfig. Washington sprach mit Baton Rouge, seiner Heimatstadt im Staate Louisiana. In Baton Rouge war es vier Uhr früh, die Sonne war noch nicht aufgegangen. Die Glocke des Telephons hatte sie aus dem Schlaf geschreckt, so früh, das war nichts Gutes, eine Unglücksbotschaft, sie standen furchtsam im Gang des kleinen sauberen Hauses, die Bäume in der Allee rauschten, der Wind rauschte in den Wipfeln der Ulmen, Züge fuhren zu den Getreidesilos, Weizenkähne glitten zum Kai, ein Schlepper schrie, Washington sah sie, die beiden Alten, ihn im gestreiften Schlafanzug, sie hatte eine Schürze schnell übergeworfen, er sah sie im Geist, wie sie zögerten, wie sie sich fürchteten, er die Hand schon ausgestreckt hatte nach dem Hörer und sie ihre Hand, um seine zurückzuhalten, Morgenbotschaft Unkenruf im bewahrten mühsam gesicherten Haus, Onkel Toms Hütte, ein Steinhaus, Haus eines farbigen Bürgers, eines achtbaren Mannes, aber das Telephon mit seiner Stimme von fern, Ruf aus der weißen Welt, der feindlichen Welt, aufschreckende Stimme und doch so ersehnte Stimme, sie wußten es, noch bevor es in der Hörmuschel rauschte und wahr wurde, seine Stimme, die Stimme des Sohnes, warum blieb er? verlorener Sohn, kein Kalb war zu schlachten, er selbst geschlachtet, blieb über den Krieg hinaus, über die Pflicht hinaus, blieb bei der Army, was ging es ihn an? Deutschland, Europa, wie fern ihr Gezänk, die Russen, warum nicht die Russen? unser Sohn Sergeant, sein Bild in Uniform auf dem Buffet neben dem Neusilberkrug, neben dem Radio, *Rote Offensive, Kinder lieben Ludens Drops,* was will er? ach, sie ahnen es, und er weiß es, daß sie es ahnen: Verstrickung. Der Alte nimmt den Hörer und meldet sich, der Vater, Oberaufseher im Getreidesilo, Washington spielte im Getreide, erstickte fast, ein Kind in rotweiß gestreiften Overalls, ein schwarzer Kobold, im Überfluß, in einem Meer von gelbem Korn: Brot. »Hallo!« Jetzt muß er es sagen: Carla, die weiße Frau, das Kind, er kommt nicht heim, er wird die weiße Frau heiraten, er braucht Geld, Geld, um zu heiraten, Geld, um das Kind zu retten, das kann er ihnen nicht sagen, Carla droht mit dem Arzt, Washington will Geld vom Ersparten der Alten, er kündigt ihnen die Heirat an, das Kind, was wissen sie? Sie wissen. Verstrickung, der Sohn in Not. Nichts Gutes: Sünde. Oder nicht Sünde vor Gott, aber vor den Menschen. Sie sehen die fremde Tochter im Negerviertel von Baton Rouge, sehen die Andershäutige, die Frau von droben, Frau von jenseits des Grabens, sehen das Abteil für Farbige, die Straße der Apartheid, wie will er leben mit ihr? wie sich freuen, wenn sie weint? zu eng das Haus, das Haus im Ghetto, Onkel Toms saubere Hütte und das Rauschen der Bäume in der Allee, das gemächliche Treiben des Flusses, breit und tief, und in der Tiefe Frieden, Musik aus dem Nachbarhaus, das Raunen der Stimmen, der dunklen Stimmen am Abend, zuviel für sie, zuviel Stimmen und doch nur eine Stimme, zu eng zu dicht zu nah zu dunkel, Schwärze und Nacht und die Luft und die Leiber und die Stimmen sind wie ein schwerer Vorhang aus

Samt, der mit tausend Falten über den Tag fällt. Wenn es Abend wird – führt er sie zum Tanz in Napoleon's Inn? Washington weiß es, weiß es so gut, wie sie es wissen, die Alten, die guten Alten im Gang des Hauses unter den rauschenden Bäumen am raunenden Fluß in den Samtfalten der Nacht, vor Napoleons Schenke wird eine Tafel stehen am Abend vor dem Tanz, vor der Feindfrau der Feindfreundin der Feindgeliebten, die nicht erbeutet, die erdient wurde, wie Jakob um Rahel warb, keiner wird das Schild sehen, und alle werden es lesen, in jedem Auge wird es zu lesen sein *Weiße unerwünscht.* Washington telephoniert, spricht über den Ozean, seine Stimme eilt der Morgenröte voraus, und die Stimme des Vaters entflieht unfroh der Nacht, und das Schild, das einmal an der Zellentür hing, die Washington hinter sich geschlossen hat, hieß *Für Juden verboten.* Präsident Roosevelt hörte damals von diesem Schild, die Diplomaten und die Journalisten berichteten es ihm, und er erzählte vom Leidensstern Davids am Kamin, und die Rede am Kamin strahlte durch den Äther und strahlte aus dem Klangkasten neben dem Neusilberkrug in Onkel Toms Hütte und entfaltete sich in den Herzen. Washington wurde Soldat und zog in den Krieg, *vorwärts christliche Soldaten,* und in Deutschland verschwanden die infamen Gebote, und abgerissen, verbrannt und versteckt wurden die Tafeln des Ungesetzes, die jeden Menschen beschämten. Washington wurde dekoriert, aber im Vaterland, das ihn auszeichnete mit den Bändchen und den Medaillen für Tapferkeit, im Vaterland behaupteten sich die Schilder des Hochmuts, die Denkweise des Aftermenschen, ob plakatiert oder nicht, blieb stehen *Für Schwarze verboten.* Verstrickung, Washington ist verstrickt. Er träumt, während er mit den Eltern von seiner Liebsten spricht (ach liebenswert! ist sie liebenswert? ist es Hochmut? Hochmut von ihm? Washington gegen alle? Washington Ritter gegen Vorurteil und Verfemung?), er träumt; und im Traum besitzt er ein kleines Hotel, eine nette gemütliche Bar, und *niemand ist unerwünscht* steht in einem Kranz von immer brennenden bunten Glühbirnen an der Tür geschrieben – das wäre Washington's Inn. Wie soll er es ihnen begreiflich machen? fern er in Deutschland, fern sie am Mississippi, und weit ist die Welt und frei ist die Welt, und böse ist die Welt und Haß ist in der Welt, und voller Gewalt ist die Welt, warum? weil alle sich fürchten. Washington trocknet das schweißnasse Gesicht. Der weiße Taschentuchvogel flattert gefangen im Käfig. Sie werden das Geld senden, die guten Alten, das Hochzeitsgeld, das Kindbettgeld: Es ist Mühsal, es ist Schweiß, es sind schwere volle Schaufeln, Schaufeln voll Korn, es ist Brot, und neue Verstrikkung, und Unheil ist unser Gefährte –

Da aber das Kind in ihrem Leib sich regte, fürchtete auch sie sich vor sichtbaren und unsichtbaren Schildern, Nebukadnezarträumen, Belsazarschriften, die sie aus dem Paradies der automatischen Küchen und der Pillensicherheit vertreiben könnten, *Weiße unerwünscht, Schwarze unerwünscht,* es traf sie beides, und für *Juden unerwünscht* war, ohne daß er es wußte oder besonders wollte, der Vater ihres Sohnes in den Krieg gezogen. Unerwünscht war ihr das neue Kind, das dunkle, das gesprenkelte, in seiner Höhle noch ahnungslos, daß es Wildfrucht sein sollte, verworfen vom Gärtner, mit Schuld und Vorwurf beladen, bevor es Schuld und Vorwurf sich zuziehen konnte, und sie stand im Untersuchungszimmer, was wollte er noch untersuchen? sie wußte es ja, es war unnötig, sich auf den Stuhl zu setzen, sie wollte den Eingriff, die Auskratzung, er sollte es wegbringen, war er ihr nicht verpflichtet? was hatte er bekommen? Kaffee, Zigaretten, den teuren Whisky zu einer Zeit, als es weder Kaffee, Zigaretten noch Schnaps gab, nicht den schäbigsten Fusel, wofür hatte er es genommen? für Spülungen, Befühlungen, Mittelchen ›er faßte meine Brüste an, nun soll er was für mich tun‹. Und er, Dr. Frahm, Facharzt für Frauenheilkunde und Chirurgie, wußte, was er tun sollte, wußte es, ohne daß sie es aussprach, wußte, was der vorgestreckte Bauch bedeutete, und er dachte ›Eid des Hippokrates, kein Leben sollst du nehmen, was geben sie jetzt an mit diesem Eid, wer ist wohl drauf gekommen? Kater nach den Euthanasieprozessen, Mord an Geisteskranken, Mord an Ungeborenen, bei mir hängt das in gotischer Fraktur im Gang vor dem Sprechzimmer, es ist etwas dunkel im Gang, und der Spruch macht sich da sehr gut, was ist Leben? die Quanten und das Leben, die Physiker quälen sich jetzt mit der Biologie, ich kann ihre Bücher nicht lesen, zu viel Mathematik Formelkram abstraktes Wissen Gehirnakrobatik, ein Leib ist kein Leib mehr, Auflösung der Gegenständlichkeit in den Bildern der neuen Maler, das sagt mir nichts, ich bin Doktor, vielleicht zu ungebildet, habe auch keine Zeit, kaum für die Fachblätter, immer wieder was Neues, ich bin müde am Abend, meine Frau will ins Kino, Film mit Alexander, ich halte ihn für einen Schnösel, aber die Frauen? Leben schon im Sperma? das Ei? dann auch Gonokokkenschutz, die Priester sagen natürlich die Seele, sollten sich das mal aufgeschnitten ansehen, Hippokrates, war er Kassenarzt? hatte er eine Großstadtpraxis? die Spartaner warfen die Mißgestalten in die Schluchten des Taygetos, Militärdiktatur totaler Staat sicher verwerflich, lieber Athen Philosophie und Knabenliebe, aber Hippokrates? er sollte mal zu mir kommen und sich's anhören »ich bring' mich um« – »wenn Sie's Herr Doktor nicht machen« – »ich will's weghaben«, und zu wissen wo sie dann hingehen, die Pfuschaborte, sterben zu Tausenden, Ladenmädchen, Sekretärinnen, können sich selber kaum erhalten, und zu was wächst so was heran? Wohlfahrtssuppen Heimbetreuung Familienpflegschaft Arbeitslosigkeit Gefängnis Krieg, ich war Feldarzt, was fiel da rot auf den Tisch, noch mal wie geboren, die Glieder schon weggerissen, zum Tod geboren, Achtzehnjährige, besser nie geboren, was erwartet das Negerkind? man müßte ihnen den Koitus verbieten, aussichtslos, sie werden es nie lassen, hätte nichts gegen Entvölkerung, Malthus, wenn man sieht, was so in die Sprechstunde kommt, müßte mir einen anderen Beruf suchen, Krankenkassenesel, für die Kasse Verwaltungspaläste, für uns die

Pfennige, der gute Onkel Doktor, mein Vater fuhr im Pferdewagen über Land, das Pferd trug im Sommer einen Strohhut, was gab mein Vater ihnen denn? klopfte ihnen den Bauch und verordnete Lindenblütentee, heute verschreibt jeder eine chemische Formel, die niemand lesen oder aussprechen kann, Geheimzeichen der Medizinmänner im Busch, Opposition dagegen, die Psychotherapeuten auch so Brüder, Amenorrhöe der Gattin, weil der Mann im Büro auf den Laufjungen scharf ist und sich nicht traut, die alte Warzenbesprechung, Patienten wollen immer das Neueste, heute Ultraschall, morgen was mit Atomspaltung, kommt von den Illustrierten, hab' das Zeug im Wartezimmer, all die Apparate, das blitzt und funkelt, Krankenbehandlung am Fließband, wer zahlt es? der Onkel Doktor, Tribut an die Industrie, die Raten für den Wagen, sie wird Spaß mit ihrem Neger haben, in Paris sollen sie wie verrückt drauf sein, *Vernegerung*, Kriegspropaganda im Völkischen Beobachter, *Rassenverrat*, wohin kamen sie mit ihrer Rassenreinhaltung? eine Bunkerwohnungsrasse, soziale Indikation macht Schwierigkeiten, eugenische Indikation nicht zugelassen, Schwarz und Weiß gibt auch hübsche Kinder, was meine Frau sagen würde, wenn ich eins annehmen wollte? medizinische Indikation‹ – »lassen Sie mal sehen« – ›gesund, wir brauchen einen Namen, *Einbruch in ärztliche Schweigepflicht*‹ – »dauerndes Erbrechen?« – ›kaum noch mit der Spritze, bei Schulte in der Klinik mit Komfort, ordentliche Schwestern, arbeite gern mit ihnen, muß über das Honorar reden, nur-die-Lumpe-sind-bescheiden, sag es mit Goethe.‹ – »Frau Carla, am besten machen wir es gleich in der Klinik.« –

›Das Beste für Carla.‹ Washington war im großen Verkaufsraum des Central Exchange. Er ging zu den Damenartikeln hinüber. Was wollte er? ›Das Beste für Carla.‹ Die deutschen Verkäuferinnen waren freundlich. Zwei Frauen wählten Nachthemden. Es waren Frauen von Offizieren, und die Nachthemden waren lange Gewänder aus rosa und schilfgrünem Crêpe de Chine. Die Frauen würden wie üppige griechische Göttinnen im Bett liegen. Die Verkäuferin ließ die Frauen bei den Hemden allein. Sie wandte sich Washington zu und lächelte. Was wollte er? Ein Sausen war in der Luft. Ihm war noch immer, als habe er die Telephonmuschel am Ohr und höre Worte, die über den Ozean gesprochen wurden. Durch technischen Zauber war er zu Hause in Baton Rouge. Durch welchen Zauber stand er im Central Exchange einer deutschen Stadt? Was wollte er? Es war gut, und es war schändlich: er wollte heiraten. Wem wollte er Kummer bereiten, wen unglücklich machen? War jeder Schritt gefährlich? Auch hier? In Baton Rouge hätten sie ihn totgeschlagen. Die Verkäuferin dachte ›er ist schüchtern, diese Riesen sind immer schüchtern, sie suchen Wäsche für ihre Freundinnen und trauen sich nicht zu sagen, was sie wollen‹. Sie legte ihm vor, was sie in diesem Fall für passend hielt, Höschen und Hemdchen, leichte zarte Schleier, die richtige Nuttenwäsche, ›das richtige für die Fräuleins‹, schattenfein, mehr zur Anreizung als zur Verhüllung. Die Verkäuferin trug dieselbe Wäsche. ›Ich könnt's ihm zeigen‹, dachte sie. Washington wollte die Wäsche nicht. Er sagte »Kinderwäsche«. Die Verkäuferin dachte ›o weh, er hat ihr schon ein Kind gemacht‹. – ›Sie sollen gute Väter sein‹, dachte sie, ›aber ich möchte kein Kind von ihnen haben.‹ Er dachte ›man muß jetzt an die Kindersachen denken, man muß alles rechtzeitig besorgen, aber Carla müßte es aussuchen, sie wird wütend sein wenn ich es aussuche und mitbringe‹. – »Nein. Doch keine Kinderwäsche«, sagte er. Was wollte er? Er deutete unentschlossen auf die leichten Gewebe der erotischen Verführung. Die Offiziersfrauen hatten ihre Nachthemden gefunden und blickten Washington böse an. Sie riefen nach der Verkäuferin. ›Er läßt sie mit dem Kind sitzen‹, dachte die Verkäuferin, ›er hat schon eine neue Braut, der schenkt er die Reizwäsche, so sind sie, Schwarze wie Weiße.‹ Sie ließ Washington stehen und schrieb den Verkaufszettel für die Offiziersfrauen aus. Washington legte seine große braune Hand auf ein Stück gelber

Seide. Die Seide verschwand wie ein gefangener Schmetterling unter seiner Hand. Die schwarze Hand des Negers und die gelblichen schmutzigen Hände der Griechen nahmen die Würfel, schleuderten sie auf das Tuch, ließen sie hüpfen, springen und rollen. Odysseus hatte gewonnen. Josef zupfte ihn an der Jacke: »Mister, wir gehen, schlechte Menschen.« Die Griechen drängten ihn weg. Josef hielt den Musikkoffer fest in der Hand. Er hatte Angst, man könnte das Köfferchen stehlen. Die Musik schwieg für eine Weile. Eine Männerstimme sprach Nachrichten. Josef verstand nicht, was der Mann sagte, aber manche Worte verstand er doch, die Worte Truman Stalin Tito Korea. Die Stimme in Josefs Hand redete vom Krieg; redete vom Hader, sprach von der Furcht. Wieder fielen die Würfel. Odysseus verlor. Er blickte verwundert auf die Hände der Griechen, Taschenspielerhände, die sein Geld einsteckten. Die Bläserkapelle in der »Glocke« begann ihre Mittagsarbeit. Sie bliesen einen der beliebten dröhnenden Märsche. ›Die macht uns keiner nach.‹ Die Leute summten den Marsch mit. Einige schlugen mit ihren Bierkrügen den Takt. Die Leute hatten die Sirenen vergessen, hatten die Bunker vergessen, die zusammenbrechenden Häuser, die Männer dachten nicht mehr an den Schrei des Unteroffiziers, der sie in den Dreck des Kasernenhofs jagte, nicht an den Graben, die Feldverbandplätze, die Trommelfeuer, die Einkesselung, den Rückzug, sie dachten an Einmärsche und Fahnen. ›Paris wenn da der Krieg aus gewesen wäre, es war ungerecht daß er da nicht aus war.‹ Sie waren um ihren Sieg betrogen worden. Odysseus verlor zum zweitenmal. Die Würfel fielen gegen ihn. Die Taschenspielerhände zauberten. Es war ein Trick. Odysseus wollte hinter den Trick kommen. Er ließ sich nicht blenden. *Kein neuer Militarismus aber Verteidigungsbereitschaft.* Josef hob im Lärm der Blaskapelle Odysseus' Musikkasten an sein Ohr. Hatte die Stimme im Kasten eine Botschaft für Josef den Dienstmann? Die Stimme war jetzt sehr eindringlich, ein eindringliches Rauschen. Josef verstand nur hin und wieder ein Wort, Städtenamen, ferne Namen, fremde Namen, fremdländisch ausgesprochene Namen Moskau, Berlin, Tokio, Paris –

In Paris schien die Sonne. Paris war unzerstört. Wenn man seinen Augen trauen wollte, konnte man meinen, der Zweite Weltkrieg habe nicht stattgefunden. Christopher Gallagher war mit Paris verbunden. Er stand in der Zelle, aus der Washington Price mit Baton Rouge telephoniert hatte. Auch Christopher hielt ein Taschentuch in der Hand. Er rieb sich mit dem Tuch die Nase. Die Nase war großporig und etwas gerötet. Seine Gesichtshaut war rauh. Sein Haar rot. Er sah aus wie ein Seemann; er war aber Steueranwalt. Er sprach mit Henriette. Henriette war seine Frau. Sie wohnten in Santa Ana in Kalifornien. Ihr Haus stand am Stillen Ozean. Man konnte sich einbilden, aus den Fenstern des Hauses nach China hinüberzublicken. Jetzt war Henriette in Paris. Christopher war in Deutschland. Christopher vermißte Henriette. Er hatte vorher nicht gedacht, daß er sie vermissen würde. Sie fehlte ihm. Er hätte sie gern bei sich gehabt. Er hätte sie besonders gern in Deutschland bei sich gehabt. Er dachte ›wir sind so förmlich miteinander, woran liegt das wohl? ich liebe sie doch.‹ Henriette saß in ihrem Zimmer in einem Hotel am Quai Voltaire. Vor dem Hotel floß die Seine. Drüben am anderen Ufer lag der Tuileriengarten, ein oft gemaltes, ein öfter noch photographiertes, ein immer wieder berückendes Bild. Christopher hatte eine laute Stimme. Aus der Hörmuschel klang seine Stimme wie ein Brüllen. Er brüllte immer wieder dieselben Sätze: »Ich verstehe dich; aber glaube mir, es würde dir gefallen. Es würde dir sicher gefallen. Es würde dir sehr gut gefallen. Mir gefällt es auch sehr gut.« Und sie sagte immer wieder dieselben Worte: »Nein. Ich kann nicht. Du weißt es. Ich kann nicht.« Er wußte es, aber er verstand es nicht. Oder er verstand es, aber so wie man eine Traumerzählung versteht und dann sagt: »Vergiß es!« Sie sah, während sie mit Christopher sprach, die Seine, sie sah die Tuilerien in der Sonne liegen, sie sah den lieblichen Pariser

Frühlingstag, die Landschaft vor dem Fenster glich einem Renoir, aber ihr war es, als ob durch die Grundierung ein anderes Bild durchbräche, ein dunkleres Gemälde. Die Seine verwandelte sich in die Spree, und Henriette stand am Fenster eines Hauses am Kupfergraben, und drüben lag die Museumsinsel, lagen die preußisch-hellenischen Tempel, an denen ewig und ewig gebaut wurde, und sie sah ihren Vater am Morgen ins Amt gehen, er schritt wie eine Menzelsche Figur aufrecht, korrekt, stäubchenfrei, den schwarzen steifen Hut grade über den goldenen Kneifer gesetzt, über die Brücke in sein Museum. Er war kein Kunsthistoriker, er hatte nicht unmittelbar mit den Bildern zu tun, wenn er sie natürlich auch alle kannte, er war Oberregierungsrat in der Generaldirektion, ein Verwaltungsmann, der die Ordnung im Hause unter sich hatte, aber für ihn war es sein Museum, das er selbst an den Feiertagen nicht aus den Augen ließ und dessen jeweiligen kunsthistorischen Leiter er als einen Unmündigen ansah, als einen für die Unterhaltung der Besucher engagierten Artisten, dessen Tun und Angabe nicht weiter ernst zu nehmen war. Er lehnte es ab, in die Wohngegenden des neuen Westens zu ziehen, aus dem Blick des Museums, er blieb in der Wohnung am Kupfergraben, wo es karg und preußisch zuging (blieb da auch nach seiner Entlassung und bis zu dem Tag, als sie ihn holten, ihn und die schüchterne Frau, Henriettes Mutter, die im Schatten von so viel Preußentum unselbständig und willenlos verkümmert war). Henriette spielte als Kind auf den Stufen des Kaiser-Friedrich-Museums unter dem Denkmal des kriegerisch zu Pferd sitzenden Dreimonatskaisers mit den schmutzigen, lauten und herrlichen Gören der Oranienburger Straße, den Rangen vom Monbijouplatz, und später, als sie, nach der Lyzeumszeit, Schauspielschülerin bei Reinhardt am Deutschen Theater war und über die Brücke zur Karlstraße ging, riefen die Halbwüchsigen, die einstigen Spielgefährten, die sich jetzt unter den Hufen des Kaiserpferdes zu heimlichen Umarmungen trafen, ihr zärtlich »Henri« zu, und sie winkte entzückt zurück und rief »Fritz«

und »Paule«, und der korrekte stäubchenfreie Oberregierungsrat sagte: »Henriette, das geht nicht.« Was ging, und was ging nicht? Es ging, daß sie in Berlin den Reinhardt-Preis als beste Schülerin ihres Jahrgangs bekam; aber es ging nicht, daß sie in Süddeutschland, wohin sie verpflichtet war, die Liebhaberin in den Freiern von Eichendorff spielte. Es ging, daß sie beschimpft wurde; es ging nicht, daß sie engagiert blieb. Es ging, daß sie ein Wanderleben führte und mit einer Emigrantentruppe in Zürich, Prag, Amsterdam und New York tingelte. Es ging nicht, daß sie irgendwo eine unbefristete Aufenthaltsbewilligung, die Arbeitserlaubnis oder für irgendein Land ein Dauervisum bekam. Es ging, daß sie mit anderen Mitgliedern der Tingeltruppe aus dem Deutschen Reich ausgebürgert wurde. Es ging nicht, daß der korrekte Oberregierungsrat weiter im Museum arbeitete. Es ging, daß ihm das Telephon und die Bank in den Anlagen verboten wurde. Es ging, daß sie in Los Angeles in einer Speisewirtschaft die Teller abwusch. Es ging nicht, aus Berlin der Tochter Geld zu schicken, damit sie in Hollywood auf eine Filmrolle warten konnte. Es ging, daß sie, aus dem Tellerwischjob entlassen, auf der Straße stand, einer sehr fremden Straße, und daß sie hungrig die Einladung eines fremden Mannes annahm; der zufälligerweise ein Christ war. Er heiratete sie, Christopher Gallagher. Es ging nicht, daß ihr Vater seinen Namen Friedrich Wilhelm Cohen behielt; es ging, daß er Israel Cohen genannt wurde. Bereute Christopher seine Ehe? Er bereute sie nicht. Es ging nicht, daß die Menzelsche Erscheinung, der preußische Beamte und seine schüchterne Frau länger in ihrer Geburtsstadt Berlin blieben. Es ging, daß sie zu den ersten Juden gehörten, die abtransportiert wurden: zum letztenmal traten sie aus dem Haus am Kupfergraben, in der Abenddämmerung, sie stiegen in ein Polizeiauto, und Israel Friedrich Wilhelm, korrekt, stäubchenfrei, ruhig in friderizianischer Zucht, half ihr hinauf, Sarah Gretchen, die weinte, und dann schloß sich die Tür des Polizeiautos, und man hörte nichts mehr von ihnen, bis man nach dem Krieg alles hörte, nichts

Persönliches zwar, nur das Allgemeine, die Gesichtslosigkeit des Schicksals, die Landläufigkeit des Todes – es genügte. Christophers laute Stimme brüllte: »Du bleibst also in Paris?« Und sie sagte: »Versteh mich.« Und er rief: »Gewiß, ich verstehe dich. Aber es würde dir gefallen. Es würde dir gut gefallen. Es hat sich alles geändert. Mir gefällt es gut.« Und sie sagte: »Geh mal ins Bräuhaus. Gegenüber ist ein Café. Das Café Schön. Da lernte ich meine Rollen.« Und er schrie: »Gewiß. Sicher will ich hingehen. – Aber es würde dir gefallen.« Er war wütend, weil sie in Paris blieb. Sie fehlte ihm. Liebte sie Paris? Sie sah nun wieder den Renoir, sah die Seine, die Tuilerien, das heitere Licht. Gewiß, sie liebte den Blick, das Unzerstörte, aber das Zerstörte drängte sich in Europa ins Unversehrte, trat zutage, war ein Mittagsgespenst: die hellenisch-preußischen Tempel auf der Museumsinsel in Berlin lagen ausgeraubt und zertrümmert. Sie hatte sie mehr geliebt als die Tuilerien. Sie empfand keine Genugtuung. Sie haßte nicht mehr. Sie fürchtete sich nur. Sie fürchtete sich, nach Deutschland zu fahren, und sei es nur für drei Tage. Sie sehnte sich fort aus Europa. Sie sehnte sich zurück nach Santa Ana. Am Stillen Ozean war Frieden, war Vergessen, war Frieden und Vergessen für sie. Die Wellen waren das Symbol der ewigen Wiederkehr. Im Wind war der Atem Asiens. Sie kannte Asien nicht, *Asien Weltproblem Nummer Eins,* aber die Pazifische See gab ihr etwas von der Ruhe und Sicherheit der Kreatur, die sich dem Augenblick hingibt, ihre Trauer wurde eine in die offene Weite hinausschwingende Melancholie, der Ehrgeiz, als Schauspielerin bewundert zu werden, starb, es war nicht Zufriedenheit, es war Bescheidung, was sie erfüllte, etwas wie Schlaf, die Bescheidung auf das Haus, auf die Terrasse, auf den Strand, auf diesen einen durch Glück, Zufall oder Bestimmung erreichten Punkt in der Unendlichkeit. »Grüße Ezra«, sagte sie. »Er ist großartig«, brüllte er. »Er kann sich mit deinem Deutsch verständigen. Er übersetzt mir alles. Du würdest Spaß haben. Es würde dir gut gefallen.« – »Ich weiß«, sagte sie. »Ich verstehe dich. Ich warte auf euch. Ich warte in Paris auf euch. Wir fahren dann nach Hause. Es wird herrlich sein. Zu Hause wird es herrlich sein. Sag das auch Ezra! Sag ihm, daß ich auf euch warte. Sag ihm, er soll sich alles ansehen. Sag Ezra –«

Ezra saß in Christophers geräumigem, mit mahagonifarbenem Holz verschaltem Wagen. Der Wagen sah aus wie das ältere Modell eines Sportflugzeuges, das man zum Bodendienst degradiert hatte. Ezra machte Rundflüge über den Platz. Er gab es ihnen aus allen Bordwaffen. Er feuerte lustig in die Straße. Eine Panik bemächtigte sich der Menge, des Gewimmels aus Spaziergängern und Mördern, dieses Haufens von Jägern und Verfolgten. Sie sackten in die Knie, sie beteten und winselten um Gnade. Sie wälzten sich am Boden. Sie hielten die Arme schützend vor den Kopf. Sie flohen wie aufgescheuchtes Wild in die Häuser. Die Schaufenster der großen Geschäfte zersplitterten. Die Kugeln flogen in leuchtender Spur in die Läden. Ezra stürmte im Tiefflug auf das Denkmal los, das den Mittelpunkt des amerikanischen Parkplatzes vor dem Central Exchange bildete. Auf den Stufen des Denkmals saßen Jungen und Mädchen, so alt wie Ezra. Sie schwätzten, johlten und spielten Kopf und Schrift; sie handelten, tauschten und stritten sich um kleine Mengen amerikanischer Waren; sie neckten einen struppigen jungen Hund; sie prügelten und versöhnten sich. Ezra schüttete eine Garbe seiner leuchtenden Munition über die Kinder. Die Kinder lagen tot oder verwundet auf den Stufen des Denkmals. Der junge Hund kroch in einen Gully. Ein Junge schrie: »Das war Ezra!« Ezra überflog das Dach des Central Exchange und stieg steil in die Höhe. Als er hoch über der Stadt war, warf er eine Bombe. *Wissenschaftler warnen vor Anwendung.*

Ein kleines Mädchen wischte den Staub vom horizontblauen Lack einer Limousine. Das kleine Mädchen arbeitete eifrig; man konnte meinen, es putze das himmlische Fahrzeug eines Engels. Heinz hatte sich versteckt. Er war auf den Sockel des Denkmals geklettert und hockte unter dem Pferd des Kurfürsten. Die Geschichtsschreiber nannten den Kurfürsten den Frommen. In den Religionskriegen war er für den rechten Glauben ins Feld gezogen. Seine Feinde kämpften ebenso für den rechten Glauben. In der Frage des Glaubens gab es dann auch keinen Sieger. Vielleicht war der Glaube allgemein besiegt worden, indem man um ihn kämpfte. Der fromme Kurfürst aber war durch den Krieg ein mächtiger Mann geworden. Er war so mächtig geworden, daß seine Untertanen nichts zu lachen hatten. Heinz kümmerte sich nicht um den Glaubensstreit und die Macht des Fürsten. Er beobachtete den Platz.

Es war eine Nation von Autofahrern, die sich breitmachte. Die Wagen parkten in langen Reihen. Wenn ihnen das Benzin ausginge, würden sie hilflose Kutschen sein, Hütten für Schäfer, wenn man nach dem nächsten Krieg Schafe weiden sollte, Verstecke für Liebespaare, wenn man sich nach dem Tod noch zur Liebe verstecken mochte. Jetzt waren die Wagen, blank und flink, eine stolze Automobilausstellung, ein Triumph des technischen Jahrhunderts, eine Saga von der Herrschaft des Menschen über die Kräfte der Natur, ein Symbol der scheinbaren Überlistung der Trägheit und des Widerstandes im Raume und in der Zeit. Vielleicht würden die Wagen eines Tages zurückgelassen werden. Sie würden wie Leichen aus Blech auf dem Platz bleiben. Man würde sie nicht fahren können. Man würde sich 'rausnehmen, was man brauchen konnte, ein Polster für den Hintern. Der Rest würde rosten. Frauen, Frauen modisch und burschikos gekleidet, Frauen damenstolz und jungenhaft, Frauen in olivgrünen Uniformen, weibliche Leutnants und weibliche Majore, keß geschminkte Backfische, sehr viel Frauen, dann Zivilangestellte, Offiziere und Soldaten, Neger und Negerinnen, sie alle gehörten zur Besatzung, sie bevölkerten den Platz, sie riefen, lachten, winkten, sie lenkten die schönen das Lied des Reichtums summenden Automobile geschickt zwischen die schon parkenden Fahrzeuge. Die Deutschen bewunderten und verabscheuten den rollenden Aufwand. Einige dachten ›unsere marschierten‹. In ihrer Vorstellung war es anständiger, in einem fremden Land zu marschieren, als zu fahren; das Marschieren kam ihrer Auffassung vom Soldatentum entgegen; es entsprach besser den ihnen eingeprägten Spielregeln, von Landsern als von Herrenfahrern bewacht zu sein. Die Herrenfahrer waren wohl freundlicher, die Landser mochten rauher sein; darauf kam es nicht an; es ging um die Spielregeln, um die Einhaltung der bei Krieg, Sieg und Niederlage überlieferten Gepflogenheiten. Deutsche Offiziere, die sich als Stadtreisende durchschlugen und mit ihrem Musterköfferchen auf die Straßenbahn warteten, ärgerten sich, wenn sie gewöhnliche amerikanische Soldaten wie reiche Touristen in bequemen Polstern grußlos an ihren Vorgesetzten vorüberfahren sahen. Das war Demokratie und Unordnung. Die luxuriösen Wagen gaben der Besatzung einen Anstrich von Übermut, Frevel und Sybaritentum.

Washington näherte sich seiner horizontblauen Limousine. Er war der Engel, für den das kleine Mädchen das himmlische Gefährt blankgerieben hatte. Die Kleine knickste. Sie knickste und wischte mit ihrem Tuch über den Wagenschlag. Washington schenkte ihr Schokolade und Bananen. Er hatte die Schokolade und die Bananen für das kleine Mädchen gekauft. Er war Stammkunde des kleinen Mädchens. Heinz unter dem Pferd des frommen Kurfürsten feixte. Er wartete, bis Washington abgefahren war, dann kletterte er vom Sockel.

Er spuckte gegen die Tafel mit dem in Erz gegossenen Verzeichnis der Siege des Kurfürsten. Er sagte: »Das war der Nigger meiner Mutter.«

Die Kinder guckten Heinz respektvoll an. Er imponierte ihnen, wie er dastand, spuckte und sagte: »Das war der Nigger meiner Mutter.« Das fleißige kleine Mädchen war zum Denkmal gekommen und aß nachdenklich eine vom Neger-seiner-Mutter geschenkte Banane. Der junge Hund beschnupperte die weggeworfene Bananenschale. Das kleine Mädchen beachtete den Hund nicht. Der Hund trug kein Halsband. Man hatte ihm einen Bindfaden umgebunden. Er schien gefangen, aber herrenlos zu sein. Heinz prahlte: er habe die Amiwagen schon gelenkt, er könne das alle Tage, wenn er nur wolle: »Meine Mutter geht mit einem Neger.« Der dunkle Freund, der schwarze Ernährer der Familie, die gabenspendende und dennoch fremde und störende Erscheinung in der Wohnung beschäftigte ihn unaufhörlich. An manchen Tagen log er den Neger aus seinem Leben weg. »Was macht euer Neger?« fragten die Jungen. »Weiß nicht. Gibt keinen Nigger«, sagte er dann. Ein andermal trieb er eine Art Kult mit Washington, beschrieb seine enorme Körperkraft, seinen Reichtum, seine Bedeutung als Sportsmann, um am Ende den Kameraden den letzten Trumpf entgegenzuschleudern, der alle Leistungen des bedeutenden schwarzen Mannes erst in das rechte persönliche Licht rückte, den Trumpf, daß Washington mit seiner Mutter lebe. Die Gefährten kannten die oft berichtete Geschichte, sie erzählten sie selber zu Hause weiter, aber sie warteten dennoch immer wieder mit einer Spannung wie im Kino auf die Pointe, diesen nicht zu schlagenden Trumpf: er geht mit meiner Mutter, er ißt bei uns am Tisch, er schläft in unserem Bett, sie wünschen, daß ich Dad zu ihm sage. Das kam aus Tiefen der Lust und der Pein. Heinz konnte sich an seinen an der Wolga verschollenen Vater nicht erinnern. Eine Photographie, die den Vater in grauer Uniform zeigte, sagte ihm nichts. Washington konnte ein guter Vater sein. Er war freundlich, er war freigebig, er strafte nicht, er war ein bekannter Sportler, er trug eine Uniform, er gehörte zu den Siegern, er war für Heinz reich und fuhr einen großen horizontblauen Wagen. Aber gegen Washington sprach die schwarze Haut, das auffallende Zeichen des Andersseins. Heinz wollte sich nicht von andern unterscheiden. Er wollte genau wie die andern Jungen sein, und die hatten weißhäutige, einheimische, überall anerkannte Väter. Washington war nicht überall anerkannt. Man redete mit Mißachtung von ihm. Einige machten sich über ihn lustig. Manchmal wollte Heinz Washington verteidigen, aber dann wagte er nicht, eine andere Meinung als die vielen zu haben, die Erwachsenen, die Landsleute, die Gescheiten, und er sagte: »Der Nigger!« Man sprach häßlich über Carlas Beziehung zu Washington; man scheute sich nicht, in Gegenwart des Kindes gemeine Bezeichnungen zu gebrauchen; doch am meisten haßte es Heinz, wenn man ihm mit falschem Mitleid über den Kopf strich und plärrte »armer Junge, du bist doch ein deutscher Junge«. So war Washington, ohne es zu ahnen (doch vielleicht ahnte er es, wußte es sogar und ging Heinz aus dem Wege, scheu und den Blick ins Leere gerichtet), Sorge für Heinz, Ärger, Leid und ein dauernder Konflikt, und es kam, daß Heinz Washington mied, nur noch widerstrebend seine Geschenke annahm und selten und ohne Lust in dem bewunderten und prächtigen Auto fuhr. Er trieb sich herum, er redete sich ein, die Schwarzen und die Amis, sie alle zusammen zu verabscheuen, und um sich für eine Haltung, die er im Grunde für feige hielt, zu quälen und um zu beweisen, daß er's selber aussprechen konnte, womit die anderen meinten ihn unterzukriegen, krähte er unermüdlich sein »Sie geht mit einem Nigger«. Als er sich von Ezra aus dem einem Flugzeug so sehr ähnelnden Wagen beobachtet fühlte, brüllte er in ziemlich geläufigem Englisch (das er von Washington und nur zu dem Zweck gelernt hatte, um die Gespräche seiner Mutter mit dem Neger zu belauschen, um zu hören, was sie vorbereiteten, was ja auch ihn anging, die Reise nach Amerika, die Ausundheimwanderung, von der er, Heinz, nicht wußte, ob er sie antreten wollte oder nicht, vielleicht würde er darauf drängen, mitgenommen zu werden, vielleicht würde er sich verstecken, wenn alles gepackt war): *»Yes, she goes with a nigger.«*

Heinz hielt den Hund am Bindfaden. Der Junge und der Hund waren wie zusammengebunden. Sie waren wie zwei verurteilte zusammengebundene arme Schlucker. Der Hund zerrte von Heinz weg. Ezra beobachtete Heinz und den Hund. Es war ihm, als träume er alles. Der Junge, der rief: *»Yes, she goes with a nigger«,* der an den Bindfaden gefesselte Hund, das Reiterdenkmal aus gründunklem Erz waren unwirklich, sie waren kein wirklicher Junge, kein wirklicher Hund, kein wirkliches Denkmal; sie waren Ideen; sie hatten die leichte schwindlig machende Transparenz der Traumfiguren; sie waren Schatten, und zugleich waren sie er selbst, der Träumer; es war eine innige und böse Verbundenheit zwischen ihnen und ihm, und das beste wäre es, mit einem Schrei zu erwachen. Ezra hatte fuchsrotes kurzgeschnittenes Haar. Seine kleine Stirn krauste sich unter der fuchsroten Kappe. Er hatte das Gefühl, zu Hause in Santa Ana im Bett zu liegen. Der Stille Ozean brandete mit eintönigem Rauschen gegen den Strand. Ezra war krank. In Europa war Krieg. Europa war ein ferner Erdteil. Es war das Land der armen Alten. Es war der Erdteil der grausamen Sagen. Es gab da ein böses Land, und in dem bösen Land gab es einen bösen Riesen *Hitler Aggressor.* Auch Amerika war im Krieg. Amerika kämpfte gegen den bösen Riesen. Amerika war großmütig. Es kämpfte für die Menschenrechte. Was waren das für Rechte? Besaß Ezra sie? Hatte er das Recht, seine Suppe nicht zu essen, seine Feinde, die Kinder vom Nordstrand, zu töten, dem Vater zu widersprechen? Die Mutter saß an seinem Bett. Henriette sprach deutsch mit ihm. Er verstand die Sprache nicht, und er verstand sie doch. Dieses Deutsch war die Muttersprache, das war wörtlich zu nehmen, es war die Sprache der Mutter, älter, geheimnisvoller als das übliche und im Hause allein schickliche, das alltägliche Amerikanisch, und die Mutter weinte, im Kinderzimmer weinte sie, sie weinte seltsamen Menschen nach, Verschwundenen, Geraubten, Entführten, Geschlachteten, und der jüdisch-preußische Oberregierungsrat und sein stilles sanftes Sarah-Gretchen, abgeführt *im Zuge der Liquidierung,* wurden am Bett eines kranken Kindes in Santa Ana, Kalifornien, zu Gestalten aus Grimms deutschen Kinder- und Hausmärchen, genauso wahr, genauso lieb, genauso traurig wie König Drosselbart, wie Däumling und Großmütterchen und der Wolf, und so unheimlich war's wie die Geschichte vom Machandelbaum. Henriette lehrte ihren Jungen die Muttersprache, indem sie ihm deutsche Märchen vorlas, aber wenn sie dachte, daß er schlafe, dann erzählte sie für sich, seinen Fieberschlaf bewachend und um ihn in Sorge, das Märchen von den Großeltern, und wie das Summen der neuesten Sprachlehrgrammophone, die einen im Schlaf die fremden Laute lehren, senkten sich die deutschen Leidworte, die Murmel- und Tränenworte Ezra ins Gemüt. Nun war er im Dikkicht, im unheimlichen Zauberwald des Traumes und des Märchens – der Parkplatz war der Wald, die Stadt war das Dikkicht: der Luftangriff hatte nichts genützt, Ezra mußte am Boden den Kampf bestehen. Heinz hatte lange blonde Haare, einen verwilderten Schopf. Er sah mit Mißfallen den kurzen neumodischen amerikanischen Haarschnitt, Ezras revidierte Barrasfrisur. Er dachte ›der ist hochnäsig, dem will ich's geben‹. Ezra fragte: »Wollen Sie den Hund verkaufen?« Aus sprachlicher Unsicherheit fand er es angebracht, Sie statt du zu sagen. Heinz empfing das Sie als neuen Beweis des Hochmuts dieses fremden Jungen, der zu Recht in dem interessanten Auto saß (nicht wie Heinz im Auto Washingtons in fragwürdiger Position), es war eine Zurückweisung, ein In-Distanz-Halten (vielleicht, vielleicht war das Sie wirklich als Schranke gedacht, Schutzwehr für Ezra, und nicht sprachliche Verwirrung), und er, Heinz, gebrauchte es nun auch, dies Sie, und die beiden Elfjährigen, die beiden in der Kriegsfurcht gezeugten Kinder, unterhielten sich steif wie altfränkische Erwachsene. »Wollen Sie den Hund kaufen?« sagte Heinz. Er wollte den Hund gar nicht verkaufen. Es war auch nicht sein Hund. Der Hund gehörte der Kinderbande. Aber vielleicht konnte man ihn doch verkaufen. Man mußte im Gespräch bleiben. Heinz hatte die Empfindung, daß sich hier etwas ergeben würde. Er wußte nicht was, aber etwas würde sich ergeben. Ezra war gar nicht darauf aus, den Hund zu kaufen. Für eine Weile hatte er zwar das Gefühl, er müsse den Hund retten. Aber dann war die Hunderettung schon vergessen, war nicht das Wesentliche, das Wesentliche war das Gespräch und etwas, was sich zeigen würde. Man sah es noch nicht. Der Traum war noch nicht soweit.

Der Traum fing erst an. Ezra sagte: »Ich bin Jude.« Er war Katholik. Er war wie Christopher katholisch getauft und erhielt katholischen Religionsunterricht. Aber es gehörte zum Stil des Märchens, daß er Jude war. Er schaute Heinz erwartungsvoll an. Heinz wußte mit Ezras Bekenntnis nichts anzufangen. Es verblüffte ihn als undurchsichtiger Zug des anderen. Es hätte ihn auch verblüfft, wenn Ezra erzählt hätte, er sei Indianer. Wollte er sich interessant machen? Juden? Das waren Händler, unreelle Geschäftsleute, sie mochten die Deutschen nicht. War es das? Womit handelte Ezra? Im Flugzeugauto war keine Ware. Vielleicht wollte er den Hund billig kaufen und ihn später teuer verkaufen. Das würde er ihm versalzen! Für alle Fälle wiederholte Heinz sein eigenes Bekenntnis: »Meine Mutter, müssen Sie wissen, lebt mit einem Neger.« Drohte Heinz mit einem Neger? Ezra hatte keine Berührung mit Negern. Aber er wußte von weißen und schwarzen Kinderbanden, die sich bekämpften. Heinz gehörte einer Negerbande an, das war überraschend. Ezra mußte vorsichtig sein. »Was wollen Sie für den Hund haben?« sagte er. Heinz antwortete: »Zehn Dollar.« Das konnte man machen. Für zehn Dollar konnte man es machen. Wenn der blöde Junge zehn Dollar zahlte, war er 'reingefallen. Der Hund war keine zehn Mark wert. Ezra sagte: »Gut.« Er wußte noch nicht, wie er's machen würde. Aber er würde es machen. Es würde schon gehen. Er mußte Christopher was vorlügen. Christopher würde es nicht verstehen, daß es nur ein Traumgeschehen und nicht wirklich war. Er sagte: »Ich muß mir die zehn Dollar erst besorgen.« Heinz dachte ›Scheißkerl, möchtest du wohl‹. Er sagte: »Erst wenn Sie mir das Geld geben, bekommen Sie den Hund.« Der Hund zerrte, unbeteiligt an dem Handel, am Bindfaden. Das kleine Mädchen hatte ihm ein Stück Schokolade vom Neger-von-Heinz'-Mutter zugeworfen. Die Schokolade lag in einer Pfütze und löste sich langsam auf. Der Hund konnte die Pfütze nicht erreichen. Ezra sagte: »Ich muß meinen Vater fragen. Er wird mir das Geld geben.« – »Jetzt?« fragte Heinz. Ezra dachte nach. Wieder furchte sich seine kleine Stirn unter der fuchsroten Kappe seines kurzgeschnittenen Haares. Er dachte ›hier geht es nicht‹. Er sagte: »Nein, heute abend. Kommen Sie zum Bräuhaus. Mein Vater und ich sind heute abend im Bräuhaus.« Heinz nickte. Er rief: »Okay!« In der Bräuhausgegend kannte er sich aus. Am Bräuhausplatz war der Klub der Negersoldaten. Heinz stand oft vor dem Lokal und beobachtete, wie seine Mutter und Washington aus der horizontblauen Limousine stiegen und an dem schwarzen Militärpolizisten vorbei in den Klub gingen. Er kannte alle Dirnen, die um den Platz herumstrichen. Zuweilen schenkten ihm die Dirnen Schokolade, die sie von den Negern bekommen hatten. Heinz brauchte die Schokolade nicht. Aber es befriedigte ihn, die Schokolade von den Dirnen zu nehmen. Er konnte dann zu Washington sagen: »Ich mag keine Schokolade.« Er dachte: ›Du kriegst deinen Hund, dir bin ich schon entwischt.‹

Odysseus entwischte ihnen. Er entwischte den Griechen, entwischte den flinken, wie flinke gelbe Eidechsen über den Biertisch huschenden Händen. Der Wurf war für sie. Sie rafften die Würfel, reichten sie Odysseus; Odysseus verlor; sie krallten sie wieder in die Hand, schleuderten sie hin, das Glück auf ihrer Seite; es ging um Mark und Dollar, um Mannesmark und Flitscherldollar, es ging um das, was sie Leben nannten, es ging um die Füllung des Bauches, es ging um den Rausch, um die Lust, um das Taggeld ging es, denn was sie den Tag ertragen ließ, kostete Geld, das Fressen, das Saufen, das Lieben, alles kostete Geld, Mark oder Dollar, hier wurden sie aufs Spiel gesetzt: was waren die Griechen, was war König Odysseus ohne Geld? Er hatte Wildtöteraugen. Die »Glocken«-Kapelle spielte Ich-schieß-den-Hirsch-im-wilden-Forst. Alle in der »Glocke« jagten den weißen Hirsch ihrer Wünsche und Illusionen. Das Bier hatte sie auf imaginäre Pferde gesetzt; sie waren stolze Jäger zu Pferde. Ihre Triebe machten Treibjagd, Lustjagd auf den weißen Hirsch des Selbstbetruges. Der Gebirgsschütze sang das Lied der Kapelle mit, der Afrikakämpfer, der Ostfrontmann fielen ein. Josef, durch die Machenschaften der

Griechen von seinem schwarzen Tagesherrn weggedrängt, hörte aus Odysseus' Musikkasten einen Vortrag über die Lage in Persien *Fallschirmjäger nach Malta*, und weiter war es nur ein Lautrauschen für Josef und weiter nur eine Brandung der Geschichte, eine Brandung aus dem Äther zu ihm gespielt, unverständliche erlebte gärende Geschichte, ein Sauerteig, der aufging. Namen wurden hineingerührt, Namen, immer wieder Namen, oft gehörte Namen, die Namen der Weltstunde, die Namen der großen Spieler, die Namen der Manager, die Namen der Schauplätze, Konferenzplätze, Schlachtplätze, Mordplätze, wie wird der Sauerteig aufgehen? was für Brot werden wir morgen essen? »Wir waren die ersten in Kreta«, rief der Rommelsoldat, »erst waren wir in Kreta eingesetzt. Wir sprangen einfach in sie hinein.« Da war der Hirsch! Jetzt hatte er's durchschaut, Wildtöteraugen! Die schwarze Hand war flinker als der Zaubertrick der gelben Eidechsen. Odysseus griff zu. Er hatte die Würfel. Diesmal waren es die rechten, die gezinkten, die ausgeheckten, die das Glück brachten, die listig immer wieder vertauschten. Er schlug sie aufs Holz: Sieg! Er warf sie aufs neue und warf wieder das Glück. Er stieß mit den Ellbogen. Die Griechen wankten zurück. Odysseus' Rücken deckte den Tisch. Der Tisch war die Front. Er feuerte Serien ins Holz, ein Bombardement des Glücks: Häuptling Odysseus König Odysseus General Odysseus Generaldirektor Mister Odysseus Cotton Esquire. »Wir säuberten die Weißen Berge. Wenn wir ins Tal runtergingen, brauchten wir geballte Ladungen, im Gestrüpp das Messer, Tommys und Rosinenkacker. Wir haben das Kretaschild bekommen.« – »Scheiß drauf!« – »Sagst du –« – »Ich sage scheiß drauf. Krieg war in Rußland. Alles andere sind Jungengeschichten. Zehnerlhefte mit bunten Deckeln. Romantik, Mensch! Bunte Deckel! Mal 'ne nackte Hur' und mal 'n Fallschirmspringer mit Todesblick. Dasselbe, Mensch! Ich werd' meinem Jungen den Arsch versohlen, wenn er's nach Hause bringt.« Die Stimme im Musikkoffer sagte: »Zypern.« Zypern war strategisch wichtig. Die Stimme sagte: »Teheran.« Die Stimme sagte nicht Schiras. Die Stimme erwähnte nicht die Rosen von Schiras. Die Stimme sagte nicht Hafis. Die Stimme kannte Hafis den Dichter nicht. Hafis hatte für diese Stimme nie gelebt. Die Stimme sagte: »*Oil.*« Und wieder war Rauschen, Lautrauschen, dumpfes Silbengeplätscher, der Strom der Geschichte rauschte vorüber, Josef saß am Ufer des Stroms, der Alte, der Müde, der Abgekämpfte, noch blinzelnd nach Abendglück, unverständlich war der Strom, unverständlich das Geplätscher, einlullend das Silbenrauschen. Die Griechen trauten sich nicht an ihre Messer. Der weiße Hirsch war ihnen entwischt. Der schwarze Odysseus war ihnen entkommen: listiger großer Odysseus. Er gab Josef Geld, das Bier zu bezahlen. »Zuviel, Mister«, sagte Josef. »Nix zuviel *money*«, sagte Odysseus. Die Kellnerin steckte den Schein ein: Glanz und Gnade von Odysseus. »Komm«, rief Odysseus. »Appell an den Haag«, sagte die Stimme. Die Stimme wurde von Josef getragen, *Wilhelm II. Friedenskaiser stiftet für den Haag*, von Josef geschüttelt, er schüttelte mit seinem Altmännergang das Geriesel der großen Worte. Der Strom der Geschichte floß. Zuweilen trat der Strom über die Ufer. Er überschwemmte das Land mit Geschichte. Er ließ Ertrunkene zurück, er ließ den Schlamm zurück, die Düngung, das stinkende Mutterfeld, eine Fruchtbarkeitslauge: wo ist der Gärtner? wann wird die Frucht reif sein? Josef folgte klein und blinzelnd, auch er im Schlamm, noch immer im Schlamm, schon wieder im Schlamm, folgte dem schwarzen Gebieter, dem Herrn, den er sich für diesen Tag erwählt hatte. Wann war Blütezeit? Wann kam das Goldene Zeitalter, die hohe Zeit –

Er war ein Hochzeiter. Die horizontblaue Limousine hielt vor dem Mietshaus, in dem Carla wohnte. Washington hatte Blumen gekauft, gelbe Stengel. Als er aus dem Wagen stieg, drang die Sonne durch den verhangenen Himmel. Das Licht reflektierte in der Karosserie der Limousine und ließ die Blumen schwefelgelb blühen. Washington fühlte, wie man ihn aus den Fenstern des Mietshauses beobachtete. Die kleinen Bürger, die hier in vielen Parteien wohnten, in jedem Raum drei, vier

Menschen, jedes Zimmer ein Käfig, im Zoo hauste man geräumiger, die kleinen Bürger drückten sich gegen die oft gestopften und immer wieder gestärkten Gardinen und stießen einander an. »Blumen bringt er ihr. Siehst die Blumen. Daß er sich nicht –.« Aus irgendeinem Komplex erboste es sie, daß Washington Blumen ins Haus brachte. Washington allein wurde verhältnismäßig wenig beachtet; er war ein Mensch, wenn auch ein Neger. Beachtet wurden die Blumen, gezählt wurden die Pakete, die er trug, erbittert wurde das Auto betrachtet. Das Auto kostete in Deutschland mehr als ein kleines Haus. Es kostete mehr als das Häuschen am Stadtrand, nach dem man sich ein Leben lang vergeblich sehnte. Max sagte es. Max mußte es wissen. Max arbeitete in einer Garage. Die horizontblaue Limousine vor der Haustür war eine Herausforderung.

Ein paar alte Frauen hatten sich über das Treiben in der Wohnung im dritten Stock beschwert. Die Welz mußte Beziehungen zur Polizei haben. Die Polizei griff nicht ein, *Krebsschäden der Demokratie.* In Wahrheit sah die Polizei nur keinen Grund zum Einschreiten. Sie konnte nicht überall einschreiten, wo etwas faul in der Stadt war. Überdies hätten die alten Frauen das Eingreifen der Polizei sehr bedauert. Die Polizei hätte sie um das einzige Schauspiel gebracht, das sie sich leisten konnten.

Washington ging die Treppe hinauf: Dschungel umgaben ihn. Hinter jeder Tür standen sie und lauschten. Sie waren domestizierte Raubtiere; sie witterten noch das Wild, aber die Zeit war nicht günstig, die Zeit erlaubte es der Herde nicht, sich auf die fremde, in das Revier der Herde eingedrungene Kreatur zu stürzen. Die Welz öffnete die Tür. Die Frau war strubbelhaarig, fett, hängeärschig, schmutzig. Für sie war wiederum Washington ein gezähmtes Haustier: nicht gerade eine Kuh, aber noch immerhin eine Ziege, ›ich melk' den schwarzen Bock‹ – »Is nich da«, sagte sie. Sie wollte ihm die Pakete abnehmen. Er sagte: »Oh, macht nichts.« Er sagte es mit der freundlichen unpersönlichen Stimme der Schwarzen, wenn sie zu Weißen sprechen, aber die Stimme hatte einen gepreßten und ungeduldigen Unterton. Er wollte die Frau loswerden. Er verabscheute sie. Er ging durch den düsteren Korridor zu Carlas Zimmern. Aus einigen Türen beobachteten ihn die Mädchen, die sich bei Frau Welz mit den Soldaten trafen. Washington litt unter dieser Wohnung. Aber er konnte es nicht ändern. Carla fand keine anderen Zimmer. Sie sagte: »Mit dir finde ich keine anderen.« Auch Carla litt unter der Wohnung, aber sie litt weniger unter ihr als Washington, dem sie unermüdlich versicherte, wie sehr sie leide, wie unwürdig das alles für sie sei, und das hieß unausgesprochen, wie sehr sie sich verschenke, wie tief sie sich herablasse, tief zu ihm, und daß er durch immer neue Liebe, neue Geschenke, neue Aufopferung es ein wenig gutmachen müsse, ein ganz klein wenig nur. Carla verachtete und beschimpfte Frau Welz und die Mädchen, aber wenn sie allein war, wenn sie sich langweilte, wenn Washington in der Kaserne arbeitete, biederte sie sich mit den Mädchen zusammen, lud sie ein, tratschte mit ihnen den Mädchentratsch, den Hurenschwatz, oder sie saß bei Frau Welz in der Küche, trank am Herd den Mischkaffee aus dem stets auf dem Feuer brodelnden Topf und erzählte alles, was Frau Welz (die es dann an die Nachbarinnen weitergab) wissen wollte. Die Mädchen im Gang zeigten Washington, was sie hatten; sie öffneten ihre Kleiderschürzen, richteten sich die Strumpfbänder, wedelten Duftwolken aus dem gefärbten Haar. Es war ein Wettstreit unter den Mädchen, ob es einer einmal gelänge, Washington ins Bett zu bekommen. Da sie Neger nur im Zustand der Brunst kannten, schloß ihr kleines Hirn, daß alle Neger geil seien. Sie verstanden Washington nicht. Sie begriffen nicht, daß er kein Bordellgänger war. Washington war für ein glückliches Familienleben geboren; doch leider war er durch unglückliche Zufälle vom Wege und in diese Wohnung, war er in Schlamm und Dschungel geraten. Washington hoffte im Wohnzimmer eine Botschaft zu finden, die Carla vielleicht hinterlassen hatte. Er glaubte, Carla würde bald zurückkehren. Vielleicht war sie zum Friseur gegangen. Er suchte auf der Spiegelkommode nach einem Zettel, der ihm sagen sollte, wohin sie gegangen sei. Auf der Kommode standen Flaschen mit Nagellack, Gesichtswasser, Cremetöpfchen und Puderschachteln. Im Rahmen des Spiegels steckten Photographien. Ein Bild zeigte Carlas verschollenen Ehemann, der jetzt seiner Todeserklärung, seinem amtlichen Tod entgegenging, von dem die Fessel genommen wurde, die ihn und Carla in dieser Welt verband bis-daß-der-Tod-euch-scheide. Er war in feldgrauer Uniform. Auf seiner Brust war das Hakenkreuz zu sehen, gegen das Washington zu Feld gezogen war. Washington betrachtete den Mann gleichmütig. Gleichmütig betrachtete er das Hakenkreuz auf der Brust des Mannes. Das Kreuz war bedeutungslos geworden. Vielleicht hatte das Rassenkreuz dem Mann nie etwas bedeutet. Vielleicht hatte Washington nie gegen dieses Kreuz gekämpft. Vielleicht waren sie beide betrogen worden. Er haßte den Mann nicht. Der Mann beunruhigte ihn nicht. Er war nicht eifersüchtig auf seinen Vorgänger. Zuweilen beneidete er ihn darum, daß er's hinter sich hatte. Das war so ein dunkles Gefühl; Washington verdrängte es immer. Neben ihrem Gatten hing Carla im Rahmen des Spiegels im Hochzeitsschmuck und mit weißem Schleier. Sie war achtzehn Jahre alt, als sie heiratete. Zwölf Jahre war es her. In diesen Jahren war die Welt zusammengebrochen, in der Carla und ihr Mann lange und sicher zu leben glaubten. Freilich war ihre Welt nicht mehr die Welt der Eltern gewesen. Carla war schwanger, als sie zum Standesamt ging, und der weiße Schleier auf der Photographie war Lüge und doch nicht Lüge, weil niemand belogen wurde oder belogen werden konnte, denn der weiße Schleier hatte schon lange nur noch schmückenden Sinn und wurde eine peinliche, dem Spott ausgelieferte Maskerade, wenn man ihn für das Zeichen der unverletzten Scham nahm, und keinesfalls war es frivol, daß man so dachte, denn die Zeit war eher geneigt, die Vorstellung, daß der Bräutigam nach vollzogener öffentlicher Zuführung und Feier sich auf die Braut stürze, auf das weiße Lamm, mit dem er das Hymenopfer vollzog, als frivol und schamlos zu empfinden, dennoch bedurfte es der Trauung, des Ordentlichen und der Amtlichkeit des Zusammentuns, des Segenspruches der Gemeinschaft, der Kinder wegen bedurfte es dies alles, der Kinder, die der Gemeinschaft geboren werden sollten und selbst mit Werbung ins Leben gelockt wurden, *Besucht das schöne Deutschland,* und Carla und ihr Mann, die eben Getrauten, glaubten damals an ein Reich, dem man Kinder schenken konnte, vertrauensvoll, pflichtgemäß und verantwortungsbewußt, *Kinder Reichtum der Nation, Ehestandsdarlehen für junge Leute.* Carlas Eltern hingen auch im Rahmen des Spiegels. Frau Behrend hatte sich mit Blumen im Arm aufnehmen lassen, der Musikmeister war in Uniform, aber statt des Dirigentenstabes hielt seine linke Hand den Griff einer Geige, die er im Sitzen gegen die Schenkel stützte. So waren Herr und Frau Behrend als poetisch und musisch gesonnenes Paar friedlich vereint. Heinz war als Säugling photographiert. Er stand aufrecht im Kinderwagen und winkte. Er wußte nicht mehr, wem er zugewinkt hatte, irgendeiner erwachsenen Person wahrscheinlich; die Person war sein Vater gewesen, der hinter der das Bild aufnehmenden Kamera gestanden hatte, und bald darauf war Vater in den Krieg gezogen. Ein Bild, das von größerem Format als die übrigen war, zeigte nun gar ihn selbst, Washington Price: Er war im Baseballdreß mit der weißen Schirmmütze, den Fanghandschuhen und dem Schläger. Sein Gesichtsausdruck war würdig und ernst. Das war Carlas Familie. Washington gehörte zu Carlas Familie. Für eine Weile starrte Washington stumpfsinnig auf die Bilder. Wo mochte Carla sein? Was sollte er hier? Er sah sich mit seinen Blumen und den Paketen im Spiegel. Es war komisch, wie er in diesem Zimmer stand vor den Familienbildern, dem Toilettenkram und dem Spiegel. Für einen Augenblick hatte Washington das Gefühl, sein Leben sei sinnlos. Ihm schwindelte vor seinem Spiegelbild. Aus einem Zimmer der

Mädchen klang Radiomusik. Der amerikanische Sender spielte die kummervoll erhabene Melodie Negerhimmel von Ellington. Washington hätte weinen mögen. Während er die Melodie hörte, ein Heimatlied aus einem Hurenzimmer in der Fremde (und wo war nicht Fremde?), empfand er die ganze Häßlichkeit des Daseins. Die Erde war kein Himmel. Die Erde war bestimmt kein Negerhimmel. Aber gleich eilte sein Lebensmut einer Fata Morgana entgegen, er klammerte sich an den Gedanken, daß bald ein neues Bild im Spiegel stecken würde, das Bild eines kleinen braunen Kindes, des Kindes, das er und Carla der Welt schenken wollten.

Er trat in die Küche an den Herd zu Frau Welz, zu den brodelnden Töpfen, und sie gab ihm zu verstehen, eine Hexe in Wolken von Rauch, Dampf und Gerüchen, daß sie wohl wisse, wo Carla sei, er möge beruhigt sein, es sei doch nicht in Ordnung mit Carla, es hätte doch was gegeben, er wisse schon, man passe ja mal nicht auf, wenn man wen liebhabe, passe man nicht auf, sie kenne sich aus, man sehe es ihr wohl nicht mehr an, aber sie wisse Bescheid, und die Mädchen hier, sie wüßten alle Bescheid, ja mit Carla, das sei nicht schlimm (er verstand nicht, er, Washington, verstand nicht, verstand nicht das deutsche Hexeneinmaleins, eine böse Frau, was wollte sie? was war mit Carla? warum sagte sie nicht, sie sei beim Friseur, sei ins Kino gegangen? warum das Gemurmel? so viel üble Worte), gar nicht schlimm sei es also, wo sie doch einen so guten Doktor habe und immer für den Doktor gesorgt habe in der schlechten Zeit, »ich sagte ja zu Carla, es ist zuviel, Carla, aber Carla wollte ihm das Beste bringen, nun weiß man, wozu es gut war, daß Carla ihm das Beste brachte«, gar kein Anlaß zur Sorge sei gegeben, »Washington, Dr. Frahm wird es schon machen«. Dies verstand er. Er verstand den Namen Dr. Frahm. Was war? War Carla krank? Washington erschrak. Oder war sie des Kindes wegen zum Arzt gegangen? Aber das konnte nicht sein, das konnte nicht sein. Das konnte sie nicht tun, grade dies konnte sie nicht tun –

Es war ein Scherz. Irgend jemand hatte sich den Scherz gemacht, Emilia an zu viel Besitz zu binden. Aber vielleicht war es nicht einmal ein Scherz, vielleicht war Emilia jeder Macht, jeder Planung, jeder Überlegung, jeder guten oder bösen Fee, dem Geist des Zufalls so gleichgültig, daß es nicht einmal zu einem Scherz gereicht hatte, und sie war mit ihrem Besitz zusammen in den Abfall geworfen worden, ohne daß irgendwer sie hatte dahin werfen wollen, zufällig war's geschehen, gewiß zufällig, aber es war ein völlig geistloser, ein dummer, ein ganz bedeutungsloser Zufall, der sie an Güter gebunden hatte, die ihr von anderen und dann auch von den eigenen Wünschen immerfort als Mittel zu einem herrlichen Leben beschrieben wurden, während das Erbe in Wahrheit nur noch eine Bohemeexistenz ermöglichte mit Unordnung, Ungewißheit, Bettelgängen und Hungertagen, eine Bohemeexzistenz, die grotesk mit Kapitalverwaltung und Steuerterminen gekoppelt war. Nicht mit Emilia hatte die Zeit etwas geplant, weder im Guten noch im Bösen etwas mit ihr vorgehabt, Emilias Erbe nur war dem Zeitgeist und seiner Planung verfallen, das Kapital wurde gesprengt, in manchen Ländern war es schon gesprengt, in anderen würde es gesprengt werden, und in Deutschland lockerte die Stunde wie Scheidewasser den Besitz, fraß mit Ätzung auf, was sich an Reichtum angesammelt hatte, und es war töricht von Emilia, die Spritzer der Ätzung, soweit sie die scharfe Lösung traf, persönlich zu nehmen, sie für eine ihr persönlich zugedachte Ranküne des Schicksals zu halten. Niemand dachte ihr etwas zu. Das Leben, das Emilia nicht meisterte, war Wendezeit, Schicksalszeit, aber dies nur im Großen gesehen, und im Kleinen konnte man weiterhin Glück und Unglück haben, und Emilia hatte das Pech, sich hartnäckig und ängstlich an das Entschwindende zu klammern, das in einer verzerrten, ungeordneten, anrüchigen und auch ein wenig lächerlichen Agonie lag; doch war die Geburt der neuen Weltzeit nicht weniger vom Grotesken, Ungeordneten, Anrüchigen und Lächerlichen umrandet. Man konnte auf der einen und auf der anderen Seite leben, und man konnte auf dieser und jener Seite des Zeitgrabens sterben. »Große Glaubenskriege werden kommen«, sagte Philipp. Emilia verwechselte das alles, sie sah sich durch Geldschwierigkeiten in die Schicht der Boheme versetzt, sah sich zu Leuten gesetzt, die bei Emilias Eltern zwar Freitisch und Narrenfreiheit, aber nicht Achtung genossen hatten, und die Großeltern, die den Familienreichtum so fruchtbar mehrten, hätten diese Windigen überhaupt nicht empfangen. Emilia haßte und verachtete die Boheme, die mittellosen Geistigen, die lebensuntüchtigen Schwätzer, die Träger ausgefranster Hosen und ihre hier schon aus zweiter Hand gekleideten, nach längst vergangener Pariser Tabu-Keller-Mode angezogenen billigen Freundinnen, mit denen sie nun auf demselben Kehricht lag, während Philipp die Schicht, die Emilia so verabscheute, einfach mied, weil er sie als Boheme nicht anerkannte, die Boheme war schon lange tot, und das Volk, das so tat, als gäbe es noch die jungen Intellektuellen, die Revoluzzer und Kunsttheoretiker im Kaffeehaus, das waren für den Abend Maskierte, die sich in hergebrachter Weise amüsieren wollten, während sie am Tage, lange nicht so untüchtig, wie Emilia dachte, als Gebrauchsgraphiker arbeiteten, Reklametexte schrieben, beim Film und Rundfunk verdienten und, die Tabu-Mädchen, brav hinter Schreibmaschinen saßen, die Boheme war tot, sie war schon gestorben, als das Romanische Café in Berlin von Bomben getroffen brannte, sie war schon tot, als der erste SA-Mann das Café betrat, sie war genaugenommen schon vor Hitler von der Politik erwürgt worden. Der Züricher Bohemien Lenin hatte, als er nach Rußland abreiste, die Tür des Literatencafés für die nächsten Jahrhunderte geschlossen. Was nach Lenin im Café blieb, war im Grunde konservativ, war konservative Pubertät, konservative Liebe zu Mimi, war konservativer Bürgerschreck (wobei noch zu bedenken war, daß Mimi, die geliebt, und der Bürger, der erschreckt werden sollte, daß sie beide auch schon gestorben und Figuren des Märchens geworden waren), bis die Boheme endlich in gewissen Barlokalen ihr Grabmal fand, von einer konservativen zu einer konservierten Angelegenheit wurde, ein Museumsstück, eine Attraktion für den Fremdenverkehr. Diese Lokale nun, die *boîtes,* die Mausoleen der *Scènes-de-la-vie-de-bohème* wurden allerdings wieder groteskerweise von Emilia, die sich auf die gehaßte Bohemetour das Geld dazu verschaffen mußte, gerne besucht, während sie Philipp mit ihren Tanzgeschöpfen und dem Glas-Wein-Mäzenatentum der Geschäftsleute geradezu ein Greuel waren. »Wir gehen nirgendwohin«, rief Emilia dann, »du vergißt, daß ich jung bin.« Und er dachte ›ist deine Jugend so verdorrt, daß sie dieses Gusses bedarf, dieses Gusses aus Rausch, Alkohol und Synkopen, braucht dein Gefühl die Luft der Ungefühle, dein Haar den Wind schläfst-du-mit-mir-heut-nacht »aber dann rasch ich muß früh 'raus«?‹ Emilia stand von allen Seiten bedroht im Niemandsland. Sie war reich und war ausgestoßen von der Nutznießung des Reichtums, sie war von Pluto nicht mehr angenommen worden, sie war nicht aufgenommen, war nicht sein Kind, aber sie war auch nicht aufgenommen und nicht angenommen von der arbeitenden Welt, und dem, daß man früh-'raus-mußte, stand sie mit blinder, kalter, aber vollkommen unschuldiger Ablehnung gegenüber.

Jetzt war sie vorangekommen, sie war fortgeschritten, sie hatte ein Stück des schottischen Plaidweges hinter sich gebracht. Emilia war im Leihhaus gewesen. Sie hatte in der Halle des Städtischen Leihamtes unter den Armen gestanden. Die Halle war mit Marmor verkleidet und glich einem Schwimmbassin, aus dem man das Wasser abgelassen hatte. Die Armen schwammen nicht. Sie waren untergegangen. Sie waren nicht oben. Sie waren unten. Oben, das Höhere, das Leben, ach, dieser Glanz, ach, diese Fülle, das Leben war jenseits der Marmorwände, war über dem Glasdach, das die Halle deckte, über den milchigen Scheiben, diesem Nebelhimmel über dem Teich der Versunkenen. Sie waren am Grund des Daseins und trieben ein gespenstisches Wesen. Sie standen vor den Schaltern und hielten ihren Besitz von früher im Arm, die Habe eines anderen Lebens, das mit ihrem gegenwärtigen Leben gar nichts mehr zu tun hatte, eines Lebens, das sie geführt hatten, bevor sie ertrunken waren, und das Gut, das sie zum Schalter brachten, kam ihnen wie fremder Besitz vor, wie Diebesgut, das sie versetzen wollten, und sie benahmen sich scheu wie schon ertappte Diebe. War es aus mit ihnen? Es ging zu Ende, aber noch war es nicht aus. Die Habe verband sie noch mit dem Leben, so wie Gespenster sich an vergrabene Schätze klammern; sie gehörten zur Halbwelt des Styx, noch gab es Aufschub, der Schalter lieh sechs Mark für den Mantel, drei für die Schuhe, acht für das Federbett, die Ertrunkenen schnappten nach Luft, sie wurden noch einmal ins Leben entlassen, für Stunden, für Tage, Begünstigte für Wochen *Verfallfrist vier Monate.* Emilia hatte silberne Fischbestecke in den Schalter gereicht. Das Renaissancemuster des Besteckes wurde nicht betrachtet, die Kunst des Silberschmiedes nicht geachtet, es wurde nach dem Silberstempel gesehen, und dann wurde das Besteck auf die Waage geworfen. Der Fischgang vom reichen Kommerzienratsmahl lag auf der Waage des Leihhauses. »Exzellenz, der Salm!« Dem General des Kaisers wurde zum zweitenmal vorgelegt. *Volldampf voraus, Kaiserworte zur Jahrhundertwende.* Das Besteck wog nicht viel. Die silbernen Griffe waren hohl. Hände von Kommerzienräten, Bankiers und Ministern hatten die Griffe gehalten, hatten sich mit Salm, Stör und Forelle bedient: fette Hände, ringgeschmückte Hände, verhängnisvolle Hände. »Majestät erwähnte in seiner Rede Afrika. Ich sage Kolonialpapiere –« – ›Toren! In Gold hätten sie's anlegen und vergraben sollen, Toren, in Gold wäre alles gerettet worden, ich stände nicht hier!‹ Das Leihamt leiht drei Pfennig für ein Gramm Silberbesteck. Emilia wurden achtzehn Mark und der Pfandschein aus dem Schalter gereicht. Die im stygischen Bassin Ertrunkenen beneideten sie. Noch gehörte Emilia zur Elite der Schatten, noch war sie die Prinzessin im Lumpenpelz.

Und weiter war sie fortgeschritten, Kalvariengang, vorangekommen im Lumpenprinzessinnenpelz und mit dem Warenpacken im komischen schottischen Reiseplaid: sie stand vor dem Gewölbe des Herrn Unverlacht, auch dies ein Eingang zur Unterwelt, glitschige Stufen führten hinab, und hinter schmutzigen Scheiben sah Emilia im Licht von Alabasterlampen, schweren birnenförmigen opalisierenden Leuchtglocken, die er einmal aus dem Nachlaß eines Selbstmörders gekauft hatte und bis jetzt nicht wieder losgeworden war, Unverlachts gewaltige Glatze glänzen. Er war von untersetzter breitschultriger Gestalt; wie ein Möbelpacker sah er aus, der eines Tages entdeckt hatte, daß es leichter und einträglicher sei, mit altem Hausrat zu handeln, statt ihn zu tragen, auch wie ein stämmiger Dicker, der in einer Ringkämpfertruppe den bösen Mann mimt, doch sicher war er weder Packer noch Ringkämpfer gewesen, vielleicht ein Frosch, ein hinterhältiger plumper Frosch, der in seinem Gewölbe auf Fliegen wartete. Emilia stieg hinab, öffnete die Tür, und schon grauste es sie. Ihre Haut zog sich zusammen. Das war kein Froschkönig, der zur Tür blickte, mit kalten wässerigen Augen, Unverlacht war wie er war, unverzaubert, und keine Entzauberung war zu erwarten, kein Prinz würde je aus dem Froschkleid springen. Ein Musikmechanismus, durch Emilias Eintritt in Bewegung gesetzt, spielte Ein-feste-Burg-ist-unser-Gott. Das war bedeutungslos, kein Bekenntnis. Unverlacht hatte den Mechanismus wie die Lampen billig erworben und wartete nun auf einen Käufer für diese Schätze. Was die Lampen betraf, war es dumm von ihm, sie verkaufen zu wollen: sie gaben mit ihrem Alabasterschein seinem Gewölbe den echten Hadesschimmer. »Na, Sissy, was bringst du?« sagte er, und die Froschflossenhand (wirklich, die Finger waren wie mit hornschuppigen Schwimmhäuten zusammengewachsen) hielt Emilia schon am Kinn gefaßt, ihr kleines Kinn glitt in die Wölbung der Froschhand wie in einen Schlund, während Unverlachts andere Hand ihren jungen und strammen Hintern betastete. Aus einem nicht klaren Grund nannte Unverlacht Emilia Sissy; vielleicht erinnerte sie ihn an eine wirkliche Trägerin dieses Namens, und Emilia und die unbekannte, vielleicht lange schon begrabene Sissy verschmolzen in dem Gewölbe zu einem Wesen, dem der Besitzer mit geiler Zärtlichkeit begegnete. Emilia drängte sich von ihm los. »Ich will über Geschäfte reden«, sagte sie. Auf einmal wurde ihr schlecht. Der Gewölbedunst benahm ihr den Atem. Sie ließ ihr Plaid zu Boden fallen und warf sich in einen Stuhl. Der Stuhl war ein Schaukelstuhl, der durch den Schwung, mit dem sie in ihn geplumpst war, in heftige Schwingungen geriet. Emilia war es, als reise sie in einem Boot über das Meer; das Boot schaukelte auf hoher See; ein Ungeheuer hob sein Haupt aus den Wellen; ein Schiffbruch drohte; Emilia fürchtete seekrank zu werden. »Hör auf, Sissy«, rief Unverlacht. »Ich hab' kein Geld. Was denkst du? Das Geschäft geht nicht.« Er betrachtete die auf und ab wippende Emilia; er sah sie vor sich, unter sich, hingestreckt im Schaukelstuhl, ihr Rock war hochgerutscht, er sah über den Strümpfen die nackten Oberschenkel; ›Kinderschenkel‹, dachte er; er hatte eine dicke und eifersüchtige Frau. Er war mißmutig. Emilia erregte ihn, die Kinderschenkel erregten ihn, das müde verzogene Gesicht eines müden und verzogenen kleinen Mädchens hätte ihn betören können, wenn er begabt gewesen wäre, einem anderen als dem Impuls der Gewinnsucht zu folgen. Emilia war für Unverlacht was Feines, ›diese gute Familie‹, dachte er, er begehrte sie, aber er begehrte sie nicht wirklicher als ein Bild in einem Magazin, an dem man sich erregt, und er wollte nicht mehr als sie betatschen, aber schon das Betatschen konnte das Geschäft stören: er wollte wohl von Emilia kaufen, er tat nur so, als ob er kein Geld habe, das gehörte zum Handel, es waren gute Sachen, die Emilia anbot ›aus so feiner Familie aus so reichem Haus‹, und sie gab sie billig her, hatte keine Ahnung von ihrem Wert, ›was für 'ne kleine Hose sie anhat, es ist, als ob sie gar keine anhat‹, aber jede Sekunde konnte Frau Unverlacht, eine fettkrustige böse Kröte, in das Gewölbe treten. »Hör mit der Schaukelei auf! Was bringst du, Sissy?« Er duzte Emilia; es machte ihm Freude, sie wie ein kleines verhurtes Gassengör zu duzen, und wieder dachte er ›die feine Familie, so eine feine Familie‹. Emilia raffte sich auf. Sie öffnete das Plaid. Ein kleiner Gebetsteppich kam zum Vorschein; er war zerrissen, aber man konnte ihn stopfen. Emilia breitete ihn aus. Philipp liebte diesen Teppich, liebte sein feines Muster, die schwingende blaue Ampel auf rotem Grund, und Emilia hatte grade diesen Teppich mitgenommen, sie hatte ihn mitgenommen, weil Philipp ihn liebte und weil sie Philipp strafen wollte, weil er kein Geld hatte, und weil sie aufs Leihamt und zu Unverlacht gehen mußte, und weil es ihm gleichgültig zu sein schien, daß er geldlos war und sie mit Bettlerdemut ihre Sachen verschleudern durfte, manchmal sah Emilia Philipp als einen Oger, doch dann wieder als den ihr geschickten Retter, von dem alles zu erwarten war, Überraschung, Schmerz, aber auch Glück, Ruhm und Reichtum, und es tat ihr leid, daß sie ihn quälte, und am liebsten wäre sie nun auf dem Gebetsteppich niedergekniet und hätte gebetet, hätte Gott und Philipp um Verzeihung gebeten für ihr Schlimmsein (sie gebrauchte den Kinderausdruck), aber wo war Gott und wo lag Mekka, wohin sollte sie sich mit ihrem Gebet wenden? Unverlacht, von keiner Reue belästigt, von keinen religiösen Skrupeln gepeinigt, stürzte sich geschäftig auf die Risse im Teppich. Sie begeisterten ihn zu Triumphschreien: »So ein Fetzen! Nur Löcher! Diese Risse! Wertlos, Sissy, morsch, brüchig, wertlos!« Er knüllte die Wolle zusammen, hielt sie sich an den kahlen Schädel, legte das Ohr an den Teppich, schrie: »Er singt!« – »Was tut er?« fragte Emilia, für eine Weile verblüfft. »Er singt«, sagte Unverlacht, »er knistert, er ist brüchig, ich will dir fünf Mark geben, Sissy, weil du's bist und weil du ihn hergeschleppt hast.« – »Sie sind verrückt«, sagte Emilia. Sie bemühte sich, ihrem Gesicht den Ausdruck kalter Uninteressiertheit zu geben. Unverlacht dachte ›hundert ist er wert‹, zwanzig würde er schlimmstenfalls zahlen. Er sagte: »Zehn in Kommission; ich lad' mir da was auf, Sissy.« Emilia dachte ›ich weiß, daß er ihn für hundert verkauft‹. Sie sagte: »Dreißig bar.« Ihre Stimme klang fest und entschlossen, aber ihr Herz war müde. Sie hatte bei Unverlacht die Finten des Handels gelernt. Manchmal überlegte sie, wenn es ihr gelänge, ein Haus zu verkaufen (aber nie würde es gelingen, nie würde es geschehen: wer kauft Häuser? verfallene Mauern? wer lädt sich Lasten auf? wer stellt sich unter die Vormundschaft der Ämter, läßt sich mit Steuerbehörden und Wohnungskontrolleuren ein? wer schafft sich Plagen? bietet sich dem Gerichtsvollzieher an? wer will sich mit ständig auf teure Reparaturen versessenen Mietern streiten, mit Mietern, deren Zins man zum Finanzamt tragen muß, statt wie die alten Hauswirte der Märchenzeit selbstzufrieden, gemütlich, die Hände im Schoß von der Miete zu leben?), wenn es gelänge! – es war einer ihrer größten Träume, endlich einmal eins ihrer Häuser loszuwerden, aber die Käufer wollten die schlechte jedem Zugriff des Staates preisgegebene Geldanlage kaum geschenkt haben – vielleicht würde Emilia dann auch einen Altwarenhandel eröffnen und wie Unverlacht vom Reichtum der Vergangenheit und von den Nachlässen der Toten zehren. War das die Verwandlung, die Entzauberung? Nicht Unverlacht entsprang als Prinz dem Froschkleid, sondern sie, die liebreizende Emilia, die schöne junge Erbin des Kommerzienratsvermögens, die Lumpenprinzessin, wollte in die Unterwelt des niedrigsten Feilschens reisen, in den Keller der kleinen Habgier steigen, aus bloßer Zukunftsangst die Maske des Frosches tragen, der kalten Kreatur, die auf arme Fliegen wartet. War das ihr wahres Wesen, das träge Tümpelleben, der lauernde zuschnappende Mund? Aber bis zum Althandel war es noch weit, kein Hauskäufer war zu sehen, und Philipp würde bis dahin sein Buch geschrieben, und die Welt würde sich geändert haben.

Philipp hatte sie schon vorher gefürchtet, und seine Furcht hatte die Mißverständnisse vielleicht herbeigelockt, wie das Aas Fliegen anzieht, oder wie man auf dem Lande meint, es lade das Wetter ein, wenn man nach den Wolken gucke. Er war in einen Strudel lächerlicher, nur ihm bestimmter, nur auf seinen Weg wie Fallen gelegter Verwechselungen geraten, als er Edwin im Auftrage des Neuen Blattes (gern, und doch von Schüchternheit gehemmt, und das grade durch den Auftrag der Zeitung, der anderen Mut gegeben hätte) besuchen wollte. Das Abendecho, das die Namen von Dichtern nur nannte, wenn sie durch irgendwelche Verleihungen Personen des öffentlichen Lebens geworden, nicht länger zu übersehen und überdies gestorben waren, eine Erwähnung, die dann in der Spalte Ferner-ereignete-sich geschah, in der Rubrik des kleinen Klatsches *Kater des argentinischen Konsuls entlaufen, André Gide gestern verschieden,* dieses literarisch so überaus interessierte Blatt hatte eine Redaktionselevin in Mr. Edwins Hotel geschickt, um den berühmten Schriftsteller zu interviewen, ihn für die Leser des Abendechos zu fragen, ob er an den dritten Weltkrieg noch in diesem Sommer glaube, was er von der neuen Badekleidung der Damen halte und ob es seine Meinung sei, daß die Atombombe den Menschen wieder zum Affen zurückwerfen werde. Aus irgendeiner falschen Überlegung nun, vielleicht weil Philipp bekümmert aussah und weil man der jungen Schreibbeflissenen, der sich übenden Nachrichtenjägerin, gesagt hatte, das zu erlegende preisgekrönte Tier sei ein ernster Mann, hielt sie Philipp, den Unberühmten und immerhin wesentlich Jüngeren, für Edwin und stürzte sich mit dem Englisch der Oberschule, gemischt mit dem Barslang einer amerikanischen Bekanntschaft vom letzten Fasching, auf ihn, während zwei frech und herrisch blickende junge Männer, Begleiter der Reporterin und wie sie Vertreter der Pressemacht, schwer an gefährlich aussehenden Geräten trugen und Philipp mit Blitzlicht beleuchteten.

Die aufsehenerregende, blitzbeleuchtete, für Philipp so peinliche und ihn in mancher Weise beschämende Szene (Beschämungen, die den Umstehenden entgingen, es war eine Philipp innerlich peinigende Scham) hatte zur Folge, daß andere Besucher der Hotelhalle, neugierig geworden, erfuhren, daß eine Verwechslung geschehen sei, ein Versehen, das den berühmten

Mr. Edwin betraf, ein immer noch nicht ganz aufgeklärtes Mißverständnis, und man war nun geneigt, Philipp für Edwins Sekretär zu halten und ihn, voll plötzlicher Teilnahme am Leben des Dichters, mit Fragen zu bestürmen, wann der Meister zu sprechen, auszufragen, zu sehen und zu photographieren sein werde. Ein Mann in einem vielgurtigen Wettermantel, der eben in wichtiger Mission um den Erdball geflogen zu sein schien, doch während des Fluges nichts erlebt und nur ein Kreuzworträtsel gelöst hatte, dieser gegen mögliche Wetterunbilden und geistige Anfechtungen Wohlgewappnete erkundigte sich bei Philipp, ob der bekannte Mr. Edwin wohl willens sei, zu einer dann in allen Illustrierten Zeitungen erscheinenden Photographie zu erklären, daß er ohne den Genuß einer bestimmten, von dem Wettergegürteten vertretenen Zigarettenmarke nicht leben und nicht dichten könne. Half Philipp sich hier noch mit Schweigen und eiligem Weitergehen, so sah er sich von der Gruppe der Lehrerinnen aus Massachusetts doch eingefangen und zur Rede gestellt. Miß Wescott hielt Philipp fest, blickte ihn durch ihre breitgefaßte Hornbrille wie eine freundliche, gepflegte Eule an und fragte ihn, ob er nicht Edwin bitten könne, der Reisegesellschaft der Lehrerinnen und, wie man wohl behaupten könne, Edwin-Verehrerinnen eine kleine Vorlesung zu halten, ein stilles Privatissimum, ihnen eine Einführung in sein doch allzu schwer zugängliches, allzu dunkles, der Deutung bedürfendes Werk zu geben. An dieser Stelle, noch ehe Philipp zu Wort kommen und seine Unzuständigkeit erklären konnte, unterbrach Miß Burnett Miß Wescott. Privatissimum hin und Verehrung her, meinte Miß Burnett, Edwin werde anderes zu tun haben, Besseres, Unterhaltsameres, als sich mit reisenden Schulweibern abzugeben, aber Kay, ihre Jüngste, der Benjamin der Gruppe sozusagen, die Junge und Hübsche, beinahe hätte Miß Burnett gerufen »die mit den grünen Augen«, schwärme nun wirklich und in aufrichtiger, unverbildeter und jüngerhafter Weise für die Dichter, für Edwin natürlich besonders, und vielleicht, Philipp der Sekretär müsse es einsehen, würde es den Gefeierten erfrischen, ihn von der Reise und in der Fremde erfrischen, von so viel junger Anmut angeschwärmt zu werden, kurz, Philipp solle es doch wagen, Kay zu Edwin zu führen, damit er ihr eine Widmung, ein Gedenken an den Tag ihrer Begegnung in Deutschland in ihr Exemplar seiner Gedichte schreiben könne, einen Band, den sie in der flexiblen Dünndruckausgabe bei sich habe. Miß Burnett schob Kay ins Licht, und Philipp sah sie mit Rührung an. Er dachte ›ich würde so empfinden, wie diese energische Dame meint, daß Edwin empfinden wird, wenn die junge Anbeterin erscheint‹. Kay wirkte so unbefangen, so frisch, sie war von einer Jugend, wie man sie hier kaum noch sieht, sie war unbeschwert, das war es wohl, sie kam aus anderer Luft, aus herber und reiner Luft, wie es Philipp schien, aus einem anderen Land mit Weite, Frische und Jugend, und sie verehrte die Dichter. Edwin freilich war aus dem Land geflohen, aus dem Kay kam: war er vor der Weite oder vor der Jugend des Landes geflohen, doch nein, vor Kay war er wohl nicht auf Nimmerwiederkehr davongereist, vielleicht vor Miß Wescott, der freundlichen Eule mit der Brille, doch auch diese war wohl nicht so schrecklich, man konnte schwer urteilen, warum Edwin geflohen war, wenn man das Land nicht kannte, ihm, Philipp, war die Neue Welt, im Augenblick durch Kay vertreten, sympathisch. Er beneidete Edwin. Aber um so peinlicher war es nun für ihn, daß er nichts für die reizende, aus dem weiten und jungen Amerika gekommene Verehrerin der Poesie tun konnte und daß es allzu lächerlich und allzuschwer sein würde, nun von sich zu reden und all die Verwechselungen und Mißverständnisse zu erklären, die hier am skurril boshaften Werk waren. Er versuchte den älteren Damen zu offenbaren, daß er keineswegs Edwins Sekretär und selber nur gekommen sei, Edwin zu sprechen, aber schon war hiermit ein neuer Irrtum geboren, denn jeder faßte Philipps Worte so auf, daß er Edwins Freund sei, ein vertrauter Genosse, Edwins deutscher Freund, sein deutscher Kollege, in Deutschland ebenso berühmt wie Edwin in der Welt, und die

Lehrerinnen entschuldigten sich gleich, sie waren höflich und hatten Lebensart (sie waren viel höflicher und hatten viel mehr Lebensart als deutsche Lehrerinnen), daß sie Philipp nicht kannten, sie baten um seinen Namen, und Burnett schob gar Kay noch näher an Philipp heran und sagte »er ist auch ein Dichter, ein deutscher Dichter«. Kay reichte Philipp die Hand und äußerte Bedauern, nicht auch ein Buch von Philipp bereit zu haben, um ihn um seine Widmung bitten zu können. Kay duftete nach Reseda. Philipp liebte die Blütenwasser nicht, er mochte Parfüme aus künstlichen unbestimmten Ingredienzen, aber der Resedaduft paßte gut zu Kay, er war ein Attribut ihrer Jugend, eine Aura ihrer grünen Augen, und er erinnerte Philipp an etwas. Im Garten des Rektors hatte Reseda geblüht, die wohlriechende Reseda, und der Wohlgeruch hatte zu den Sommertagen gehört, wenn Philipp, das Kind, mit Eva, der Rektorstochter, auf dem Rasen lag. Reseda war hellgrün. Und von hellem Grün war Kay. Sie war ein hellgrüner Frühling. Kay dachte ›er sieht mich an, ich gefalle ihm, er ist nicht mehr jung aber er ist bestimmt sehr berühmt, ich bin erst Stunden hier und schon habe ich einen deutschen Dichter kennengelernt, die Deutschen haben so fürchterlich ausdrucksvolle Gesichter, sie tragen Charakterköpfe wie bei uns die schlechten Schauspieler, das ist wohl so, weil sie ein altes Volk sind und so viel durchgemacht haben, vielleicht war dieser Dichter in einem Bombenkeller verschüttet, es soll entsetzlich gewesen sein, mein Bruder sagt daß es entsetzlich war, er war bei den Fliegern, er hat hier Bomben geworfen, ich würde es nicht ertragen bombardiert zu werden, oder doch? vielleicht denkt man nur vorher man erträgt es nicht, die Dichter in Dr. Kaisers deutscher Literaturgeschichte sehen alle so schrecklich romantisch aus, wie Leute aus dem Verbrecheralbum, allerdings tragen sie da Bärte, wahrscheinlich arbeitet er die Nächte durch, daher ist er so blaß, oder er ist traurig weil sein Vaterland Unglück hatte? vielleicht trinkt er auch, viele Dichter trinken, er wird Rheinwein trinken, ich möchte auch Rheinwein trinken,

Katharine wird mich nicht lassen, wozu reise ich nur? er geht in einem Eichenwald spazieren und dichtet, eigentlich ist ein Dichter komisch, Hemingway glaub' ich ist weniger komisch, Hemingway angelt, es ist weniger komisch zu angeln als im Wald spazierenzugehen, aber ich würde mit dem deutschen Dichter in seinem Eichenwald spazierengehen wenn er mich aufforderte, schon um es Dr. Kaiser zu erzählen würde ich mit ihm spazierengehen. Dr. Kaiser wird sich freuen wenn ich ihm erzähle daß ich mit einem deutschen Dichter im Eichenwald spazierengegangen bin, aber der Dichter wird mich gar nicht auffordern, ich bin zu jung, vielleicht wird er Katharine auffordern oder Mildred, aber mich würde er lieben wenn er sich trauen würde eine Amerikanerin zu lieben, mich würde er viel mehr lieben als er Katharine oder Mildred lieben würde‹. Katharine Wescott sagte: »Sie kennen Mr. Edwin sicher sehr gut.« – »Seine Bücher«, erwiderte Philipp. Aber anscheinend verstanden sie sein Englisch nicht. Mildred Burnett sagte: »Es wäre nett, wenn wir uns später noch sehen würden. Vielleicht werden wir uns sehen, wenn Sie bei Mr. Edwin sind. Vielleicht werden wir doch noch Mr. Edwin lästig fallen.« Sie glaubten immer noch, daß Philipp als vertrauter und erwarteter Freund zu Edwin gehe. Philipp sagte: »Ich weiß nicht, ob ich Edwin aufsuchen werde; es ist keineswegs sicher, daß Sie mich bei Mr. Edwin treffen werden.« Doch wieder schienen ihn die Lehrerinnen nicht zu verstehen. Sie nickten ihm freundlich zu und schnatterten im Chor »bei Edwin, bei Edwin«. Kay erwähnte, sie lerne Deutsch bei Dr. Kaiser, deutsche Literaturgeschichte. »Vielleicht habe ich schon etwas von Ihnen gelesen«, sagte sie. »Ist es nicht komisch, daß ich etwas von Ihnen gelesen habe und Sie jetzt kennenlerne?« Philipp verneigte sich. Er war verlegen und fühlte sich beleidigt. Er wurde von Fremden beleidigt, die ihn nicht beleidigen wollten. Es war, als würden den Fremden die beleidigenden Sätze souffliert, und sie sprachen sie in bester Absicht gutgläubig als Schmeichelei und Achtungsworte nach, und nur Philipp und der unsichtbar bleibende boshafte Souffleur verstanden die Kränkung. Philipp war wütend. Aber er wurde auch angelockt. Er wurde angelockt von dem jungen Mädchen, von ihrer frischen, aufrechten und unbefangenen Achtung vor Werten, die auch Philipp achtete, Qualitäten, die er besessen und verloren hatte. Ein bitterer Reiz lag in allem Mißverständnis mit Kay. Etwas erinnerte ihn Kay auch an Emilia, nur daß Kay eine unbefangene, eine unbeschwerte Emilia war und daß sie, es tat wohl, ihn nicht kannte und nichts von ihm wußte. Aber dennoch blieb es peinlich, daß ihm auf so anrüchige hinterhältig höhnende Weise Achtung bezeigt wurde, daß ein Philipp geachtet wurde, den es gar nicht gab, den es aber leicht hätte geben können, ein Philipp, der er hatte werden wollen, ein bedeutender Schriftsteller, dessen Werk selbst in Massachusetts gelesen wurde. Und gleich war er sich darüber klar, daß dies ›selbst in Massachusetts‹ ein dummer Gedanke war, denn Massachusetts war genauso fern und genauso nah wie Deutschland, vom Schriftsteller aus gesehen natürlich, der Schriftsteller stand in der Mitte, und die Welt um ihn war überall gleich fern und nah, oder der Schriftsteller war außen, und die Welt war die Mitte, war die Aufgabe, um die er kreiste, etwas nie zu Erreichendes, niemals zu Bewältigendes, und es gab keine Ferne und keine Nähe; vielleicht saß auch in Massachusetts ein dummer Literat und wünschte sich, ›selbst in Deutschland‹ gelesen zu werden, für dumme Menschen war die geographische Entfernung immer die Wüste, die Unkultur, das Ende der Welt, der Ort, wo die Füchse sich gute Nacht sagen, und Licht war nur, wo man selber im Dunkeln tappte. Doch leider war Philipp kein bedeutender Schriftsteller geworden, er war schließlich nur jemand, der sich Schriftsteller nannte, weil er in den Einwohnerakten als Schriftsteller geführt wurde: er war schwach, er war auf der Walstatt geblieben, auf der sich die schändliche Politik und der gemeinste Krieg, Wahnsinn und Verbrechen ausgetobt hatten, und Philipps kleiner Ruf, der erste Versuch, sein erstes Buch war im Lautsprecherbrüllen und im Waffenlärm untergegangen, war von den Schreien der Mörder und Gemordeten übertönt worden, und Philipp war wie gelähmt, und seine Stimme war wie erstickt, und schon sah er mit Grauen, wie der verfluchte Schauplatz, den er nicht verlassen konnte, vielleicht auch nicht verlassen mochte, für ein neues blutiges Drama hergerichtet wurde.

Nach den Mißverständnissen in der Hotelhalle, nach dem Gespräch mit den reisenden Lehrerinnen war es Philipp unmöglich, noch wirklich zu Edwin zu gehen. Er mußte dem Neuen Blatt den Auftrag, Edwin zu besuchen, zurückgeben. Es war wieder ein Mißerfolg. Philipp wollte aus dem Hotel fliehen. Er schämte sich aber, jetzt, nachdem er Aufsehen erregt hatte, vor allen Blicken wieder hinauszugehen, fortzuschleichen wie ein geprügelter Hund. Vor allem schämte er sich vor Kays grünen Augen. Er ging die Treppe hinauf, die zu den Hotelzimmern führte, aber er hoffte irgendwo eine Hintertreppe zu finden, die er wieder hinuntergehen konnte, um dann einen Notausgang zu erreichen. Auf der Haupttreppe aber traf er Messalina. »Ich beobachte Sie schon lange«, rief die Gewaltige und stellte sich Philipp breit in den Weg. »Sie besuchen Edwin?« fragte sie. »Wer ist die Kleine mit den grünen Augen? Sie ist süß!« »Ich besuche niemand«, sagte Philipp. »Was machen Sie dann hier?« – »Treppengehen.« – »Sie täuschen mich nicht.« Messalina machte einen Versuch, ihm kokett auf die Schulter zu schlagen. »Hören Sie zu, wir geben eine Party heute abend, und ich möchte gern Edwin dafür haben. Es wird schick. Es wird auch für Edwin nett sein. Jack kommt und Hänschen. Sie wissen schon, was ich meine, alle Schriftsteller sind so.« Ihr frisch onduliertes Haar zitterte wie Himbeergelee. »Ich kenne Mr. Edwin nicht«, sagte Philipp erbost. »Ihr seid verrückt. Alle bringt ihr mich mit Edwin in Verbindung. Was soll das? Ich bin zufällig im Hotel. Ich habe hier zu tun.« – »Vorhin sagten Sie, Sie seien Edwins Freund. Wollen Sie die Grünäugige verführen? Sie sieht Emilia ähnlich. Emilia und das Mädchen wären ein schönes Paar.« Messalina blickte in die Halle hinunter. »Es ist alles ein Mißverständnis«, sagte Philipp. »Ich kenne auch das Mädchen nicht. Ich werde sie nie wiedersehen.« Er dachte ›schade ich würde dich gern wiedersehen, aber würde ich dir gefallen?‹ Messalina blieb hartnäckig: »Was machen Sie also wirklich hier, Philipp?« – »Ich suche Emilia«, sagte er verzweifelt. »Ach! Kommt sie her? Ihr habt hier ein Zimmer?« Sie rückte ihm näher. ›Es war falsch, es war falsch ihr das zu sagen‹, dachte Philipp. »Nein«, sagte er, »ich suche Emilia hier nur. Sie kommt aber bestimmt nicht hierher.« Er versuchte an dem Denkmal vorbeizukommen, doch das Himbeergelee zitterte allzu gefährlich, jeden Moment konnte es ins Gleiten geraten, eine Wolke werden, eine rote sich in roten Nebel auflösende Wolke, ein Rauch, in dem Philipp sterben würde. »Lassen Sie mich doch«, rief er verzweifelt. Aber sie flüsterte nun; das breite trunkverwüstete Gesicht gegen sein Ohr gepreßt, als habe sie ihm Vertrauliches mitzuteilen: »Was macht der Film? Der Film für Alexander. Er fragt immer, wann Sie wohl den Film bringen werden. Er freut sich schon so darauf. Wir könnten uns alle in Edwins Vortrag treffen. Sie bringen Emilia und die kleine Grüne mit. Wir gehen vor der Party in Edwins Vortrag, und nachher hoffe ich –« – »Hoffen Sie nichts«, unterbrach Philipp sie brüsk. »Es gibt nichts zu hoffen. Es gibt überhaupt keine Hoffnungen mehr. Und für Sie erst recht nicht.« – Er eilte die Treppe hoch, bereute auf dem Treppenabsatz seine Aufrichtigkeit, wollte umkehren, fürchtete sich dann und öffnete eine Tür, die an Wäschekammern vorbei zu einem absteigenden Gang und schließlich in die berühmte im Reisehandbuch mit Sternen hervorgehobene Küche des Hotels führte.

Hatte Edwin die Lust an Küchenfreuden verloren? Das Essen schmeckte ihm nicht. Nicht appetitlos, nein angewidert verschmähte er die Erzeugnise des berühmten Herdes, die lekkeren Gaumenspezialitäten des Hauses, die man ihm in silbernen Töpfen und porzellanenen Schüsseln ins Zimmer gebracht hatte. Er trank ein wenig Wein, Frankenwein, von dem er gelesen, gehört und auf den er neugierig gewesen war, aber der aus der bauchigen Flasche hell sprudelnde Trunk deuchte ihm dann allzu herb für diese Mittagsstunde eines trüben Tages. Es war ein Sonnenwein, und Edwin sah keine Sonne, der Wein schmeckte nach Gräbern, er schmeckte, wie alte Friedhöfe bei nassem Wetter riechen, es war ein Wein, der sich anpaßte, der die Heiteren lachen und die Traurigen weinen machte. Entschieden, Edwin hatte einen schlechten Tag. Er ahnte nicht, daß unten in der Halle ein anderer für ihn unfreiwillig stellvertretend die belanglosen mit dem Ruhm des Pressebildes kommenden Lästigkeiten und kleinen Huldigungen empfing und erduldete, Annäherungen und Schmeicheleien, die Edwin ebenso zuwider waren, wie sie Philipp peinlich quälten, der sie ertragen mußte und dem sie nicht galten. Philipps Mißgeschick hätte noch weiter zu Edwins Verstimmung beigetragen; Edwin hätte sich nichts von Philipp abgenommen gesehen, er hätte nur das Fragwürdige und Komische der eigenen Existenz durch Philipps Auftritt wie durch einen Schatten vergrößert, gezeichnet und verraten gefunden. Aber Edwin erfuhr nichts von Philipp. Er schritt in schwarzroten Lederhausschuhen, in einen buddhistischen Mönchmantel, sein Arbeitskleid, gehüllt, um den zierlichen Tisch herum, auf dem die verschmähten Eßgenüsse dampften und dufteten. Die unberührte Tafel ärgerte ihn; er fürchtete den Koch zu kränken, einen Meister, dessen Kunst Edwin normalerweise geschätzt hätte. Er entfernte sich mit schlechtem Gewissen von dem Speisetisch und schritt die Umrandung des Teppichs ab, in dessen Muster Götter und Prinzen, Blumen und Fabeltiere geknüpft waren, so daß die Wollmalerei einer Illustration zu einer Schachtelgeschichte aus Tausendundeiner Nacht glich. Der Bodenbelag war so prächtig märchenorientalisch, so blumig mythenreich, daß der Dichter das Knüpfwerk nicht richtig querüber betreten mochte und sich, obwohl in Hausschuhen und wie ein Weiser Indiens gekleidet, respektvoll am Rande hielt. Die echten Teppiche waren neben der guten Küche der Stolz des alten von den Zerstörungen des Krieges im wesentlichen verschont gebliebenen Hauses. Edwin liebte altmodische Unterkünfte, die Karawansereien des gebildeten Europas, Betten, in denen Goethe oder Laurence Sterne gelegen, nette etwas wacklige Schreibkommoden, die vielleicht Platen, Humboldt, Herman Bang oder Hofmannsthal benutzt hatten. Er zog die von alters her wohlberufenen Gasthöfe bei weitem den neuerrichteten Palästen, den Behausungsmaschinen einer Corbusier-Architektur vor, den blinkenden Stahlrohren und bloßstellenden Glaswänden, und so geschah es, daß er auf seinen Reisen manchmal unter einer nicht funktionierenden Heizung oder zu kühlem Badewasser zu leiden hatte, Unbequemlichkeiten, die er nicht bemerken wollte, auf die aber seine große, überaus empfindliche Nase mit einem Schnupfen zu reagieren pflegte. Mr. Edwins Nase hätte Wärme und technischen Komfort dem Geruch des Holzwurmmehls in den antiken Sekretären, dem Dunst von Mottenmitteln, Menschenschweiß, Unzucht und Tränen, der aus dem Gewebe der alten Tapisserien stieg, vorgezogen. Aber Edwin lebte nicht für seine Nase und nicht für sein Wohlbehagen (obwohl er Behaglichkeit liebte, sich ihr aber niemals ganz hingeben konnte), er lebte in Zucht, in der strengen Zucht des Geistes und in den Sielen tätiger humaner Tradition, einer höchst sublimen Tradition, versteht sich, zu deren Bild und Bestand auch die alten Herbergen gehörten, der Elefant, das Einhorn und die Jahreszeiten, am Rande natürlich, doch im übrigen verzehrte ihn Unruhe, denn der in der Neuen Welt geborene Dichter zählte sich (mit unbestreitbarem Recht) zur europäischen Elite, der späten und, wie immer mehr zu fürchten war, letzten des geliebten abendländischen Erdteils, und nichts empörte und verletzte Edwin mehr als der Barbarenschrei, die Genie und Größe leider nicht ermangelnde und darum nur um so erschreckendere Voraussage, der Ruf dieses Russen, des Heilig-Kranken, des Besessenen, des großen Unweisen, unweise im Sinn der aufgeklärten Griechen, wie Edwin behauptete, doch auch des Sehers und Urdichters, wie Edwin gestehen mußte (eines Dichters, den er verehrte und mied, denn er selbst fühlte sich nicht den Dämonen verbunden, sondern der hellenisch-christlichen Ratio, die Übersinnliches – in Maßen – nicht ausschloß; aber schon schienen die vertriebenen Gespenster des Grausam-Absurden wiederaufzutauchen), das Wort von der kleinen, Asien vorgelagerten Halbinsel, die nach drei Jahrtausenden der Selbständigkeit, der Frühreife, der Ungezogenheit, des Ordentlich-Unordentlichen, des Größenwahns zur Mutter Asien zurückkehren oder zurückfallen werde. War es soweit? Hatte die Zeit sich wieder erfüllt? Edwin hatte sich, von der Reise ermüdet, hinlegen wollen, aber Ruhe und Schlaf waren ihm ferngeblieben, und das Mahl, verschmäht und mit Widerwillen betrachtet, hatte ihn nicht erfrischen können. Die Stadt erschreckte ihn, die Stadt bekam ihm nicht, sie hatte zu viel durchgemacht, sie hatte das Grauen erlebt, das abgeschlagene Haupt der Medusa gesehen, frevelige Größe, eine Parade von aus ihrem eigenen Untergrund heraufgekommenen Barbaren, die Stadt war mit Feuer gestraft worden und mit Zerschmetterung ihrer Mauern, heimgesucht war sie, hatte das Chaos gestreift, den Sturz in die Ungeschichte, jetzt hing sie wieder am Hang der Historie, hing schräg und blühte, war es Scheinblüte? was hielt sie am Hang? die Kraft eigener Wurzeln (wie unheimlich das Schlemmermahl auf dem zierlichen Tisch an diesem Ort)? oder hielt sie die dünne Fessel, die sie mit allerlei Interessen verknüpfte, mit den vorübergehenden und sich widersprechenden Interessen der Sieger, die lockere Bindung an die Tagespläne der Strategie und des Geldes, der Glaube Aberglaube Afterglaube an die Einflußsphären der Diplomatie und die Positionen der Macht? nicht Historie Wirtschaft, nicht die verwirrte Klio Mercurius mit dem gefüllten Beutel beherrschte die Szene. Edwin sah in dieser Stadt ein Schauspiel und ein Beispiel, sie hing, hing am Abgrund, war in der Schwebe, hielt sich in gefährlicher mühsamer Balance, sie konnte ins Alte und immerhin Bewährte, sie konnte ins Neue und Unbekannte schwanken, konnte der überlieferten Kultur treu bleiben, doch auch in vielleicht nur vorübergehende Kulturlosigkeit absinken, vielleicht als Stadt überhaupt verschwinden, vielleicht ein Massenzuchthaus werden, in Stahl, Beton und Übertechnik die Vision des phantastischen Gefängnisses von Piranesi erfüllen, des merkwürdigen Kupferstechers, dessen römische Ruinen Edwin so liebte. Die Bühne war zur Tragödie hergerichtet, aber was sich im Vordergrund abspielte, vor der Stundenrampe, die persönlichen Weltberührungen blieben vorläufig possenhaft. Im Hotel warteten Leute auf Edwin. Man hatte sie ihm gemeldet, Journalisten, Photographen, eine Ausfragerin hatte ihr Anliegen hinaufgeschickt, unsinnige Fragen, ein Schwachsinngespräch. – Edwin mied nicht immer die Öffentlichkeit und ihre Vertreter, sie strengten ihn zwar an, freilich, es kostete ihn Überwindung, zu Fremden zu sprechen, aber zuweilen, ja oft, hatte er es schon getan, hatte es vollbracht, hatte mit einem Scherz die Torheit befriedigt und sich die Sympathien der Meinungsmacher erworben, aber hier in dieser Stadt fürchtete er die Journalisten, er fürchtete sie, weil er hier, wo Erde und Zeit schon gebebt hatten und gleich ins Nichts brechen konnten oder ins Neue, ins Andere, in die unbekannte Zukunft, von der man nichts wußte, hier würde er nicht scherzen können, nicht leicht das gute geistvoll tändelnde Wort finden, das man von ihm erwartete. Und wenn er die Wahrheit sagen würde? Kannte er denn die Wahrheit? O älteste Frage: was war Wahrheit? Er hätte nur von Befürchtungen reden können, unsinnigen Ängsten vielleicht, der Melancholie Lauf lassen, die ihn hier überkommen hatte, aber Furcht und Trauer schienen ihm hier in die Keller verbannt zu sein, in die Keller, über die Häuser gestürzt waren, und dort ließ man sie nun eine Weile. Der Geruch dieser zugeschütteten Keller lag über der Stadt. Niemand schien es zu merken. Vielleicht vergaß man die Grüfte ganz. Sollte Edwin erinnern?

Die Stadt zog ihn an. Trotz allem zog sie ihn an. Er legte das seidene Mönchsgewand ab und kleidete sich, der Welt angepaßt, zeitgenössisch schicklich. Vielleicht verkleidete er sich so. Vielleicht war er kein Mensch. Er eilte die Treppe hinunter, den leichten schwarzen Hut aus der Londoner Bond Street ein wenig schräg in die Stirn gezogen. Er sah überaus vornehm und etwas wie ein alter Zuhälter aus. Auf dem Treppenabsatz vor der Halle bemerkte er Messalina. Sie erinnerte ihn an eine entsetzliche Person, an ein Gespenst, das in Amerika als Gesellschaftsjournalistin arbeitete, ein Berufsklatschweib, und Edwin lief die Treppe wieder empor, suchte die Tür zu einem Hinterausgang, ging an Wäschekammern vorbei, an kichernden Mädchen, sie schwangen Bettücher Leintücher Totentücher, Hüllen für die Leiber und Hüllen für die Liebe, für Umarmung, Zeugung und letzte Atemzüge, er eilte durch eine Frauenwelt, durch Randbezirke des Mütterreiches, und, nach anderer Luft dürstend, öffnete er eine Tür und fand sich in der geräumigen und berühmten Küche des Hotels. Fatal! Fatal! Das unberührte Mahl in seinem Zimmer bedrückte ihn wieder. Wie gerne hätte Edwin sich sonst mit dem Chef über *Physiologie-du-goût* unterhalten und hätte den hübschen Küchenjungen zugesehen, die sanfte wie Gold glänzende Fische schuppten. So stürmte er durch Fleischsuppendampf und scharfen Grünzeugdunst zu einer weiteren Tür, die hoffentlich endlich ins Freie führte, doch auch sie führte nicht wirklich ins Freie. Edwin stand nun im Hof des Hotels vor einem eisernen Gestell, das die Fahrräder des Personals, der Köche, Kellner, Pagen und Hausdiener, barg, und hinter dem Gestell stand ein Herr, den Edwin in der Verwirrung einer Sekunde für sich hielt, für sein Spiegelbild, für seinen Doppelgänger, eine sympathisch-unsympathische Erscheinung, doch dann sah er, daß es natürlich Täuschung war, gedankliche Absurdität, nicht sein Ebenbild stand da, sondern ein jüngerer, ihm nicht einmal entfernt ähnlich sehender Herr, der aber dennoch verwandt sympathisch-unsympathisch blieb und etwa einem Bruder zu vergleichen war, den man nicht mochte. Edwin begriff: der Herr war ein Schriftsteller. Was tat er hier hinter den Fahrrädern? Lauerte er ihm auf? Philipp erkannte Edwin, und nach dem ersten

Augenblick der Überraschung dachte er ›dies ist die Gelegenheit ihn zu sprechen‹. – ›Wir können unser Gespräch führen‹, dachte er. ›Edwin und ich, wir wollen uns unterhalten, wir werden uns verstehen; vielleicht wird er mir sagen, was ich bin.‹ Aber schon floh Philipp die Hoffnung, die Verwirrung triumphierte, die Verblüffung, Edwin hier im Hof des Hotels zu sehen, und er dachte ›es ist lächerlich, ich darf ihn jetzt nicht ansprechen‹, und statt vorzutreten, ging er einen Schritt zurück, und auch Edwin trat zurück und dachte dabei ›wenn dieser Mann jung wäre, könnte er ein junger Dichter sein, ein Verehrer meines Werkes‹, und es war ihm nicht bewußt, wie lächerlich der Gedanke und seine Formulierung war, zu Papier gebracht, hätte Edwin den Satz nie gelten lassen, er wäre errötet, doch hier im Unsichtbaren Schwebenden des gerade buhlenden Gedankens siegte nicht Überlegung, sondern der Wunsch, ja, er hätte es begrüßt, in dieser Stadt einen jungen Dichter zu treffen, einen Strebenden, einen Nacheifernden, er hätte gern einen Jünger gefunden, einen Dichter aus dem Lande Goethes und Platens, aber der hier war ja kein Jüngling mehr, kein strahlend Gläubiger, der eigene Zweifel, die eigene Trauer, die eigene Sorge standen dem andern im Gesicht geschrieben, und beide dachten sie im Hof des Hotels, geflohen vor der Gesellschaft der Menschen, ›ich muß ihn meiden‹. Philipp war schon eine Weile im Hofe. Er konnte nicht hinaus. Er zögerte vor dem Personalausgang des Hotels, er fürchtete sich, an einer Kontrolluhr und dem Portier vorbeizugehen. Der Türhüter würde ihn für einen Dieb halten. Wie sollte er seinen Wunsch, unbemerkt aus dem Haus zu verschwinden, erklären? Und Edwin? Auch er schien ratlos zu sein. Aber im Vordergrund des Hofes stehend, fiel Edwin mehr auf als Philipp, und der Portier trat aus seinem Verschlag und rief: »Was wünschen die Herren?« Beide Dichter schritten nun, scheu zueinander Distanz wahrend, zum Ausgang, sie gingen an der Kontrolluhr vorüber, dem mechanischen Sklavenhalter, einem Stundenmesser und Arbeitszähler, dem sie beide sich nie unterworfen hatten, und der Portier hielt sie für Männer, die wegen einer Frauengeschichte den Personalausgang benutzen mußten, und dachte ›Pack‹ und ›Nichtstuer‹.

Nichtstuend schwätzend träumend, kleine flache gefällige Träume in einem ewigen Halbschlummer, einem Schlummer des Glücks, träumend, *Fesche Endvierzigerin sucht Herrn in gesicherter Position,* saßen die Frauen, die von Staatspensionen, geglückten Auszahlungen bei Todesfall, Scheidungsrenten und Trennungsgeldern leben, im Domcafé. Auch Frau Behrend liebte die Stätte, den bevorzugten Versammlungsort gleichgeseelter Genossinnenschaft, wo man bei Kaffee und Sahne sich wohlig der Erinnerung an Ehefreuden, wohlig dem Schmerz des Verlassenseins, wohlig der Bitternis der Enttäuschung hingeben konnte. Carla hatte es noch nicht zu Pension und Rente gebracht, und Frau Behrend sah die Tochter mit Furcht und Unbehagen aus dem Schatten des Domturmes in das bonbonrosa gefärbte Ampellicht, in diesen gemächlichen Hafen des Lebens, in die still plätschernde Bucht, in das Gehege der freundlich Versorgten, treten: eine Verlorene. Carla war verloren, sie war das Opfer, ein Opfer des Krieges, sie war einem Moloch hingeworfen, man mied die Opfer, sie war für die Mutter verloren, für die wohlanständigen Kreise der Mutter verloren, für alle Herkunft und Sitte verloren, dem Elternhaus entrissen. Aber was machte es schon? Es gab kein Elternhaus mehr. Als das Haus durch Bombenwurf zerstört wurde, hatte die Familie sich aufgelöst. Die Bande waren gesprengt. Vielleicht hatte die Bombe nur gezeigt, daß es lockere Bande gewesen waren, der aus Zufall, Irrtum, Fehlentscheidung und Torensinn geknüpfte Strick der Gewohnheit. Carla lebte mit einem Neger, Frau Behrend in einer Mansarde mit den vergilbenden Noten der Platzkonzerte, und der Musikmeister spielte, an ein Flitscherl weggeworfen, den Nutten auf. Als sie Carla gesehen hatte, blickte Frau Behrend beunruhigt in die Runde, ob Freundinnen, Feindinnen, Freundfeindinnen, Bekannte in der

Nähe saßen. Sie zeigte sich nicht gern mit Carla in der Öffentlichkeit (wer weiß? vielleicht erschien auch noch ihr Neger, und die Damen im Café würden die Schande sehen), aber noch mehr fürchtete Frau Behrend Gespräche mit Carla in der Einsamkeit der Mansarde. Mutter und Tochter hatten sich nichts mehr zu sagen. Und Carla, die in dem Café, das sie als Nachmittagssitz der Mutter kannte, Frau Behrend gesucht hatte, in dem Gefühl, sie sehen zu müssen, bevor sie in die Klinik ging, um sich die unerwünschte Frucht der Liebe abtreiben zu lassen, der Liebe? ach, war es Liebe? war es nicht nur Zweisamkeit, Verzweiflung der in die Welt Geworfenen, das warme Mensch-bei-Mensch-Liegen? und das nah-fremde Wesen in ihrem Leib, war es nicht nur Frucht der Gewöhnung, der Gewöhnung an den Mann, seine Umarmung, sein Eindringen, Frucht des kleinen Ausgehaltenseins, Frucht der Furcht, des Nichtalleinbestehenkönnens, die wieder neue Furcht gezeugt hatte, wieder Furcht gebären wollte? Carla sah die Mutter fischgesichtig, flunderhäuptig, kalt fischig abweisend, ihre Hand mischte mit dem kleinen Löffel Kaffee und Rahm und war wie die Flosse eines Fisches, die ein wenig zitternde Flosse eines bedauernswerten Fisches in einem Zimmeraquarium, so sah es Carla, war es verzerrende Vision? war es das wahre Gesicht der Mutter? ein anderes wohl hatte sich über Carlas Wiege gebeugt, und erst dann, später, viel später, als nichts im Kleinen zu sorgen und zu tun war, war der Fisch durch die Haut getreten, das Flunderhaupt, und Carlas Gefühl, das sie hergetrieben hatte, die Mutter zu sehen, ein Zueinanderreden zu versuchen, starb, als sie Frau Behrends Platz im Café erreichte. Frau Behrend hatte für einen Augenblick die Empfindung, daß nicht ihre Tochter, sondern der Domturm erdrükkend vor ihr stünde.

Odysseus und Josef hatten den Turm bestiegen. Josef war außer Atem und sog die Höhenluft ein, als sie endlich nach Überwindung von bröckelnden Gemäuerstufen und steilen Leitern die oberste Bühne des Turms erreicht hatten. Das Musikköfferchen schwieg. Es war eine Sendepause eingetreten. Man hörte nur den jappenden Atem, vielleicht das müde pochende Herz des alten Dienstmannes. Sie blickten über die Stadt, über die alten Dächer, über die romanischen, gotischen, barocken Kirchen, über die Ruinen der Kirchen, über die neuerrichteten Dachstühle, über die Wunden der Stadt, die Freiflächen der gesprengten Gebäude. Josef dachte, wie alt er geworden sei, immer hatte er in dieser Stadt gelebt, nie war er verreist gewesen, bis auf den Ausflug in den Argonnerwald und zum Chemin-des-Dames, er hatte immer nur die Koffer der Leute, die verreisten, getragen, doch im Argonnerwald hatte er ein Gewehr getragen und am Chemin-des-Dames Handgranaten, und vielleicht, das hatte er sich damals im Unterstand gedacht, während einer Todesstunde, während des Trommelfeuers, vielleicht schoß er auf Reisende und bewarf Reisende mit Explosivstoffen, Leute, die ihm zu Hause als fremde Reisende ein gutes Trinkgeld gegeben hätten, warum also verbot es die Polizei nicht, daß er schoß und mit Würfen mordete? es wäre so einfach gewesen, er hätte gehorcht: Krieg polizeilich verboten; aber die waren ja verrückt, alle waren sie verrückt, selbst die Polizei war verrückt geworden, duldete das Morden, ach, man durfte nicht denken, Josef hielt sich daran, das Trommelfeuer verging, man war des Tötens müde geworden, das Leben, die Koffer der Reisenden, die Brotzeit und das Bier waren wieder in ihre Rechte getreten, bis alle zum zweitenmal verrückt wurden, es war wohl eine Krankheit, die immer wiederkehrte, die Pest hatte den Sohn erwischt, sie hatte ihm den Sohn genommen, und für heute hatte sie ihm einen Neger gegeben, einen Neger mit einem sprechenden und musizierenden Koffer, und nun hatte ihn der Neger auf den Domturm geschleppt, noch nie war Josef auf dem Turm gewesen; auf den Einfall, den Turm zu besteigen, konnte auch nur ein Neger kommen. ›Er ist doch ein sehr fremder Herr?‹, dachte Josef, während er blinzelnd in die Ferne blickte. Er fürchtete sich sogar ein wenig vor Odysseus, und er überlegte ›was tue ich, wenn der schwarze Teufel mich plötzlich hinunterwerfen will?‹ Ihm schwindelte vor so viel Denken und vor so viel Weite. Odysseus blickte zufrieden über die Stadt. Er stand oben. Sie lag unter ihm. Er wußte nichts von der alten Geschichte der Stadt, er wußte nichts von Europa, aber er wußte, daß dies eine Hauptstadt der weißen Leute war, eine Stadt, aus der sie gekommen waren und dann Orte wie New York gegründet hatten. Die Black Boys waren aus dem Wald gekommen. War hier nie Wald gewesen, immer nur Häuser? Natürlich, auch hier war Wald gewesen, dichter Urwald, grünes Gestrüpp, Odysseus sah gewaltige Dschungeln unter sich wachsen, Gestrüpp, Farne, Lianen überwucherten die Häuser; was gewesen war, konnte immer wieder kommen. Odysseus schlug Josef auf die Schulter. Der alte Dienstmann taumelte unter dem Schlag. Odysseus lachte, lachte sein breites König-Odysseus-Lachen. Wind regte sich in der Höhe. Odysseus streichelte eine gotische Dämonenfratze des Turmvorsprunges, eine Steinfigur des Mittelalters, das die Teufel auf die Türme verbannte, und Odysseus holte einen Rotstift aus seiner Jacke und schrieb quer über den Dämonenleib stolz seinen Namenszug: Odysseus Cotton aus Memphis-Tennessee, USA.

Was brachten einem die Amerikaner? Es war schimpflich, daß Carla sich mit einem Neger verbunden hatte; es war fürchterlich, daß sie von einem Neger geschwängert war; es war ein Verbrechen, daß sie das Kind in sich töten wollte. Frau Behrend weigerte sich, weiter darüber nachzudenken. Das Schreckliche konnte man nicht aussprechen. Wenn etwas geschah, was nicht geschehen durfte, mußte man schweigen. Hier war nicht Liebe, hier waren Abgründe. Das war nicht das Liebeslied, wie es Frau Behrend im Radio hörte, das war nicht der Film, den sie gerne sah, hier ging es nicht um die Leidenschaft eines Grafen oder eines Chefingenieurs wie in den Romanheften, die so erhebend zu lesen waren. Hier gähnten nur

Abgründe, Verlorensein und Schande. ›Wenn sie nur schon in Amerika wäre‹, dachte Frau Behrend, ›Amerika soll zusehen, wie es mit der Schande fertig wird, wir haben hier keine Neger, aber Carla wird nie nach Amerika fahren, sie wird mit ihrem schwarzen Bankert hierbleiben, sie wird mit dem schwarzen Kind auf dem Arm in dieses Café kommen.‹ – ›Ich will nicht‹, dachte Carla, ›woher weiß sie es? hat der Fischkopf Seheraugen? ich wollte es ihr sagen aber ich habe es ihr nicht gesagt, ich kann ihr gar nichts sagen.‹ – ›Ich weiß alles‹, dachte Frau Behrend, ›ich weiß, was du mir sagen willst, du bist 'reingefallen, du willst was Schlechtes tun, du willst Rat wo ich nicht raten kann, tu nur das Schlechte, lauf zum Arzt, es bleibt dir gar nichts anderes übrig, als das Schlechte zu tun, ich will dich hier nicht mit dem Negerkind‹ –

Er wollte das Kind. Er sah das Kind seiner Liebe in Gefahr. Carla war nicht glücklich. Er hatte Carla nicht glücklich gemacht. Er hatte versagt. Sie waren in Gefahr. Wie sollte Washington es sagen? Wie konnte er sagen, was er fürchtete? Dr. Frahm war widerwillig in den Korridor getreten. Das Behandlungszimmer wurde gesäubert. Die Tür stand offen. Eine Frau wischte mit einem feuchten Tuch über den Linoleumbelag des Bodens. Das feuchte Tuch fuhr über die weißen Beine des großen Untersuchungsstuhles. Dr. Frahm war beim Essen gestört worden. Er war vom Tisch aufgestanden. Er hielt eine weiße Serviette in der Hand. Auf der Serviette war ein frischer roter Fleck: Wein. Ein Geruch von Karbol drang aus dem Behandlungszimmer, ein alter Wundreinigungsdunst wurde von der Frau, die das Zimmer wischte, in die Luft gescheucht. Wie sollte Washington es dem Arzt sagen? Carla war hiergewesen. Dr. Frahm sagte es. Er sagte, es sei alles in Ordnung. Was fehlte Carla dann? Warum war sie hiergewesen, wenn alles in Ordnung war? »Eine kleine Störung«, sagte Frahm. Bahnte sich hier Ärger an? Das war er also, der schwarze Vater. Ein schöner Mann, wenn man sich an die Haut gewöhnte. »Wir erwarten ein Kind«, sagte Washington. »Ein Kind?« fragte Frahm. Er blickte Washington erstaunt an. Er dachte ›ich spiele den Naiven‹, Dr. Frahm hatte die befremdende Vorstellung, daß der Neger in dem dunklen Korridor, er stand gerade unter dem gerahmten Spruch, diesem sogenannten Eid des Hippokrates, blaß wurde. »Hat sie es Ihnen nicht gesagt?« fragte Washington. »Nein«, sagte Frahm. Was war mit diesem Neger los? Frahm legte die Serviette zusammen. Der rote Fleck verschwand in den weißen Falten. Es war, als schlösse sich eine Wunde. Die Sache war nicht zu machen. Carla sollte ihr Kind zur Welt bringen. Der kleine Neger wollte leben. Hier drohte Schande.

Frau Behrend schwieg, schwieg beharrlich, beleidigt und flunderhäuptig, und Carla erriet weiter ihre Gedanken. Es waren Gedanken, die Carla erraten und begreifen konnte, ihr eigenes Denken bewegte sich nicht fern von den Mutter-Gedanken, vielleicht war es Schande, war es Verbrechen, was sie tat und tun wollte, Carla hielt nichts von ihrem Leben, sie hätte ihr Leben gern verleugnet, sie litt es, sie führte es nicht, sie glaubte sich entschuldigen zu müssen, und sie meinte die Entschuldigung der Zeit für sich zu haben, die Entschuldigung der unordentlich gewordenen Zeit, die Verbrechen und Schande gebracht hatte und ihre Kinder verbrecherisch und schändlich machte. Carla war keine Rebellin. Sie glaubte. An Gott? An die Konvention. Wo war Gott? Gott hätte vielleicht den schwarzen Bräutigam gebilligt. Ein Gott für alle Tage. Gott war aber schon bei ihrer Mutter nur ein Feiertagsgott gewesen. Carla war nicht zu Gott geführt worden. Man hatte sie bei der Kommunion nur bis zu seinem Tisch gebracht.

Sie wollte sie zu Gott führen. Emmi, die Kinderfrau, wollte das ihr anvertraute Kind zu Gott führen; sie sah es als die ihr von Gott gestellte Aufgabe an, Hillegonda, das Schauspielerkind, das Sündenkind, das Kind, um das sich die Eltern nicht kümmerten, in der Furcht vor Gott zu erziehen. Emmi mißachtete Alexander und Messalina; sie war bei ihnen angestellt und wurde von ihnen bezahlt, sehr gut bezahlt, aber sie mißachtete sie. Emmi meinte das Kind zu lieben. Aber man durfte Hillegonda nicht Liebe, man durfte ihr nur Strenge zeigen, um sie der Hölle zu entreißen, der sie durch ihre Geburt schon verfallen war. Emmi sprach zu Hillegonda vom Tod, um ihr die Nichtigkeit des Lebens zu beweisen, und sie führte sie in die hohen dunklen Kirchen, um ihren Sinn auf die Ewigkeit zu lenken, aber die kleine Hillegonda schauderte vor dem Tod und fror in den Kirchen. Sie standen in der Seitenkapelle des Doms vor dem Beichtstuhl. Im Pfeiler, den Hillegonda betrachtete, war ein Bombenriß notdürftig mit schlechtem Mörtel verschmiert und zog sich wie eine kaum vernarbte Wunde bis zur steinernen Blätterkrone des Pfeilerhauptes hin. ›Das Kind zu Gott führen‹, das Kind mußte zu Gott geführt werden. Emmi sah, wie klein, wie hilflos das Kind neben dem wuchtigen mörtelverschmierten Pfeiler stand. Gott würde Hillegonda helfen. Gott würde ihr beistehen. Er würde sich der Kleinen und Hilflosen, der unschuldig schuldig mit Sünde Beladenen annehmen. Hillegonda sollte beichten. Noch vor dem Beichtalter sollte sie beichten, um von den Sünden losgesprochen zu werden. Was sollte sie beichten? Hillegonda wußte es nicht. Sie fürchtete sich nur. Sie fürchtete sich vor der Stille, sie fürchtete sich vor der Kälte, vor der Größe und Erhabenheit des Kirchenschiffs, sie fürchtete sich vor Emmi und vor Gott. »Emmi Hand halten.« Die Sünden der Eltern? Was waren das für Sünden? Hillegonda wußte es nicht. Sie wußte nur, daß ihre Eltern Sünder und von Gott verstoßen waren. ›Schauspielerkind, Komödiantenkind, Filmkind‹, dachte Emmi. – »Ist Gott böse?« fragte das Kind.

»Prächtig! Großartig! Hervorragend!« Der Erzherzog wurde ausgezogen, das Goldene Vlies wurde abgelegt. »Prächtig! Großartig! Hervorragend!« Der Produktionschef hatte die Muster gesehen: die Aufnahmen des Tages waren prächtig, großartig und hervorragend. Der Produktionschef lobte Alexander. Er lobte sich selbst. Ein *Superfilm.* Der Produktionschef fühlte sich als Schöpfer eines Kunstwerkes. Er war Michelangelo, der mit der Presse telephonierte *Erzherzogliebe läuft an, Großstaffel im Einsatz.* Alexander spürte Sodbrennen. Die Schminke war vom Gesicht gewischt. Er sah wieder käsig aus. Wo mochte Messalina sein? Er hätte sie gern angerufen. Er hätte ihr gern gesagt: »Ich bin müde. Heute abend gibt es kein Fest, keine Gesellschaft. Ich bin müde. Ich will schlafen. Ich muß schlafen. Ich werde schlafen. Verdammt noch mal. Ich werde schlafen!« Am Telephon hätte er es gesagt. Er hätte Messalina gesagt, wie müde, leer und elend er sich fühlte. Am Abend würde er es nicht sagen.

Sie saß in der Bar des Hotels und trank einen Pernod. Pernod, das war so verrucht, das pulverte auf: ›Pernod Paris, Paris, die Stadt der Liebe, *Öffentliche Häuser geschlossen, schädigen Frankreichs Ansehen.*‹ Messalina blätterte in ihrem Notizbuch. Sie suchte nach Adressen. Sie brauchte Frauen für den Abend, Mädchen, hübsche Mädchen für ihre Gesellschaft. Daß Emilia kommen würde, war unwahrscheinlich. Philipp würde sie nicht kommen lassen. Auch die kleine Grüne würde er nicht zu ihr bringen, die kleine reizende Amerikanerin mit den grünen Augen. Man mußte aber Mädchen auf dem Fest haben. Wer sollte sich entkleiden? Nur die Epheben? Es gab auch noch Heterosexuelle. Ob man wieder Susanne aufforderte? Immer wieder Susanne? Sie war langweilig. Sie entflammte nicht. Es gab keine Mädchen mehr. Susanne war nur eine dumme Nutte.

›So viele Nutten gibt es‹, dachte Frau Behrend, ›und ausgerechnet auf Carla muß er sich stürzen, und sie muß ja sagen, muß auf ihn 'reinfallen, daß es sie nicht graust, mich würde es grausen, warum ging sie in die Kaserne, warum ging sie zu den Negern? weil sie nicht bei mir bleiben wollte, weil sie's nicht mit anhören konnte wie ich über ihren Vater jammerte, damals jammerte ich noch über sein Verbrechen, sie mußte ihn verteidigen, mußte ihn mit seinem Flitscherl verteidigen, sie hat das von ihm, das Musikerblut, sie sind Zigeuner, nur die Wehrmacht hielt sie in Zucht, sie und ihn, was war er für ein Mann wenn er dem Regiment voranschritt, der Krieg machte ihn schlecht.‹

Es war nicht so schlimm. Die Zeitungen hatten übertrieben. Hier jedenfalls schien der Krieg nicht so schlimm getobt zu haben, und grade von dieser Stadt hatten die Berichterstatter geschrieben, daß die Kriegsfurie sie besonders heimgesucht habe. Richard, der im Autobus des Flughafens in die Stadt fuhr, enttäuschte das sich ihm bietende Bild der Zerstörungen. Er dachte ›da bin ich so weit geflogen, gestern war ich noch in Amerika, heute bin ich in Europa, im Herzen Europas würde der gute Wilhelm sagen, und was seh' ich? kein Herz seh' ich, ein welkes Licht, ich hab' Glück, daß ich nicht hierbleiben muß‹. Richard hatte ungeheure Verwüstungen zu sehen erwartet, mit Trümmern verschüttete Straßen, Bilder, wie sie gleich nach der deutschen Kapitulation in der Presse erschienen waren, Aufnahmen, die er als Knabe neugierig betrachtet und über die sein Vater geweint hatte. Das Stück Werg, mit dem der Vater sich die Augen gewischt, war mit Putzöl getränkt gewesen, und die Augenlider waren, verschmiert, wie von Faustschlägen gezeichnet. Richard Kirsch fuhr durch eine Stadt, die gar nicht so sehr verschieden von Columbus, Ohio, war, und Wilhelm, der Vater, hatte in Columbus, Ohio, doch gerade den Untergang dieser Stadt beklagt. Was war hier untergegangen? Ein paar alte Häuser waren zusammengebrochen. Sie waren längst untergangsreif gewesen. Die Lücken im Straßenzug würden sich schließen. Richard dachte, er möchte hier Baumeister sein; für eine Weile, und ein amerikanischer Baumeister natürlich. Was für Hochhäuser würde er ihnen auf die Schutthalden setzen! Die Gegend würde ein fortschrittlicheres Gesicht bekommen. Er verließ den Bus und schlenderte durch die Straßen. Er suchte die Straße, in der Frau Behrend wohnte. Er blickte in die Schaufenster, er sah reiche Auslagen, *Lebenshaltungsindex gestiegen,* eine Warenfülle, die ihn überraschte, es fehlte hier und dort an Reklame, aber sonst sahen die Läden genau wie die Läden zu Hause aus, ja oft waren sie geräumiger und prächtiger als des Vaters Waffengeschäft in Columbus. Diese Geschäftsstraße war nun die Grenze, das Grenzland, das Richard schützen sollte. Von der Höhe, vom Flugzeug sah alles einfacher, flächiger aus, man dachte in weiten Räumen, dachte geographisch, geopolitisch, unmenschlich, zog Fronten durch Erdteile wie einen Bleistiftstrich über eine Landkarte, doch unten in der Straße, unter den Menschen, die alle etwas Albernes und Erschreckendes hatten, wie es Richard schien, lebten sie in einem kranken Ungleichmaß zwischen Trägheit und Hetze, in ihrer Gesamtheit sahen sie arm, im einzelnen doch wieder reich aus, Richard hatte das Gefühl, daß hier verschiedenerlei nicht stimme, in der ganzen Konzeption nicht stimme, und daß diese Menschen für ihn undurchschaubar waren. Wollte er sie schützen? Sie sollten sehen, wie sie mit ihrem europäischen Wirrwarr zurechtkamen. Er wollte Amerika verteidigen. Wenn es sein mußte, würde er Amerika auch in Europa verteidigen. Der alte Reichswehrsoldat Wilhelm Kirsch hatte sich nach zehnjähriger Dienstzeit von Deutschland abgesetzt. Er hatte sich noch rechtzeitig mit seiner Dienstentschädigung über den Ozean zurückziehen können. Nachher kam Hitler, und mit Hitler kam der Krieg. Wilhelm Kirsch wäre ein toter Held oder ein General geworden. Vielleicht wäre er als General von Hitler oder nach dem Kriege von den Alliierten als Kriegsverbrecher gehängt worden. Allen historischen Möglichkeiten, der Ehre und dem Hängen, war Wilhelm durch seine rechtzeitige Auswanderung nach Amerika entrückt. Doch nicht ganz entkommen war er der Schmach. Richard, der seinen Vater von den ersten Schritten an, die taumelnd in den Laden führten, immer mit Waffen hatte hantieren sehen, mit den festen Griffen, den kühlen, töten könnenden Läufen der Handfeuerwaffen. Richard hatte es verwundert, als hätte eine Kugel aus einem der Gewehre ihn getroffen, daß der Vater nicht, wie die Väter der Schulgefährten, mit der Armee ins Feld gezogen war, sondern sich als alter Waffenmeister auf einen mit Frontdienstbefreiung verbundenen Fabrikposten setzte. Richard irrte sich: sein Vater war kein Feigling, es war ihm nicht darum gegangen, sich den Strapazen, Leiden und Gefahren des Krieges zu entziehen, auch nicht Gleichgültigkeit gegen das neue erwählte Vaterland ließ ihn in den Staaten bleiben. Eher noch Scheu und Zögern, das alte verlassene Vaterland der Geburt anzugreifen, aber der wirkliche Grund, aus dem Wilhelm Kirsch sich dem Krieg versagte, war seine Erziehung in der Reichswehr, war der scharfe Schliff, die Seecktsche Schulung, die Beibringung der glatten, raschen Art, den Feind zu töten, die Wilhelm Kirsch überzeugt hatten, daß alle Gewalt abscheulich und jeder Konflikt besser durch Aussprache, Verhandlung, Kompromißbereitschaft und Versöhnung als durch Pulver zu lösen sei. Amerika war für den ausgewanderten Reichswehrsoldaten Wilhelm Kirsch das Land der Verheißung gewesen, das neue Reich der Friedfertigen, die Stätte der Toleranz und des Verzichtes auf die Gewalt, Wilhelm Kirsch war mit dem Glauben der Pilgerväter in die Neue Welt gereist, und der Krieg, den Amerika führte, mochte er selbst gerecht sein, war eine Erschütterung seines in einer deutschen Kaserne errungenen Glaubens an Vernunft, Verständnis und friedliche Gesinnung, und schließlich zweifelte Wilhelm Kirsch an der Wahrheit der alten Ideale Amerikas. Der alte deutsche Reichswehrsoldat war, eine Sonderlichkeit, die das Leben mit sich brachte, ein mit Handfeuerwaffen handelnder Pazifist geworden, aber Richard, sein in Amerika geborener Sohn, dachte wieder anders über Soldatentum und Krieg, und fast schien es dem Vater, als gleiche sein Sohn den jungen Offizieren der Reichswehr der zwanziger Jahre, und jedenfalls meldete sich Richard, sobald es sein Alter erlaubte, zur amerikanischen Luftwaffe. Wilhelm Kirsch hatte nicht im

Krieg gekämpft. Richard Kirsch war bereit, für Amerika zu kämpfen.

Schnakenbach wollte nicht kämpfen. Er lehnte den Krieg als Mittel menschlicher Auseinandersetzungen ab, und er verachtete den Soldatenstand, den er als Überbleibsel barbarischer Zeiten, als einen unwürdigen Atavismus in der fortgeschrittenen Zivilisation betrachtete. Er hatte den Zweiten Weltkrieg still für sich gewonnen und verloren. Er hatte seinen Krieg, den berechtigten, gefährlichen und fintenreichen Krieg gegen die Musterungskommissionen, gewonnen, aber er war invalid aus dem Kampf zurückgekommen. Schnakenbach hatte eine Idee gehabt, eine wissenschaftliche Idee, denn alles richtete sich bei ihm nach wissenschaftlichen Prinzipien, und er wäre vielleicht auch bereit gewesen, wissenschaftlich Krieg zu führen, einen Krieg ohne Soldaten, einen globalen Krieg der Gehirne, deren einsame Träger Todesformeln ausbrüten, sich hinter Schalttafeln setzen und mit einem Fingerdruck auf irgendeine Taste in einem fernen Erdteil das Leben vernichten. Schnakenbach war im Zweiten Weltkrieg nicht in die Versuchung gekommen, eine Todestaste niederzudrücken, und dieser Krieg war eben nicht sein Krieg gewesen, aber er hatte Pillen geschluckt. Es waren Wachhaltepillen, die er schluckte, Pillen, die ihn, in genügender Menge genommen, Tage, Wochen, Monate fast ohne Schlaf verbringen ließen, so daß er endlich durch den dauernden Schlafentzug in einen solchen Zustand des körperlichen Verfalls geraten war, daß ihn selbst ein Militärarzt als untauglich von der Musterung wieder nach Hause schicken mußte. Schnakenbach verfiel nicht dem Kommiß, nicht diesem Atavismus der Menschenentwürdigung, aber er blieb, auch als der Krieg zu Ende war, den Drogen verfallen. Seine Hypophyse, die Nebenniere steuerten verkehrt, die Organe traten gegen die Konkurrenz der Chemie in Streik und streikten beharrlich weiter, als die Musterungskommission aufgelöst und die Gefahr, Soldat zu werden, in Deutschland für eine Weile nicht vorhanden war. Schnakenbach war schlafsüchtig geworden, der Schlaf rächte sich an ihm, ein tiefer Schlaf war über ihn gekommen, er schlief, wo er ging und stand, und er brauchte ungewöhnlich große Dosen von Pervitin und Benzidrin, um für einige Stunden am Tag wenigstens den Zustand des Halbschlummers zu erreichen. Die Belebungsmittel waren rezeptpflichtig, und da Schnakenbach sie nicht mehr ausreichend bekam, bestürmte er Behude um Verschreibungen, oder er versuchte, als begabter Chemiker, sich die Pülverchen herzustellen. Aus seiner Stellung wegen Schlafsucht entlassen, sein weniges Geld für wissenschaftliche Versuche ausgebend, wohnte der verarmte Schnakenbach im Keller des Hauses einer Baronin, einer Patientin von Behude, die, seit sie vor Jahren eine Vorladung zum Arbeitsamt erhalten hatte, an der Vorstellung litt, zum Straßenbahndienst eingezogen zu sein, und die nun jeden Tag in aller Frühe ihre schöne Wohnung verließ und acht Stunden mit einer bestimmten Linie der Straßenbahn sinnlos durch die Stadt fuhr, was sie täglich drei Mark kostete und sie, was schlimmer war, »enervierte«, wie sie zu Behude sagte, den sie um Dienstbefreiungsatteste anging, die er ihr aber nicht ausstellen konnte, da sie ja zu keinem Dienst verpflichtet war. Behude versuchte der Patientin durch eine Analyse ihrer frühen Kindheit das Straßenbahnfahren auszureden. Er hatte im Leben der Achtjährigen inzestuöse, dem Vater, einem Kommandierenden General, geltende und auf einen Trambahnschaffner übertragene Neigungen festgestellt. Aber Behudes Aufdeckung der verschütteten Vergangenheit hatte die Baronin erst einmal ihren imaginären Dienst versäumen lassen, wodurch sie, wie sie Behude erzählte, große Unannehmlichkeiten gehabt hatte. Behude fand Schnakenbach nicht in seinem Keller. Er fand ein ungemachtes, kohlenstaubverschmutztes Lager, er fand des Gewerbelehrers zerrissene Jacken und Hosen auf dem Boden liegen, er sah auf einem Gartentisch die Gläser, Retorten und Kocher der Giftküche stehen, und überall, auf Bett, Boden und Tisch verstreut, fand er Zettel mit chemischen Formeln, chemische Strukturzeichnungen, die wie stark vergrößerte Mikroaufnahmen von Krebsgeschwülsten aussahen, sie hatten etwas Wucherndes, gefährlich Krankes und immer Weiterfressendes, aus Punkten und Kreisen zweigten immer neue Punkte und Kreise ab, Kohlenstoff, Wasserstoff und Stickstoff teilten, vereinten und vermehrten sich in diesen Bildern aus Tintenstrichen und Klecksen und sollten mit Phosphor und Schwefelsäure Schnakenbachs Schlaf bannen und die ersehnte Belebungsdroge geben. Behude dachte, als er die Formelzeichnungen betrachtete, ›so sieht Schnakenbach die Welt, das All, so sieht er sich selbst, alles in seiner Vorstellung ist abstrakt und wächst aus den kleinsten Teilen zu gigantischen Rechnungen‹. Behude legte eine Packung Pervitin auf den Gartentisch. Er hatte ein schlechtes Gewissen. Er schlich sich aus dem Keller wie ein Dieb.

Die Kellnerin räumte den Tisch ab. Frau Behrends Stammsitz im Domcafé war für heute frei. Mutter und Tochter waren gegangen. Sie hatten sich vor der Tür des Cafés im Schatten des Domturms getrennt. Was sie sich vielleicht sagen wollten, war ungesagt geblieben. Flüchtig hatten beide das Verlangen nach gegenseitiger Umarmung gespürt, aber nur kalt hatten sich ihre Hände für eine Sekunde gestreift. Frau Behrend dachte ›du hast es so gewollt, du mußt deinen Weg gehen, laß mich in Frieden‹, und das hieß ›stör mir mein Domcafé nicht, meine Ruhe nicht, meine Bescheidung nicht, meinen Glauben nicht‹, und ihr Glaube war, daß anständige Frauen wie sie irgendwie erhalten werden mußten, daß die Welt niemals so aus den Fugen geraten konnte, daß nicht ihr der Nachmittagsplausch mit Damen ihrer Art als Trostpreis bleibe. Und Carla dachte ›sie weiß nicht, daß es ihre Welt nicht mehr gibt‹. Welche Welt aber gab es? Eine dreckige Welt. Eine ganz und gar gottverlassene Welt. Die Domuhr schlug eine Stunde. Carla mußte sich beeilen. Sie wollte, bevor Washington vom Baseballspiel nach Hause kam, ihre Sachen packen und in die Klinik gehen. Das Kind mußte weg. Washington war wahnsinnig, daß er sie bewegen wollte, sein Kind in die Welt zu setzen. Die andere Welt, die schöne bunte Welt der Magazine, der mechanischen Küchen, der Fernsehapparate und der Wohnung im Hollywoodstil, paßte nicht zu diesem Kind. Aber war es nicht schon gleichgültig? War nicht selbst dieses Kind, seine Geburt oder sein Tod, schon gleichgültig? Carla zweifelte jetzt, ob sie die schöne Traumwelt der amerikanischen Magazine jemals erreichen würde. Es war ein Fehler gewesen, sich mit Washington zu vereinen. Carla war in den falschen Zug gestiegen. Washington war ein guter Kerl, aber er saß leider im falschen Zug. Carla konnte nichts dafür, sie konnte es nicht ändern, daß er im falschen Zug saß. Alle Neger saßen im falschen Zug. Selbst die Leiter der Jazzkapellen saßen im falschen Zug; sie saßen im Luxusabteil des falschen Zuges. Wie dumm war Carla gewesen. Sie hätte auf einen weißen Amerikaner warten sollen. ›Ich hätte auch einen Weißen haben können, auch ein Weißer wäre zufrieden gewesen, hängen die Brüste? sie hängen nicht, sie sind stramm und rund, wie nannte sie der Kerl? Milchäpfel, sind noch Milchäpfel, der Leib ist weiß, etwas zu dick, aber sie lieben volle Schenkel, das Mollige, ich bin mollig, im Bett bin ich immer mollig, macht Spaß, hätt' ich kein Vergnügen haben sollen? was hat man schon? Bauchweh, aber ich hätt' auch einen Weißen bekommen.‹ Carla hätte in den richtigen Zug steigen können. Es war nie wiedergutzumachen. Nur der Zug der weißen Amerikaner führte in die Traumwelt der Magazinbilder, in die Welt des Wohlstandes, der Sicherheit und des Behagens. Washingtons Amerika war dunkel und schäbig. Es war eine Welt, so dunkel, so schäbig, so dreckig, so von Gott aufgegeben wie die Welt hier. ›Vielleicht sterbe ich‹, dachte Carla. Vielleicht würde es das beste sein zu sterben. Carla drehte sich um, sie schaute zurück über den Platz, blickte noch einmal nach ihrer Mutter aus, doch Frau Behrend hatte feige mit schnellen, das Unheil fliehenden Schritten und ohne sich noch einmal nach der Tochter umzusehen den Domplatz schon verlassen. Aus der Kirche, aus ihren noch nicht wieder eingesetzten Fenstern grollte unter den Händen des übenden Organisten die Orgel, erhob sich das Stabatmater.

Stormy-weather: die Musik der Kinoorgel wehte, wogte, bebte und rasselte. Sie wehte, wogte, bebte und rasselte aus allen Lautsprechern. Synchron mit den Lautsprechern wehten, wogten, bebten und rasselten die Töne aus dem Musikkoffer, den Josef neben sich auf die Bank gestellt hatte. Er kaute an einem Sandwich. Er kaute schwer an dem dicken vielschichtigen Brot. Er mußte seinen Mund bis zum äußersten aufreißen, um von dem dicken Sandwich etwas abbeißen zu können. Es war ein fader Geschmack. Auf den Schinken hatte man eine süßliche Paste geschmiert. Der Schinken schmeckte wie verdorben. Der süßliche Geschmack störte Josef. Es war, als wäre der Schinken verdorben und man hätte ihn dann parfümiert. Auch die grünen Salatblätter, die man zwischen den Schinken und das Brot gelegt hatte, waren nicht nach Josefs Geschmack. Das Sandwich war wie das Grab einer Schinkensemmel, mit Efeu bepflanzt. Josef würgte mit Widerwillen an dem Brot. Er dachte an seinen Tod. Er aß die fremde, fremdländisch schmeckende Speise nur aus anerzogenem Gehorsam. Er durfte Odysseus, seinen Herrn, nicht beleidigen. Odysseus trank Coca-Cola. Er setzte die Flasche an den Mund und trank sie leer. Er spuckte den letzten Schluck unter die vordere Bank. Er traf genau die untere Leiste der vorderen Bank. Josef hatte sich drücken können. Vor dem Coca-Cola hatte er sich drücken können. Er mochte das neumodische Zeug nicht.

Washington rannte. Er hörte das Abschlagen und Aufklatschen des Balles. Er hörte das Wehen, Wogen, Beben und Rasseln der Kinoorgel. Er hörte Stimmen, die Stimmen der Menge, Stimmen der Sportgemeinde, Rufe, Pfiffe und Gelächter. Er rannte um das Spielfeld. Er keuchte. Er war in Schweiß gebadet. Das Stadion sah mit seinen Tribünen wie eine riesige gerippte Muschel aus. Es war, als ob die Muschel sich schließen, als ob sie ihm für immer den Himmel nehmen, als ob sie sich zusammenpressen und ihn erdrücken wolle. Washington rang nach Atem. Die Kinoorgel schwieg. Der Sprecher am Mikrophon lobte Washington. Die Lautsprecher sprachen die Worte des Reporters mit. Der Reporter sprach aus Odysseus' Koffer. Washingtons Name füllte das Stadion. Er hatte den Lauf gewonnen. Der Name des Siegers stemmte sich gegen die Muschel und hinderte sie am Zuklappen. Für eine Weile hatte Washington die Muschel besiegt. Sie würde nicht zuklappen, sie würde ihn nicht erdrücken, würde ihn in diesem Augenblick nicht fressen. Immer wieder mußte Washington siegen.

›Er ist nicht in Form‹, dachte Heinz. Er sah es Washington an, daß er nicht in Form war. Er dachte ›den nächsten Lauf wird er verlieren, wenn er den nächsten Lauf verliert werden sie ihn fressen‹. Es ärgerte Heinz, daß sie Washington auspfeifen, über ihn lachen und ihn verhöhnen würden. Es konnte jeder mal nicht in Form sein. Waren sie denn in Form? ›Rotzbibben.‹ Er schämte sich. Er wußte nicht recht, warum er sich schämte. Er sagte: »Den nächsten schafft er nicht.« – »Wer schafft ihn nicht?« fragten die Jungens. Sie hatten die Karten für das Stadion vom amerikanisch-deutschen Jugendklub bekommen. Sie hatten den kleinen herrenlosen Hund an seinem Bindfaden mit auf die Tribüne genommen. »Na, der Nigger meiner Mutter«, sagte Heinz, »der Nigger schafft's nicht mehr.«

Richard hatte zum Haus der Frau Behrend gefunden. Er sprach mit der Tochter der Hausbesorgerin. Die Tochter der Hausbesorgerin redete von oben herab mit ihm, von oben herab in aller Tatsächlichkeit, denn sie stand zwei Treppenstufen höher als Richard, aber auch von oben herab im übertragenen Sinn. Richard war nicht der Strahlende, der Erfolgsmensch, der Held, auf den das häßliche Mädchen wartete. Richard war zu Fuß gekommen; die Lieblinge der Götter kamen im Auto. Richard, sie sah es, war ein einfacher Soldat, wenn auch ein Flieger. Die Flieger waren natürlich etwas Besseres als die gewöhnlichen Soldaten, der Ruhm des Ikarus erhöhte sie, aber die Tochter der Hausbesorgerin wußte nichts vom Ikarus. Wenn Richard im Flugzeug auf der Treppe gelandet und mit Blumen im Arm herausgesprungen wäre, dann hätte er vielleicht der erwartete Bräutigam des reizlosen Geschöpfes sein können; doch nein, er hätte der Bräutigam nicht sein können: ihm hätte selbst dann noch das Ritterkreuz gefehlt. Das Mädchen lebte in einer Welt entsetzlicher Standesvorurteile. Sie hatte sich eine Hierarchie der Stände ausgedacht, steifere und strengere Sitten als zu des Kaisers Zeit herrschten in ihrem Kopf, und unüberbrückbar war die Kluft, die den einen Stand vom anderen trennte. Die Vorstellung einer sozialen Leiter mit oben und unten ließ die Tochter der Hausbesorgerin ihre niedrige Stellung im Haus, niedrig nach ihrer Meinung, ertragen, denn um so schöner lockte, was ihr beschieden war, der soziale Aufstieg, den ihr das Horoskop des Abendechos verkündete: gerade ihr würde gelingen, was kaum einem gelang, sie war unten, freilich, aber ein Prinz würde kommen oder ein Chef und sie auf die ihr zugedachte Sprosse von Rang und Ansehen führen. Der Prinz oder der Chef hielten sich aus Schicksalsgründen vorübergehend und vielleicht verkleidet im gesellschaftlichen Unterreich auf, aber sicher würde der Prinz oder der Chef sie in den Glanz des Oberreiches geleiten. Zum Glück wußte die Hausbesorgerstochter, daß sie die Verkleideten gleich erkennen würde; so konnte es keinen Irrtum geben. Richard war kein verkleideter Höhergestellter, sie sah es, er gehörte zu den Leuten unten und mußte so behandelt werden. Alle Amerikaner gehörten zu den geringen Leuten. Sie taten nur manchmal so, als gehörten sie zur besseren Schicht. Aber wenn sie auch reich sein mochten, die Tochter der Hausbesorgerin durchschaute sie: es waren Leute, die unten standen. Die Amerikaner waren keine richtigen Prinzen, keine richtigen Offiziere, keine richtigen Chefs. Sie glaubten nicht an die Hierarchie: *Demokratischer Gedanke in Deutschland gefestigt.* Das Mädchen schickte Richard mit schnippischer Geste zur Lebensmittelhändlerin. Vielleicht sei Frau Behrend bei der Händlerin. Richard dachte ›was hat die? sie ist so komisch, mag sie uns nicht?‹ Das Mädchen blickte ihm mit starren Augen nach. Sie hatte die starren Augen und die mechanischen Bewegungen einer Puppe. Sie hatte den Mund geöffnet, und ihre Zähne standen etwas vor. Sie glich einer schäbigen, häßlichen Puppe, die jemand auf der Treppe stehengelassen hatte.

Diesmal war Washington nicht schnell genug. Er verlor den Lauf. Er keuchte. Seine Brust hob und senkte sich wie ein auf und nieder gedrückter Blasebalg in einer Schmiede. Er verlor den Lauf. Der Mann am Mikrophon war nicht länger Washingtons Freund. Aus allen Lautsprechern schimpfte der Reporter. Er schimpfte aufgeregt aus dem kleinen Koffer zwischen Josef und Odysseus. Odysseus schleuderte eine Coca-Cola-Flasche auf das Spielfeld. Josef schaute sich blinzelnd ängstlich nach einem Polizisten um. Er wollte nicht, daß Odysseus abgeführt würde. Auf allen Tribünen wurde gejohlt und gepfiffen. ›Jetzt haben sie ihn, jetzt machen sie ihn fertig‹, dachte Heinz. Er sträubte sich dagegen, daß sie Washington verjohlten und ihn fertigmachten. Aber auch er johlte und pfiff. Er heulte mit den Wölfen: »Der Nigger kann nicht mehr. Der Nigger meiner Mutter kann nicht mehr.« Die Kinder lachten. Selbst der kleine herrenlose Hund heulte. Ein dicker Junge sagte: »Ist recht, dem geben sie's!« Heinz dachte ›dir geb' ich's, Rotzbibbe widerliche‹. Er heulte, johlte und pfiff. Es war ein Spiel der Red Stars gegen eine Gastmannschaft. Die Sympathien der Zuschauer waren auf der Seite der Gäste.

Ezra hatte weder für die eine noch für die andere Mannschaft irgendwelche Sympathien. Das Spiel auf dem Baseballfeld langweilte ihn. Die eine Partei würde siegen. Das war immer so. Immer siegte eine Partei. Aber nach dem Spiel schüttelten sie sich die Hände und gingen zusammen in die Garderoben. Das war langweilig. Man mußte mit seinen wirklichen Feinden kämpfen. Er kniff seine kleine Stirn zusammen. Selbst die Kappe seines kurzgeschorenen roten Haares runzelte sich. Er hatte den Jungen mit dem Hund wiedergesehen, den Jungen und den Hund vom Parkplatz vor dem Central Exchange. Das Problem beschäftigte ihn. Das war kein Spiel, das war Kampf. Er wußte nur immer noch nicht, wie er es machen sollte. Christopher fragte: »Was hast du? Du schaust nicht zu!« – »Ich mag Baseball nicht«, sagte Ezra. Christopher ärgerte sich. Er ging gern zum Baseball. Er hatte sich gefreut, auch in Deutschland ein Spiel sehen zu können. Er hatte geglaubt, Ezra eine Freude zu machen, als er mit ihm ins Stadion ging. Er war verstimmt. Er sagte: »Wenn es dir nicht gefällt, so können wir ja gehen.« Ezra nickte. Er dachte ›so muß es gemacht werden‹. Er sagte: »Kannst du mir zehn Dollar geben?« Christopher wunderte sich, daß Ezra zehn Dollar haben wollte. »Zehn Dollar sind viel Geld«, sagte er, »willst du was kaufen?« – »Ich will das Geld nicht ausgeben«, sagte Ezra. Er blickte nach der Tribünenseite, auf der die Kinder mit dem Hund saßen. Christopher verstand Ezra nicht. Er sagte: »Wenn du das Geld nicht ausgeben willst, warum soll ich es dir geben?« Ezra quälten Kopfschmerzen hinter der kleinen gefurchten Stirn. Wie schwer Christopher alles begriff! Man konnte es ihm nicht erklären! Er sagte: »Ich brauche die zehn Dollar, weil ich doch verlorengehen könnte. Ich könnte mich doch verirren.« Christopher lachte. Er sagte: »Du sorgst dich zuviel. Du sorgst dich genau soviel wie deine Mutter.« Aber dann fand er Ezras Gedanken ganz vernünftig. Er sagte: »Schön. Ich werde dir die zehn Dollar geben.« Sie standen auf und drängten sich durch die Reihe. Ezra stieg noch schnell mit einem Flugzeug auf und ließ eine Bombe auf das Spielfeld fallen. In beiden Mannschaften gab es Verluste. Ezra sah noch einmal zu Heinz und dem Hund hinüber und dachte ›ob er heut' abend kommen wird? es wäre zum Kotzen wenn er nicht käme‹.

»Frau Behrend würde sich freuen«, sagte die Lebensmittelhändlerin. »Wenn Frau Behrend jetzt käme, würde sie sich freuen!« Sie drängte Richard in die Ecke des Ladens, wo, unter Einwickelpapier versteckt, der Sack mit dem schon wieder knappen Zucker stand. Richard fühlte sich auf einmal hungrig und durstig. Er sah zwischen sich und der Händlerin auf einer Platte einen Schinken liegen, und ein Kasten mit Bier stand neben seinen Füßen. Die Luft in Deutschland oder die nach alten Speisen riechende Luft in diesem Laden schien durstig und hungrig zu machen. Richard hätte die Händlerin gerne gebeten, ihm eine Flasche Bier und eine Scheibe von dem Schinken zu verkaufen. Doch die Frau bedrängte ihn zu sehr. Er fühlte sich in der Ladenecke wie gefangen. Es kam ihm vor, als solle er wie der Zucker in Verwahrung genommen und nach Gutdünken oder Wohlwollen ausgegeben werden. Es ärgerte ihn, daß er der sentimentalen Idee seines Vaters gefolgt war und Frau Behrend, eine ferne Verwandte, der man kurz nach dem Kriege Pakete schickte, aufgesucht hatte. Gerade sprach die Händlerin von den Paketen. Sie schilderte die Not der ersten Nachkriegszeit, und dabei beugte sie sich über den Schinken, auf den Richard immer verlangender blickte. »Alles hatten sie uns genommen, rein gar nichts war da«, sagte die Händlerin, »und Neger haben sie uns geschickt, Sie stammen ja auch von Deutschen, Sie werden es verstehen, mit Negern mußten wir uns einlassen, um nicht zu verhungern. Das ist ja der große Kummer von Frau Behrend!« Sie sah Richard erwartungsvoll an. Richard beherrschte die deutsche Sprache nur unvollkommen. Was war hier mit Negern los? In der Luftwaffe hatten sie Neger. Die Neger flogen in denselben Maschinen wie die anderen Flieger. Richard hatte nichts gegen Neger. Sie waren ihm gleichgültig. »Die Tochter«, sagte die Händlerin. Sie senkte ihre Stimme und beugte sich noch weiter zu Richard hinüber. Der Ansatz ihrer Schürze berührte den Fettrand des Schinkens. Richard wußte nichts von einer Tochter der Frau Behrend. Frau Behrend hatte die Tochter in ihren Briefen an Wilhelm Kirsch nicht erwähnt. Richard überlegte, ob Frau Behrend eine Tochter von einem Neger bekommen habe, dem sie sich vor Hunger hatte hingeben müssen. Aber sie war doch zu alt, als daß sie sich hätte für Brot verkaufen können. Hatte Richard noch Appetit auf den Schinken? Er dachte an die Tochter der Frau Behrend und sagte: »Ich hätte Spielsachen mitgebracht.« –»Spielsachen?« Die Händlerin verstand Richard nicht. War dieser junge Mann, in Amerika geboren, aber doch von einem deutschen Vater gezeugt, so amerikanisiert, daß er das Gefühl für Sitte und Anstand verloren hatte? Wollte er sich über die deutsche Not und Verirrung lustig machen? Sie fragte streng: »Für wen Spielsachen? Mit der Tochter verkehren wir nicht mehr.« Sie nahm an, daß auch Richard nicht mit der Tochter von Frau Behrend verkehren würde. Richard dachte ›was geht es mich an? was geht mich die Tochter der Frau Behrend an? es ist, als ob ich in etwas versinke, es ist die Herkunft, das alte Zuhause des Vaters, die hier beheimatete Familie, die Enge, es sind Sümpfe‹. Er riß sich vom Anblick des Schinkens los und befreite sich aus den Umstrickungen dieses Ladens, der eine merkwürdige Mischung aus Not und fetten Speisen, aus Mißgunst, Mangel und Illusionen war. Sein Fuß stieß gegen das Bier. Er sagte, er würde am Abend im Bräuhaus sein, sein Vater habe ihm geraten, dort hinzugehen, Frau Behrend könne ihn dort suchen, wenn sie wolle. Es lag ihm gar nichts daran, Frau Behrend zu sehen – Frau Behrend und ihre Neger-Tochter.

»Es ist kein Bett bestellt. Es ist kein Bett für Sie bestellt worden«, sagte die Schwester. Die Schwester hatte die monotone Stimme einer Schallplatte des Fernsprechdienstes die, wenn man ihre Nummer gewählt hat, immer ein und dieselbe Auskunft wiederholt. »Es ist nichts bestellt. Es ist nichts bekannt«, sagte die Stimme. »Aber Dr. Frahm sagte doch –« Carla war ratlos. »Es muß ein Irrtum sein, Schwester. Dr. Frahm sagte mir, er würde anrufen. – »Es ist nichts bekannt. Dr. Frahm hat nicht angerufen.« Die Schwester hatte das Gesicht einer Steinfigur. Sie sah wie eine Steinmetzarbeit an einem öffentlichen Brunnen aus. Carla stand mit einem kleinen Koffer im Aufnahmeraum der Schulteschen Klinik. Im Koffer war Wäsche, war ein Gummibeutel mit Kosmetika, waren die neuesten amerikanischen Magazine; die bunten Bildermagazine, die das häusliche Glück der Hollywoodschauspieler beschrieben. Mit dem Glück aus Hollywood ausgerüstet, war Carla bereit, sich das Kind nehmen zu lassen, das Kind des schwarzen Freundes, des Freundfeindes aus dem dunklen Amerika, töten zu lassen. »Es muß ein Bett für mich bestellt sein. Dr. Frahm versprach es. Ich soll operiert werden. Es ist dringend«, sagte sie. »Es ist nichts bestellt worden. Es ist kein Bett bestellt.« Die Steinfigur würde höchstens durch ein Erdbeben zu erschüttern sein, und nur auf die Weisung eines Arztes würde sie den Weg zu dem Abtreibungsbett freigeben. »Ich werde auf Dr. Frahm warten«, sagte Carla. »Ich sage Ihnen doch, Schwester, es ist ein Irrtum.« Sie hätte weinen mögen. Sie hätte der Schwester von den vielen Geschenken erzählen mögen, die sie Dr. Frahm in der Zeit, als es nichts gab, keinen Kaffee, keinen Schnaps, keine Zigaretten, gebracht hatte. Sie setzte sich auf eine harte Bank. Die Bank war hart wie eine Armesünderbank. Die Schwester bediente das Telephon und sprach genau wie eine Schallplatte der Post: »Bedauere, es ist nichts frei. Bedauere, es ist kein Bett frei.« Monoton, gleichgültig, mechanisch, fertigte die Schwester die unsichtbaren Hilfesuchenden ab. Die Betten dieser Klinik schienen sehr begehrt zu sein.

Josef schlief. Er war im Sitzen eingeschlafen. Er war im Sitzen auf der Tribüne des Stadions eingeschlafen, aber es war ihm, als schlafe er in einem Bett. Er war harte Betten gewohnt, aber dies war ein Spitalbett, in dem er schlief, ein Bett in einem Armenspital, ein besonders hartes Bett, sein Sterbebett. Es war das Ende seiner Lebensreise. Der im Stadion und im Dienst, im Dienstmannsdienst, im Dienst bei einem fremden aus fremder Ferne hergereisten Herrn eingeschlafene Josef, umgeben vom Lautsprecherschwall eines sinnlosen Rasenspiels, sinnlos angesprochen von demselben Lärm und Schwall, der leiser und an ihn persönlich mit einer sinnlosen Botschaft gerichtet noch einmal aus dem kleinen Koffer, den er heute zu tragen und zu bewahren hatte, drang, der schlafende Josef wußte, daß dies sein letzter Dienst gewesen war, der Transport dieses Köfferchens, das Tragen des kleinen Musikkoffers, ein leichter, ein eigentlich amüsanter Dienst bei einem großen und freigebigen, wenn auch schwarzen Herrn. Josef wußte, daß er sterben würde. Er wußte, daß er auf diesem Spitalbett sterben würde. Wie konnte es auch anders sein, als daß er am Ende seines Lebensweges im Armenspital sterben würde? War er vorbereitet zu gehen, gerüstet, die große Reise anzutreten? Er dachte ›Gott wird mir verzeihen, er wird mir die kleinen Listen des Fremdenverkehrs vergeben, die Fremden kommen ja her, damit man sie ein wenig betrüge, damit man sie ein wenig weiterführe, als sie geführt werden wollen‹. Es gab sonderbare Schwestern in diesem Spital. Sie gingen in Baseballtracht umher und hielten Schläger in der Hand. War Gott doch böse mit Josef? Sollte Josef geschlagen werden? An der Pforte des Spitals stand Odysseus. Aber es war nicht der freundliche, freigebige Odysseus der Stadtwege. Es war der Odysseus vom Domturm, ein gefährlicher und zu fürchtender Teufel. Er war eins mit der Teufelsfratze des Turmvorsprungs geworden, der Teufelsfratze, auf die er seinen Namen und seine Herkunft geschrieben hatte; ein schwarzer Teufel war Odysseus, wirklich, ein böser schwarzer Teufel; er war nichts als ein ganz gewöhnlicher fürchterlicher Teufel. Was wollte der Teufel von Josef? War Josef nicht immer brav gewesen, bis auf die kleinen zum Gewerbe gehörenden Listen des Fremdenverkehrs? Hatte er nicht jedermanns Koffer getragen? War er nicht in den Krieg gezogen? Oder war doch gerade das In-den-Krieg-Ziehen Sünde gewesen? War die Pflichterfüllung Sünde gewesen? Die Pflicht Sünde? die Pflicht, von der alle redeten, schrieben, schrien und sie verherrlichten? Hatte man ihm nun die Pflicht angekreidet, stand sie auf der Tafel bei Gott angekreidet, wie nicht bezahltes Bier auf der Tafel des Wirtes? Es war wahr! Josef hatte es immer gequält. Insgeheim hatte es ihn gequält. Er hatte nicht gern daran gedacht: er hatte getötet, er hatte Menschen getötet, er hatte Reisende getötet; er hatte sie getötet am Chemin-des-Dames und im Argonnerwald. Es waren die einzigen Ausflugsziele seines Lebens gewesen, Chemin-des-Dames, Argonnerwald, keine schönen Gegenden, und dorthin war man ausgeflogen, um zu töten und um getötet zu werden. ›Herr, was sollte ich tun? was konnte ich tun, Herr.‹ War es gerecht, daß er nun für diese angekreidete und nie gestrichene Schuld des erzwungenen Tötens dem Teufel übergeben wurde, dem schwarzen Teufel Odysseus? ›He! He! Holla!‹ Schon wurde er geschlagen. Schon schlug der Teufel zu. Josef schrie. Sein Schrei ging in anderen Schreien unter. Er wurde auf die Schulter geschlagen. Er schreckte auf. Er schreckte ins Leben zurück. Odysseus der Teufel, Odysseus der Freundliche, König Odysseus der freundliche Teufel schlug Josef auf die Schulter. Dann sprang Odysseus auf die Tribünenbank. Er hielt eine Coca-Cola-Flasche wie eine wurfbereite Handgranate. Die Lautsprecher brüllten. Das Stadion johlte, pfiff, trampelte, schrie. Die Stimme des Reporters drang heiser aus dem kleinen Radiokoffer. Die Red Stars hatten gesiegt.

Er hatte gesiegt. Washington hatte gesiegt. Er hatte die meisten Läufe gewonnen. Er hatte den Sieg für die Red Stars aus seinen Lungen geholt. Die Muschel klappte nicht zu. Noch klappte die Muschel nicht zu. Vielleicht würde die Muschel nie über Washington zusammenklappen, nie ihm den Himmel nehmen. Das Stadion fraß ihn nicht. Washington war der Held der Tribünen. Sie riefen seinen Namen. Der Radiosprecher hatte sich mit Washington versöhnt. Washington war wieder der Freund des Sprechers. Alle jubelten Washington zu. Er keuchte. Er war frei. Er war ein freier Bürger der Vereinigten Staaten. Es gab keine Diskriminierung. Wie er schwitzte! Er würde immer weiter laufen. Er würde immer weiter und immer schneller um das Spielfeld laufen. Der Lauf machte frei, der Lauf führte ins Leben. Der Lauf schuf Platz für Washington in der Welt. Er schuf Platz für Carla. Er schuf Platz für ein Kind. Wenn Washington nur immer ordentlich laufen, immer schneller laufen würde, hätten sie alle Platz in der Welt.

»War doch in Form.« – »Natürlich war er in Form.« – »War doch in Form, der Nigger.« – »Sag nicht Nigger.« – »Ich sag', daß er in Form war.« – »Er war großartig in Form.« – »Du hast gesagt, er wär' nicht.« – »Ich hab' gesagt, er wär'. Washington ist immer in Form.« – »Du hast gesagt, der Nigger deiner Mutter wär' nicht.« – »Halt's Maul, Depp.« – »Wetten? Du hast gesagt.« – »Ich sag', halt's Maul, Lump, krummer.« Sie prügelten sich am Ausgang des Stadions. Heinz schlug sich für Washington. Er hatte nie gesagt, daß Washington nicht in Form sei. Washington war großartig in Form. Er war überhaupt großartig. Schorschi, Bene, Kare und Sepp umstanden die Kinder, die sich prügelten. Sie sahen zu, wie sich die Kinder ins Gesicht schlugen. »Gib's ihm!« rief Bene. Heinz hörte auf zu schlagen. »Wegen dir nicht, Strizzi.« Er spuckte Blut aus. Er spuckte es Bene vor die Füße. Bene hob die Hand. »Laß ihn«, sagte Schorschi. »Wirst dich aufregen! Laß ihn, den Deppen.« – »Selber 'n Depp«, schrie Heinz. Doch er wich etwas zurück. »Das Spiel war fad«, sagte Sepp. Er gähnte. Die Burschen hatten die Karten vom amerikanisch-deutschen Jugendklub bekommen. Die Karten hatten sie nichts gekostet. – »Was machen wir jetzt?« fragte Kare. »Weiß nicht«, sagte Schorschi. »Weißt du's?« fragte er Sepp. »Nee. Weiß nicht.« – »Kino?« meinte Kare. »Ich kenn' schon alles«, sagte Schorschi. Er kannte alle laufenden Kriminalfilme und Wildweststreifen. »Mit'm Kino ist nichts.« – »Wenn's schon Abend wäre«, sagte Bene. »Wenn's schon Abend wäre«, echoten die andern. Sie setzten irgendwelche Hoffnungen auf den Abend. Sie zogen, nach vorne übergebeugt, die Hände in den Jackentaschen, die Ellbogen nach außen gestemmt, mit müden Schultern, wie nach schwerer Arbeit, aus dem Stadion. Die goldene Horde. »Wo 's der Köter?« schrie Heinz. Während er sich prügelte, hatte Heinz den Bindfaden losgelassen. Der herrenlose kleine Hund war weggelaufen. Er war im Gedränge verschwunden. »Verdammt«, sagte Heinz, »ich brauch' den Köter heut' abend.« Er wandte sich wütend an seine Gefährten. »Ihr hättet auch aufpassen können, ihr Rotzbibben. Der Köter war zehn Dollar wert!« – »Hättest selber aufpassen können, Niggerbankert, dreckiger.« Sie prügelten sich wieder.

Washington stand unter der Brause in den Duschräumen des Stadions. Der kalte Strahl ernüchterte ihn. Sein Herz zuckte. Für einen Augenblick blieb ihm die Luft weg. Scharfer Schweiß spülte mit dem Wasser von ihm 'runter. Er war noch gut in Form. Sein Körper war noch gut in Form. Er reckte die Muskeln, hob seine Brust, Muskeln und Brust waren in Ordnung. Er befühlte seine Geschlechtsteile. Sie waren gut und in Ordnung. Aber das Herz? Aber die Atmung? Sie machten ihm zu schaffen. Sie waren nicht in Ordnung. Und dann der Rheumatismus! Vielleicht würde er doch nicht mehr lange aktiv sein können. Auf dem Sportplatz würde er nicht mehr lange aktiv sein können. Zu Haus und im Bett würde er noch lange aktiv sein. Was konnte er tun? Was konnte er für sich, für Carla, für das Kind tun, und vielleicht auch für den kleinen Jungen, den Heinz? Er hatte genug gebraust. Er trocknete sich ab. Er konnte den Dienst quittieren, die horizontblaue Limousine verkaufen, noch ein Jahr als Sportsmann arbeiten und dann vielleicht in Paris ein Lokal aufmachen. In Paris hatte man keine Vorurteile. Er konnte in Paris sein Lokal aufmachen: Washington's Inn. Er mußte mit Carla reden. Er konnte mit Carla in Paris leben, ohne daß sie mit jemand wegen ihres Lebens Differenzen kriegen würden. Sie konnten in Paris das Lokal aufmachen, sie konnten sein Schild 'raushängen, konnten es mit bunten Glühbirnen beleuchten, sein Schild *Niemand ist unerwünscht*. In Paris würden sie glücklich sein; sie würden alle glücklich sein. Washington pfiff ein Lied. Er war glücklich. Er verließ pfeifend den Duschraum.

Dr. Frahm wusch sich. Er stand im Waschraum der Schulteschen Klinik und wusch sich die Hände. ›In Unschuld alter Pontius Pilatus ein schönes Gefühl‹, er wusch die Hände mit einer guten Seife und schrubbte die Finger mit einer scharfen Bürste. Er fuhr mit den Borsten der Bürste unter die Nägel der Finger. Er dachte ›Hauptsache keine Infektion‹, er dachte ›muß mir schon wieder die Nägel schneiden, Semmelweis, den verfilmen sie nun auch, hab's in der Zeitung gelesen, ob sie eine Metritis zeigen? wär' doch ganz schön, in Großaufnahme, könnt' abschrecken, könnt' von allem möglichen abschrecken, mein Leben wird niemand verfilmen, ist mir auch recht‹. Er sagte: »Es geht nicht. Tut mir leid, Frau Carla, es ist nicht zu machen.« Carla hielt sich neben ihm, sie stand neben dem Bekken, über dem er sich unter dem kräftigen Strahl des aus dem Nickelhahn fließenden Wassers die Hände schrubbte. Carla blickte auf den Nickelhahn, sie blickte auf das Wasser, sie blickte auf den Seifenschaum, auf die von der Seife, von der Bürste und von dem warmen Wasser krebsroten Hände des Arztes. Sie dachte ›Metzgerhände, richtige Metzgerhände‹. Sie sagte: »Das können Sie doch nicht machen, Herr Doktor.« Ihre Stimme klang unsicher und gepreßt. Der Arzt sagte: »Ihnen fehlt nichts. Sie sind schwanger. Wahrscheinlich im dritten Monat. Das ist alles.« Carla fühlte, wie ihr übel wurde. Es war die widerliche würgende Übelkeit der Schwangeren. Sie dachte ›warum kommen wir so zur Welt?‹ Sie hätte sich den Leib schlagen mögen, diesen wieder anschwellenden, wie ein Kürbis wachsenden Leib. Sie dachte ›ich muß mit ihm reden, ich muß doch mit ihm reden, aber ich kann jetzt nicht mit ihm reden‹. Sie sagte: »In Ihrer Praxis sagten Sie doch, ich solle kommen.« Der Arzt sagte: »Ich habe gar nichts gesagt. Sehen Sie, der Vater will das Kind haben. Ich kann da gar nichts machen.« Sie dachte ›er war hier, der schwarze Schuft war hier, er hat mir den Arzt vermiest, jetzt will der Frahm nicht mehr, jetzt will er nicht mehr und was hab' ich ihm alles gegeben.‹ Es reute sie, daß sie dem Arzt so viel Kaffee, Zigaretten und Schnaps gegeben hatte. Ihr wurde immer übler. Sie mußte sich am Becken festhalten. Sie dachte ›ich muß mich übergeben, ich kotz' ihm über seine Hände, über seine widerlichen roten Metzgerhände, wo diese Hände einem überall hinlangen, immer kurzgeschnittene Fingernägel, langen einem direkt ins Leben 'rein‹. Sie sagte: »Ich will aber nicht! Verstehen Sie, ich will nicht!« Sie würgte und brach in Tränen aus. ›Ihr wird gleich schlecht werden‹, dachte Frahm. ›Sie sieht käsig aus.‹ Er schob ihr einen Stuhl hin. »Setzen Sie sich!« Er dachte ›hoffentlich wird sie nicht auch noch hysterisch, würd' mich schön in die Nesseln setzen wenn ich ihr's wegmache‹. Da er den Stuhl angefaßt hatte, mußte er sich noch einmal die Hände einseifen. ›Werd' ihr mal zureden‹, dachte er, ›hilft bei den Weibern immer, weinen sich aus und nachher sind sie glückliche Mütter.‹ Er sagte: »Nun seien Sie doch vernünftig. Ihr Freund ist ein guter Kerl. Ich sag' Ihnen, der wird ein prima Vater. Der wird für Sie und für das Kind sorgen. Passen Sie nur auf, was das für ein hübsches Kind gibt. Verständigen Sie mich nur rechtzeitig; ich mach' Ihnen die Geburt. Wir machen's schmerzlos. Sie spüren nichts, und nachher haben Sie das Baby.« – ›Ich werd's ihr an die Brust legen‹, dachte er, ›hoffentlich wird sie's liebhaben, sieht nicht so aus, armes Wesen, noch im Dunkeln und schon gehaßt, aber wenn der Vater drauf besteht, was kann ich tun? der Vater müßte das Leben doch kennen.‹ Sie dachte ›Washington dieser Schuft, Frahm dieser Schuft, das haben die beiden Schufte sich so ausgedacht, ich kann dabei draufgehen‹. Sie sagte: »Ich geh' zu irgendwem.« Sie dachte ›zu wem? Frau Welz kennt sicher jemand, die Huren kennen sicher jemand, ich hätte den Huren die Zigaretten und den Kaffee geben sollen‹. – »Das werden Sie nicht tun«, sagte Frahm. »Nun machen Sie Schluß, Frau Carla. Das ist viel gefährlicher, als Sie denken. Nachher kann Ihnen niemand mehr helfen. Meinen Sie, ich schrubb' mir die Pfoten zum Vergnügen? Oder weil mich ekelt? Mich ekelt schon lange nicht mehr.« Er wurde allmählich schlechter Laune. Die Frau hielt ihn auf; er konnte ihr nicht helfen. Sie dachte ›ich kotz' ihm doch noch über seine Hände, da hätt' er was Feines, hätt' was Feines auf seinen Metzgerhänden, da könnt' er schrubben‹. – »Ist alles nicht so tragisch«, sagte Frahm. ›Es ist der Tod‹, dachte Carla.

›Es ist entsetzlich‹, dachte Frau Behrend. Was sie für ein Pech hatte! Da war sie ausgegangen, um im Domcafé friedlich gemütlich mit den Damen zu plauschen, da war sie von der verlorenen Tochter gestört und aufgeregt worden, kein friedlich gemütlicher Plausch hatte sich ergeben, nur Schande und Verlorensein, Schande der Zeit und Verlorensein in Unordnung, Irrwegen und moralischen Abgründen, und während ihr so Unangenehmes widerfuhr und die Schande sie streifte – hätte sie nicht zu Hause bleiben können? in der Mansarde wäre es friedlich gemütlicher gewesen, in die Mansarde wäre Carla nicht gekommen –, war Besuch aus Amerika dagewesen, ein Verwandter, der Sohn vom Wilhelm, der ihr Pakete geschickt hatte. Was war es für ein Pech! Die Lebensmittelhändlerin erzählte es ihr. Sie hatte Frau Behrend in den Laden gewinkt. Der junge Kirsch war dagewesen. Er hatte von den Paketen gesprochen. Und die Händlerin, das klatschsüchtige mißgünstige Weib – oh, Frau Behrend sah es ihr an, sie kannte sich aus –, die hatte natürlich alles ausgeschwätzt, hatte von Carla erzählt und von ihrem Neger, hatte sicher alles erzählt, was Frau Behrend ihr erzählt hatte, und dabei waren sie drüben in Amerika so streng mit den Negern, *Rassenschande, arischer Nachweis,* ob Neger oder Jude, es war dasselbe, daß Carla das tun mußte, nie war so etwas vorgekommen in ihrer Familie, der Ariernachweis war lückenlos gewesen, und nun diese Schande! »Er erwartet Sie im Bräuhaus«, sagte die Händlerin. Im Bräuhaus? Das war doch Ausrede, Flucht und Abwendung. Der junge Kirsch kam von Amerika gereist, um Frau Behrend zu besuchen, um die deutsche Verwandte zu sehen, und dann bestellte er sie ins Bräuhaus. Das stimmte doch nicht! Die Händlerin wußte es! Sie hatte ihr den reichen amerikanischen Verwandten nicht gegönnt. Alle Amerikaner waren reich. Alle weißen Amerikaner waren reich. Die Händlerin hatte ihr schon die Lebensmittelpakete nicht gegönnt. Der junge Kirsch war sicher schon abgereist, war enttäuscht zurückgereist in den Reichtum und in die Anständigkeit Amerikas. Plötzlich gab Frau Behrend Carla die Schuld am Verschwinden des jungen Kirsch. Der junge Kirsch war vor der Unmoral geflohen, er war davongelaufen vor der Schande und der Verkommenheit. Er hatte sich von Carlas Verkommenheit und Schande zurückgezogen. Er hatte sich mit dem Reichtum Amerikas von der alten in Schande und Verkommenheit gesunkenen Familie in Deutschland losgesagt. Carla war schuld; sie allein war schuld. Die Händlerin hatte recht getan, als sie es erzählte. Die Händlerin war eine brave Frau. Die Händlerin gehörte zu den anständigen Leuten. Frau Behrend würde es auch erzählt haben, wenn sie eine solche Schande von jemandem gewußt hätte. Sie beugte sich weit über den Ladentisch. Ihre Brust streifte die Käseglocke, unter der ein Mainzer Handkäse langsam zerfloß. Frau Behrend flüsterte: »Sie haben es ihm gesagt?« – »Was denn?« fragte die Händlerin. Sie stemmte die Arme auf und blickte Frau Behrend herausfordernd an. Sie dachte ›paß auf, daß du bei mir noch deinen Zucker kriegst‹. Frau Behrend wisperte: »Das mit Carla.« Die Händlerin richtete ihren strengen entrüsteten Blick auf Frau Behrend, den Blick, mit dem sie schon viele Kunden gebändigt hatte, arme Kunden, Markenkunden, Normalverbraucher. ›Denkt ja nicht, es könnte nicht wiederkommen, *Bauernverband gegen neue Bewirtschaftung, Gewerkschaften erwägen Kontrolle der wichtigsten Nahrungsmittel.*‹ Die Händlerin sagte: »Was meinen Sie, Frau Behrend, wo werd' ich denn!« Frau Behrend richtete sich wieder auf. Sie dachte ›sie hat es ihm erzählt, natürlich hat sie es ihm erzählt‹. Die Händlerin lüftete die Käseglocke; die Zersetzung war schon fortgeschritten; ein Fäulnisgestank erhob sich.

Philipp dachte an die Oderbrücke. Es war eine Brücke unter Glas. Der Zug fuhr über die Brücke wie durch einen gläsernen Tunnel. Die Reisenden erbleichten. Das Licht fiel wie durch Milch gefiltert in den Tunnel; aus der Sonne wurde ein blasser Mond. Philipp rief: »Jetzt sind wir unter der Käseglocke!« Philipps Mutter seufzte: »Wir sind wieder im Osten.« Die Brücke über die Oder war für Philipps Mutter der Übergang vom Westen zum Osten. Sie haßte den Osten. Sie seufzte, weil sie im Osten leben mußte, fern vom Glanz der Hauptstadt oder von den Festen des südlich-westlichen Faschings. Für Philipp bedeutete der Osten das Kinderland; er bedeutete Winterfreuden, die Katze am Ofen, Bratäpfel im Rohr; er bedeutete Frieden, er bedeutete Schnee, er bedeutete schönen, sanften, stillen, kalten Schnee vor dem Fenster. Philipp liebte den Winter. Dr. Behude strengte sich an, eine Glocke aus Optimismus und Sommerfreuden über Philipp zu bauen. ›Es wird ihm nie gelingen mich zurückzuführen, es wird ihm nicht gelingen mich zu ändern.‹ Philipp lag auf dem Patientenbett in Behudes verdunkeltem Behandlungszimmer. Er fuhr immer wieder über die Oder. Immer wieder saß er in einem Zug unter der Glocke der Brücke in einem bleichen verwandelten Licht. Seine Mutter weinte, aber Philipp fuhr in sein Kinderland, er reiste der Kälte, dem Frieden, dem Schnee entgegen. Behude sagte: »Es ist ein schöner Sommertag. Sie haben Urlaub. Sie liegen auf einer Wiese. Sie haben nichts zu tun. Sie sind ganz entspannt.« Behude stand im verdunkelten Zimmer wie eine sanfte Traumfigur über den liegenden Philipp gebeugt. Die Traumfigur hatte ihre Hand sanft auf Philipps Stirn gelegt. Philipp lag auf dem Bett des Arztes in einer Anspannung von Lachlust und Gereiztheit. Da strengte sich der liebe gute Behude so an, verbrauchte sein bißchen Kraft und dachte sich Ferien aus. Philipp machte sich nichts aus schönen Sommertagen. Er hatte keinen Urlaub. Er hatte noch nie in seinem Leben Urlaub gehabt. Das Leben beurlaubte Philipp nie. Man konnte es so sehen. Immer wollte Philipp etwas tun. Er dachte immer an eine große Arbeit, die er beginnen und die ihn vollkommen erschöpfen würde. Er bereitete sich in Gedanken auf diese große Arbeit vor, die ihn anzog und erschreckte. Er konnte mit Recht sagen, die Arbeit lasse ihn nicht los; sie quälte und beglückte ihn, wo er ging und wo er stand und selbst wenn er schlief; er fühlte sich zu dieser Arbeit aufgerufen; aber er tat nie oder nur sehr selten wirklich etwas; er versuchte es nicht einmal. Und so betrachtet, war sein Leben bisher ein einziger langer Urlaub gewesen, ein schlecht verbrachter Urlaub, ein Urlaub bei schlechtem Wetter, in schlechten Unterkünften, in schlechter Gesellschaft, ein Urlaub mit zu wenig Geld. »Sie liegen auf einer Wiese –« Er lag auf keiner Wiese. Er lag auf dem Patientenbett bei Behude. Er war nicht verrückt. Wie viele Irre, wie viele Hysteriker und Neurotiker mochten schon vor ihm auf diesem Entspannungsbett gelegen haben? Immer hatte Behude seinen Patienten schöne Urlaubstage vorgeträumt: Urlaub vom Wahn, Urlaub von der Einbildung, Urlaub von der Angst, Urlaub von der Sucht, Urlaub von den Konflikten. Philipp dachte ›soll ich träumen? ich träume nicht Behudes Traum, Behude sucht auf dem Grunde unseres Seins einen normalen Angestellten zu finden, ich hasse Wiesen, warum soll ich auf einer Wiese liegen? ich liege nie auf einer Wiese, die Natur ist mir unheimlich, die Natur beunruhigt, ein Gewitter beunruhigt mit dem Wechsel der elektrischen Spannung auf der Haut und in den Nerven, es gibt nichts Böseres als die Natur, nur der Schnee ist schön, der leise der freundliche der sanft fallende Schnee‹. Behude sagte: »Sie sind nun völlig entspannt. Sie ruhen aus. Sie sind glücklich. Keine Sorgen können Sie erreichen. Keine schweren Gedanken belasten Sie. Sie fühlen sich richtig wohl. Sie schlummern. Sie träumen. Sie träumen nur angenehme Träume.« Behude zog sich auf Zehenspitzen von Philipp zurück. Er ging in das nicht abgedunkelte Nebenzimmer, in das Zimmer der von Behude nur ungern angewandten, der gröberen psychiatrischen Methoden. Schalttafeln und Elektrisiermaschinen hätten hier Emilia erschreckt, die eine entsetzliche Furcht vor Ärzten hatte und sie alle für Sadisten hielt. Behude setzte sich an seinen Schreibtisch und nahm Philipps Blatt aus der Patientenkartei. Er dachte an Emilia. Er dachte ›sie sind kein normales Ehepaar aber sie sind doch ein Ehepaar, ich halte ihre Ehe sogar für ganz unlöslich obwohl sie zunächst betrachtet mehr eine Perversität als eine Ehe ist, von Philipp und von Emilia war es pervers sich auf eine Ehe einzulassen, aber grade daß sie beide nicht für eine Ehe taugen kittet sie zusammen, ich möchte sie gern zusammen psychotherapeutisch beeinflussen, gemeinsame Heilung des einen durch den andern, aber wozu? wovon will ich sie heilen? sie sind ja so wie sie sind glücklich, wenn ich sie geheilt hätte würde Philipp eine Stellung an einer Zeitung annehmen und Emilia würde mit andern Männern schlafen, lohnte das die Behandlung? ich müßte mehr Sport treiben, ich denke zuviel an Emilias infantile Reize, mit mir wird sie nicht schlafen, bis sie geheilt ist schläft sie nur mit Philipp, Emilia und Philipp leisten sich die Perversität einer normalen Ehe mit Eifersucht Bindung und Treue‹.

Emilia erkannte Edwin gleich. Sie wußte, daß dieser Mann mit dem schönen schwarzen Hut, der etwas von einem alten Lord an sich hatte, etwas von einem alten Geier und etwas von einem alten Zuhälter, einer von Philipps Dichtern war. Sie erinnerte sich dann an eine Photographie Edwins, die Philipp eine Zeitlang an seinem Arbeitsplatz über dem Stoß des weißen unbeschriebenen Papiers an die Wand geheftet hatte. Emilia dachte ›das ist also Edwin der große preisgekrönte Schriftsteller, so einer wie Edwin möchte Philipp werden, vielleicht wird er es, ich hoffe und ich fürchte es, wird Philipp dann wie Edwin aussehen? so alt? so vornehm? ich glaube er wird weniger vornehm aussehen, er wird weniger wie ein Lord und auch weniger wie ein Geier aussehen, wie ein alter Zuhälter wird er vielleicht aussehen, früher sahen die Dichter anders aus, ich möchte nicht daß Philipp Erfolg hat, wenn er Erfolg hätte, könnte er mich verlassen, ich möchte aber doch daß er Erfolg hätte, er müßte so viel Erfolg haben daß wir wegfahren könnten und immer Geld hätten, wenn wir aber auf diese Weise zu Geld kämen hätte Philipp das Geld, ich möchte nicht daß Philipp das Geld hat, ich möchte das Geld haben‹. Emilia kannte sich ganz gut. Sie wußte, daß sie Philipp, wenn es ihr doch noch gelänge, eins ihrer Häuser zu verkaufen, daß sie dann Philipp ein reichliches Taschengeld geben, daß sie ihn aber immer bei seinen verzweifelten Versuchen, zu arbeiten und das lange geplante Buch zu schreiben, stören würde. ›Ich würde vor keiner Gemeinheit zurückschrecken, ich würde so schlimm wie noch nie sein, ich würde ihm keine ruhige Stunde lassen, der arme Philipp, er ist so gut‹. Oft überfiel sie Rührung, wenn sie an Philipp dachte. Sie überlegte, ob sie versuchen sollte, Edwin kennenzulernen. Es war eine Gelegenheit, die sich Messalina nicht hätte entgehen lassen. ›Sie hätte versucht ihn auf ihre Party zu schleppen, armer Edwin‹, Emilia würde Edwin auf kein Fest führen. Aber sie dachte, daß es Philipp verblüffen würde, wenn sie ihm erzählen könnte, daß sie Edwin kennengelernt hätte. Edwin kramte im Laden von Frau de Voss unter den Antiquitäten. Er betrachtete Miniaturen. Er hatte feine lange, am Ansatz des Gelenks stark behaarte Hände. Er betrachtete die Miniaturen durch eine Lupe, was ihm noch mehr das Gesicht eines Geiers gab. Frau de Voss zeigte Edwin eine Rosenholzmadonna. Die Madonna hatte Philipp gehört. Emilia hatte sie Frau de Voss verkauft. Edwin betrachtete die Madonna durch die Lupe. Er fragte nach dem Preis der kleinen Madonna. Frau de Voss flüsterte den Preis. Emilia sollte den Preis nicht hören. ›Sie wird wahnsinnig aufgeschlagen haben‹, dachte Emilia. Edwin stellte die schöne Rosenholzplastik wieder auf den Tisch. Emilia dachte ›er ist geizig‹. Frau de Voss wandte sich, von Edwin enttäuscht, an Emilia: »Was bringen Sie, Kindchen?« Sie nannte Emilia immer Kindchen. Frau de Voss begegnete Kunden, die etwas verkaufen wollten, mit der Herablassung einer früheren Hofdame und der Strenge einer

Lehrerin. Emilia stotterte etwas. Sie schämte sich, vor Edwin das lächerliche schottische Plaid zu öffnen. Dann dachte sie ›warum schäm' ich mich? wenn er mehr Geld hat als Philipp hat er eben Glück gehabt‹. Sie reichte Frau de Voss eine Tasse. Es war eine Tasse der Berliner Manufaktur. Die Tasse war innen vergoldet und zeigte außen ein Miniaturbildnis Friedrichs des Großen. Frau de Voss nahm die Tasse und stellte sie auf ihren Schreibsekretär. Emilia überlegte ›jetzt handelt sie nicht mit mir, sie muß jetzt ihr freundliches Gesicht zeigen weil Edwin da ist, erst nachher wird sie mir ihr wahres Gesicht zeigen‹. Edwin fand unter den Antiquitäten nichts, was ihn interessiert hätte. Alles in diesem Laden war zweitrangig. Die kleine Madonna war zu teuer. Edwin kannte die Preise. Er war kein Sammler, aber hin und wieder kaufte er eine Altertümlichkeit, die ihm gefiel. Er war aus Langeweile in den Laden der Frau de Voss gekommen. Er hatte sich in dieser Stadt plötzlich gelangweilt. Wenn man am Nachmittag durch ihre Straßen ging, war die Stadt weder besonders traditionsreich noch abgründig. Sie war gewöhnlich, eine Stadt mit gewöhnlichen Menschen. Vielleicht würde Edwin den Nachmittag in dieser Stadt in seinem Tagebuch beschreiben. Das Buch sollte nach seinem Tode erscheinen. Es sollte die Wahrheit enthalten. Im Licht der Wahrheit würde der Nachmittag in dieser Stadt nicht mehr gewöhnlich sein. Edwin nahm Emilias Tasse in die Hand. Er betrachtete das Bild Friedrichs des Großen. Die Tasse gefiel ihm. ›Ein schönes Gesicht‹, dachte Edwin, ›Geist und Kummer, seine Gedichte seine Kriege und seine Politik waren Krampf, aber er hat Voltaire ausgehalten, und Voltaire hat recht böse über ihn geschrieben.‹ Er erkundigte sich nach dem Preis der Tasse. Frau de Voss machte eine verlegene Geste zu Emilia hin und versuchte Edwin in eine Art Alkoven hinter den Laden zu ziehen. Emilia dachte ›sie ärgert sich, wenn ich erfahre was Edwin zahlt, kann sie mich schlecht mit dem abspeisen was sie mir geben will‹. Die Verlegenheit der Händlerin belustigte Emilia. Sie dachte ›komisch, daß Edwin so auf die Sachen aus ist die Philipp gefallen‹. Edwin durchschaute das Spiel der Händlerin. Es interessierte ihn nicht. Aber er ging nicht mit Frau de Voss in den Alkoven. Er stellte die Tasse wieder auf den Sekretär; wie plötzlich von ihr angewidert, stellte er sie wieder auf den Sekretär. Er wandte sich zum Gehen. Emilia überlegte, ob sie die Tasse nehmen und sie Edwin auf der Straße anbieten sollte. Aber sie dachte ›das ist Bettelei und die de Voss würde das ewig verstimmen, jetzt wird sie mir sehr wenig geben, schon aus Wut, aber Edwin hat mich überhaupt nicht beachtet, er hat mich sowenig beachtet wie man einen alten häßlichen Stuhl beachtet, ich war für Edwin nichts als ein alter häßlicher Stuhl, ich hasse die Literaten, die arroganten Kerle‹. Edwin dachte, schon auf der Straße, ›sie war arm, sie hatte Angst vor der Händlerin, ich hätte der jungen Frau helfen können, aber ich half ihr nicht, warum stand ich ihr nicht bei? das wäre zu untersuchen‹. Edwin wird die Tasse und Emilia in seinem Tagebuch erwähnen. Es wird im Licht der Wahrheit geschehen. Im Licht der Wahrheit wird Edwin untersuchen, ob er an diesem Nachmittag ein guter oder ein böser Mensch war. Das Licht der Wahrheit wird in jedem Fall Edwin, Emilia und Friedrich den Großen verklären.

Keine Verklärung, keine Aufklärung, kein Licht der Wahrheit. Wo lag Philipp? Im verdunkelten Zimmer. ›Er läßt mich träumen, kleiner Traumdoktor kleiner Psychotherapeut, sitzt nebenan und füllt meine Karteikarte aus, meine Traumkarte, kleiner Psychobürokrat, trägt ein: Philipp träumt, träumt von Wiesen, Urlaub und Sommerglück, laß doch die Wiesen, ich bin bei Frau Holle eingeladen, sie schüttelt den Schnee aus den Betten den kühlen sanften den stillfrohen den friedlichen Schnee, der gemütliche Kachelofen, eine Katze buckelt und schnurrt, die Bratäpfel brutzeln im Rohr, ich kleide Puppen für das Theater an, ich kleide sie für meine kleine Bühne auf der Ofenbank an, es ist schön Theater zu spielen, aber das Wichtigste ist doch das Zurechtmachen der Puppen, eine Puppe wird wie Emilia angezogen, eine Puppe wie die kleine Amerikanerin mit den grünen Augen, sie könnte den Don Gil spielen den Don Gil von den grünen Hosen, keck grüne Hosen grüne Augen frisch munter *Sanella immer frisch* einen Degen in der Hand, mein kleiner Liebhaber; oder bist du der Junge der auszog das Fürchten zu lernen? zum Jungen fehlt dir ein kleines Ding, Trauer für deine Freundinnen, aber das Fürchten kannst du lernen, wie soll man Emilia kleiden? sie ist Ophelia das-arme-Kind-von-ihren-Melodien-hinuntergezogen-in-den-schlammigen-Tod, als ich vierzehn war, sagte ich mir den Hamlet auf, sterben-schlafen vielleicht-auch-träumen Pubertätsschmerz, nun träum' ich beim kleinen Behude, soll ich ihm meinen Hamlet zeigen? er erwartet immer Unanständiges erotische Konfessionen, möchte ein kleiner Beichtvaterersatz sein, ich kann den Hamlet noch, ich habe ein gutes Gedächtnis, für alles, was damals war, habe ich ein vorzügliches Gedächtnis, der See vor unserm Haus, er war zugefroren vom Oktober bis Ostern, die Bauern fuhren mit ihren Holzschlitten über den See holten die schweren Bäume aus den Wäldern gefällte Riesen, Eva, ihre Pirouetten auf dem Eis, die frostklirrende Sonne, Eva lief für mich ohne Strümpfe, es regte mich auf, ihre Mutter war empört, fürchtete eine Eierstockentzündung, sagte es natürlich nicht, dachte wir wüßten nicht was das sei, vergaß das Lexikon, sie sah wie eine Gluckhenne aus puttputt-putt, Emilia geht nicht aufs Eis, findet Sport albern, lachte sich tot als Behude ihr sagte sie solle Tennis spielen, Emilia läuft durch die Stadt, Lene-Levi-lief-besoffen-nächtlich: wo gehört? in der prähistorischen Zeit am Kurfürstendamm, später marschierte SA, Katzen sollen die Welt anders sehen als wir: nur braun oder gelb, Emilia sieht eine Althändlerstadt eine schmutzfarbene Stadt mit schmutzigen Händlern, sie ist auf der Geldjagd, ihr Dämon hockt ihr im Nacken, sie schleppt ihr Lord-Reise-Plaid zu den Tandlern steigt in ihre Keller steigt hinunter zu Schlangen Fröschen und Lurchen, Herkules schlug die Hydra, Emilias Hydra hat mehr als neun Köpfe, sie hat dreihundertfünfundsechzig Köpfe im Jahr, dreihundertfünfundsechzigmal gegen das Ungeheuer Geldlosigkeit, sie verkauft was in unserer Wohnung steht, läßt sich von den Lurchen anlangen, es ekelt sie, aber sie treibt Geld auf, nachher vertrinkt sie's, steht im Stehausschank wie jeder Süffel, immer noch ein Gläschen, »Prost, Herr Nachbar«, die andern Süffel halten sie für 'ne Nutte, »schlechtes Geschäft heute auf der Straße?« – »schlechtes Geschäft« – »bei dem Wetter« – »bei dem Wetter« »wie wär's denn?« – »wär' was?« – »mit uns beiden« – »geht nicht« – »bist du?« – »bin« – »Scheißleben« »trink einen«, bald wird sie wie Messalina aussehen, kleiner, zarter, aber doch wie Messalina die Suffvisage die großporige fleckige Haut, Messalina lockt Emilia zu ihren Parties, will sie Alexander vorwerfen dem Erzherzogfrauentraum oder den kessen Vätern, wundert sich daß Emilia nicht kommt, Emilia macht sich nichts aus Orgien sie macht sich nichts aus Messalinas Verzweifelten, Emilia ist für sich verzweifelt braucht keine andere Verzweiflung, sie sagt sie renne für mich durch die Stadt, damit ich mein Buch schreiben könne, haßt mich dafür wenn sie nach Hause kommt, wenn ich was geschrieben hätte würd' sie's zerreißen, Emilia meine Ophelia: *o-pale-Ophelia-belle-comme-la-neige,* ich liebe dich aber du trenntest dich besser von mir, du wirst auch allein untergehen, du wirst von deinen Häusern erschlagen werden, du liegst schon lange unter deinen Häusern begraben, du bist nur noch ein kleines zartes tobendes versoffenes Gespenst der Verzweiflung, meine Schuld? ja, meine Schuld, jedermanns Schuld, alte Schuld, Urväterschuld, Schuld von weither, wenn sie tobt schreit sie ich sei ein Kommunist, hat es dazu gelangt? es hat nicht dazu gelangt, ich hätte Schriftsteller sein können, ich hätte auch Kommunist sein können, alles verfehlt, Kisch sagte im Romanischen Café »Genosse« zu mir, ich sagte »Herr Kisch«, ich mochte ihn: Kisch rasender Reporter wohin raste er? ich verabscheue die Gewalt, ich verabscheue Unterdrückung, ist das Kommunismus? ich weiß es nicht, die Gesellschaftswissenschaft: Hegel Marx die Dialektik die marxistisch-materialistische Dialektik – nie begriffen, Gefühlskommunist: immer auf der Seite der Armen sinnlos empört, Spartakus Jesus Thomas Münzer Max Hölz, was wollten sie? gut sein, was geschah? man tötete sie, kämpfte ich in Spanien? mir schlug die Stunde nicht, ich drückte mich durch die Diktatur, ich haßte aber leise, ich haßte aber in meiner Kammer, ich flüsterte aber mit Gleichgesinnten, Burckhardt sagte mit Leuten seiner Art sei kein Staat zu machen, sympathisch, aber mit Leuten dieser Art ist auch kein Staat zu stürzen, keine Hoffnung, für mich nicht mehr, Behude sagt für mich gäbe es Hoffnung, Rilke-Lyrik: von-einer-Kirche-die-im-Osten-steht, verschwommen, kein Weg, der Osten in mir: die Kinderlandschaft, meine *recherche-du-temps-perdu,* suchet-so-werdet-ihr-finden, Gerüche, die Bratäpfel, Geräusche, das knisternde Fell der Katze, das Knirschen der Kufen der Holzschlitten auf dem Eis, die einsam auf dem See ihre Pirouetten tanzende nacktbeinige Eva: Schnee Frieden Schlaf –‹

Schlaf, aber keine Heimkehr, keine Einkehr, ein Fall, ein Gefälltwerden. Wie ein schwerer Stein ins Wasser, massig, empfindungslos, sank Alexander in seiner Wohnung in Schlaf. Im Darsteller des Erzherzogs lebte kein Traum. Er hatte sich unausgezogen auf ein Sofa geworfen; hier hatte in der Nacht die tribadische Alfredo gelegen; in Alexander war keine Wollust. Er war nur müde. Er hatte es satt. Satt die Erzherzogrolle. Satt die blödsinnige Sprechwalze des Erzherzogs. Satt das geborgte Heldentum. Was tat er im Krieg? Er spielte. Er war reklamiert. Was spielte er? Ritterkreuzheldenflieger. Er stürzte viermal glücklich ab, nachdem seine Feinde und Rivalen weniger glücklich im Staub zerschmettert lagen. Er hatte nie in einem fliegenden Flugzeug gesessen. Er fürchtete sich schon, wenn er eine Verkehrsmaschine benutzen sollte. Als die Bomben fielen, hockte er im Adlon-Diplomaten-Bunker. Das war ein Bunker für feine Leute. Landser auf Urlaub wurden nicht ‘reingelassen. Der Bunker hatte zwei Etagen. Alexander saß in der zweiten: der Krieg rückte fern. Nach dem Angriff räumten Hitlerjungen auf der Straße den Schutt weg. Im Schutt gruben die Jungen nach Verschütteten. Sie baten Alexander um ein Autogramm. Sie baten Alexander den Helden, Alexander den Tollkühnen. Man verwechselte Alexander mit seinem Schatten. Es machte ihn schwindlig. Wer war er? Ein draufgängerisch-treu-sentimental-kühner-Helden-Potenter? Er hatte es satt. Er war müde. Er war ausgeheldet. Er war wie ein ausgenommener Kapaun: fett und hohl. Sein Gesicht trug den Ausdruck der Dummheit: es war abgeschminkt, es war leer. Sein Mund stand offen, und durch das blendend-weiße Gebiß der Jacketkronen drang ein Schnarchen aus Dumpfheit und Übelkeit, aus träger Verdauung und mattem Stoffwechsel. Hundertsechzig Pfund Menschenfleisch lagen auf dem Sofa, noch hingen sie nicht am Haken des Metzgers, aber für den Augenblick, da der Witz abgeschaltet war, der Strom der Geistreichelei und des Witzelns, der in diesem Leib die Funktionen der Seele übernommen hatte, war Alexander nicht mehr als Metzgerfleisch, und davon hundertsechzig Pfund. Hillegonda kam in das Zimmer getrippelt. Sie hatte das Auto mit Alexander vorfahren hören, und für eine Weile brachte sie den Mut auf, sich von Emmis Hand zu lösen und allein in die Welt voll Sünde zu gehen. Hillegonda wollte Alexander fragen, ob Gott wirklich böse sei, ob Gott auf Hillegonda, auf Alexander und auf Messalina böse sei. Auf Emmi sei Gott nicht böse. Aber vielleicht war es eine Lüge von Emmi. »Pappi, darf Emmilein lügen?« Das Kind erhielt keine Antwort. Vielleicht war Gott gerade auf Emmi böse. Emmi war immer vorgeladen bei Gott. Schon ganz früh, wenn der Tag dämmerte, mußte sie in Gottes dunkle Gerichtssäle gehen. Alexander war auch mal vorgeladen. Zur Steuer war er vorgeladen gewesen. Er hatte Angst gehabt. Er hatte gerufen »die Rechnung stimmt ja nicht!« Stimmte vielleicht Emmis Rechnung nicht? Das Kind quälte sich. Es hätte mit Gott gerne besser gestanden. Es konnte doch sein, daß Gottes Verstimmung gar nicht Hillegonda galt. Aber der Vater sagte nichts. Er lag da wie tot. Nur das Röcheln, das Schnarchen, das aus dem offenen Mund drang, zeigte, daß er lebte. Hillegonda wurde von Emmi gerufen. Sie mußte zurück an Emmis Hand. Emmi war wieder vorgeladen. Sie mußte schon wieder niederknien, auf Fliesen knien, auf kalten harten Fliesen, sie mußte sich vor Gott in den Staub beugen.

Die Heiliggeistkirche gab dem Heiliggeistplatz, dem Heiliggeistspital und der Heiliggeistwirtschaft den Namen. Die Wirtschaft war verrufen. Wo waren sie hingeraten? Als Josef noch klein war, hatten sich Marktleute in der Wirtschaft getroffen. Die Marktleute kamen mit Pferd und Wagen in die Stadt gefahren, und Josef half ihnen beim Aus- und Einspannen. Damals war das alte Viertel um die Heiliggeistkirche das Herz der Stadt gewesen. Später hatte sich das Stadtzentrum verlagert. Die alte Gegend starb. Der Markt starb. Der Platz, die Häuser, das Spital, die Kirche wurden im Krieg bombardiert, als sie schon lange gestorben waren. Ruinen blieben. Niemals würde jemand das Geld haben, diese Ruinen wiederherzurichten. Die Gegend wurde ein Schlupfwinkel. Die kleinen Diebe trafen sich hier, die schäbigen Zuhälter, die billigen Dirnen. Wo waren sie hingeraten? Es war Josefs Erzheimat, sein Spielviertel, sein Kinderarbeitsviertel, die Kirche seiner ersten Kommunion. Wo waren sie hingeraten? Sie saßen in der Wirtschaft. Die Wirtschaft war voll, lärmvoll; eine schwere warme Luft aus Dunst, Gestank und Rauch füllte den Raum, blähte sich im Raum wie Gas in einem halbschlaffen Ballon. Wo waren die Marktleute geblieben? Die Marktleute waren tot. Sie lagen in ihren Gräbern auf ihren Dorffriedhöfen neben den weißen Kirchen. Ihre Pferde, die Josef schirrte, hatte der Schinder geholt. Josef und Odysseus tranken Schnaps. Odysseus nannte den Schnaps Gin. Der Schnaps war Steinhäger. Es war ein fuseliger verfälschter Steinhäger. Im Musikkoffer auf Josefs Schoß sang ein Chor *she-was-a-nice-girl*. Wie kamen sie hierher? Was wollten sie hier? Der kleine Josef hatte um Milch gebettelt. Die Bäuerin hatte ihm Milch in den Krug gefüllt. Josef war über den

Platz gelaufen und hingefallen. Der Krug war zerbrochen. Die Milch war verschüttet. Josefs Mutter schlug Josef. Sie schlug ihm mit harten Schlägen die Ohren. Das Leben der Armen ist hart; sie machen sich das Leben immer noch härter. *She-was-a-nice-girl.* Was wollten sie hier? Sie rechneten ab. Odysseus entlohnte Josef. Er zog seine Brieftasche. Die Griechen hatten ihn nicht betrügen können. Odysseus gab Josef fünfzig Mark: großer herrlicher König Odysseus. Josef betrachtete den Schein blinzelnd durch seine Brille. Er faltete das Geld zusammen, legte es sorgsam zwischen die Seiten eines schmutzigen Notizbuches und steckte das Buch in die Brusttasche seiner Dienstmannsbluse. Der Fremdenverkehr hatte sich wieder einmal gelohnt. Es wurde ausgemacht, daß Josef noch bis zum Abend Odysseus begleiten sollte, daß er ihm den Musikkoffer tragen sollte, bis Odysseus mit einem Mädchen in der Nacht verschwinden würde. *She-was-a-nice-girl.* Großer Odysseus. Er blickte in den Nebel aus Schweiß, Unsauberkeit, Bratwurstrauch, Tabakschwaden, Alkoholdunst, Pißgeruch, Zwiebelbeize und schalem Menschenatem. Er winkte Susanne heran. Susanne war eine Blüte von Guerlainduft in einer Unratgrube. Sie wollte in der Grube sitzen. Sie wollte heute richtig in der Unratgrube sitzen, in die sie gehörte. Sie war von den feinen Leuten enttäuscht. Verdammte ekelhafte geizige Schweine. Alexander hatte sie eingeladen, der berühmte Alexander. Wer glaubte es ihr? Niemand. War er zu ihr gekommen, hatte er sie erwählt aus der Schar der Mädchen, er, von dem die Frauen träumen? Wer glaubte es? Hatte sie mit Alexander geschlafen? Ein Grunzen, *Erzherzogliebe ein Erlebnis auch für Sie*, die Schweine hatten gesoffen, sie hatten gesoffen wie die Schweine. Und dann? Kein Gott, der sich offenbarte. Kein Alexander, der sie umarmte. Kein Held, der sie rettete. Frauen. Susanne war geschlagen worden. Frauen hatten sie geschlagen. Und weiter? Küsse Streicheln Berührungen Hände an ihren Schenkeln. Frauen hatten sie geküßt gestreichelt berührt, Frauenhände lagen heiß und trocken auf ihren Schenkeln. Und Alexander? Erloschen trägeschwer lidverschwollen, Blicke aus toten gläsernen Augen. Sahen die Augen etwas? nahmen sie etwas wahr? Wo lachte und liebte Alexander? wo diente er Frauen und hob sie zu sich empor? Im Thaliapalast, Ecke Schillerplatz und Goethestraße, fünf Vorstellungen am Tag. Wo schnarchte Alexander? wo hing er wie leblos über dem Sessel und hing sein Fleisch? Zu Hause, wenn er sich Mädchen eingeladen hatte. Was schenkte man Susanne nach dieser Nacht? Man vergaß es, ihr was zu schenken. Susanne dachte ›nach Alexander ein Nigger, ich bin nicht schwul, ich bin ganz gesund‹. Sie ging träge, die Zigarette in der Hand, zu Odysseus hinüber. Der Parfümduft aus Messalinas Flasche begleitete sie in der schweren gestankdünstenden Luft des Lokals wie eine isolierte und isolierende, andersartig schwere anderweis dünstende Wolke. Susanne schob Josef und den singenden Koffer auf der glatten von vielen Hintern abgewetzten und glatt und blank gescheuerten Bank beiseite. Sie drängte den Koffer und den alten Mann wie zwei tote Dinge zur Seite, und der alte Mann war die wertlosere Sache. Den Koffer konnte man verkaufen. Josef konnte man nicht mehr verkaufen. Susanne war Kirke und die Sirenen, sie war es in diesem Augenblick, sie war es eben geworden, und vielleicht war sie auch noch Nausikaa. Niemand im Lokal merkte, daß andere in Susannes Haut steckten, uralte Wesen; Susanne wußte nicht, wer alles sie war, Kirke, die Sirenen und vielleicht Nausikaa; die Törichte hielt sich für Susanne, und Odysseus ahnte nicht, welche Damen ihm in dem Mädchen begegneten. Junge Haut umspannte Susannes Arm. Odysseus fühlte den Puls, er fühlte den Blutschlag dieses Arms in seinem Nacken. Der Arm war kühl und sommersprossig, ein Knabenarm, doch die Hand, die nach der Umschlingung des Nackens Odysseus' Brust berührte, war warm, weiblich und geschlechtlich, *she-was-a-nice-girl* –

Sie liebte Juwelen. Der Rubin ist das Feuer die Flamme, der Diamant das Wasser der Quell die Welle, der Saphir die Luft und der Himmel, und der grüne Smaragd ist die Erde, das Grün der grünenden Erde, das Grün der Wiesen und der Wälder. Emilia liebte den funkelnden Glanz, sie liebte die schillernde Pracht der kalten Brillanten, das warme Gold, die Götteraugen und die Tierseelen der Farbsteine, die Märchen des Orients, das Stirndiadem der heiligen Elefanten, *Aga Khan mit Edelsteinen aufgewogen, Tribut der Gläubigen, Industriediamanten kriegswichtig.* Es war nicht die Höhle, die Aladin fand. Keine Wunderlampe brannte. Herr Schellack, der Juwelier, sagte: »Nein.« Sein gewaltiges Kinn war mit Puder geglättet. Er hatte ein Gesicht wie ein Mehlsack. Hätte Emilia die Wunderlampe des hübschen Aladin besessen, der Sack wäre geplatzt, ein böser Geist, der Wächter der Schätze, entschwunden. Was hätte Emilia getan? Sie hätte das Plaid mit Gold und Edelsteinen gefüllt. Keine Angst, ihr Juweliere, es gibt keinen Zauber; es gibt Pistolen und Totschläger, doch Emilia wird sie nicht gebrauchen, auch habt ihr eure Alarmanlagen, die aber nicht vor dem Teufel schützen, der euch holen wird. Herr Schellack blickte wohlwollend auf Kay, eine vielversprechende Kundin, eine junge Amerikanerin, vielleicht Rockefellers Enkelkind. Sie betrachtete Korallen und Granaten. Der alte Schmuck lag auf Samt gebettet. Er erzählte von den Familien, die ihn besessen, von den Frauen, die ihn getragen hatten, er berichtete von der Not, die ihn verkaufen mußte, es waren kleine Maupassantgeschichten, die er erzählte, aber Kay hörte nicht zu, sie dachte nicht an unter der Wäsche in der Kommode versteckte Schmuckschatullen, nicht an Geiz, Erbschaften und Leichtsinn, nicht an den Hals schöner Frauen, nicht an ihre vollen Arme, ihre feinen Handgelenke, nicht an die einst gepflegten Hände, die manikürten Fingernägel, nicht an den Hunger, der mit Augen das Brot im Fenster des Bäckers verschlingt, sie dachte ›wie schön ist die Kette, wie funkelt der Reif, wie glitzert der Ring, wie leuchtet das Geschmeide‹. Mondbleich, aus Perlen, Email und diamantenen Rosen gefügt, lag das Geschmeide vor Schellack, dem Gepuderten, und wieder sagte er, wieder zu ihr gewandt, der Glanz des Wohlwollens, der für Kay geleuchtet hatte, war erloschen, wie ausgeknipst, eine ausgeknipste mattierte Glühbirne, wieder: »Nein.« Herr Schellack wollte das Geschmeide nicht kaufen. Das sei Großmutterschmuck, sagte er. Es war Großmutterschmuck, Geheimer Kommerzienratsschmuck; Großmutterschliff, Großmutterfassung, Geschmack der achtziger Jahre. Und die Diamantrosen? »Nichts wert! Nichts wert!« Herr Schellack hob die kurzen Arme, die dicken Hände, Hände wie zwei fette Wachteln; es war eine Geste, die fürchten ließ, Herr Schellack würde versuchen zu fliegen, er würde versuchen, vor lauter Bedauern und Enttäuschung davonzufliegen. Hörte Emilia ihm zu? Sie hörte ihm nicht zu. Sie sah ihn nicht mal an. Seine Gesten entgingen ihr. Sie dachte ›wie nett sie ist, sie ist sehr nett, sie ist ein wirklich nettes Mädchen, sie ist das nette Mädchen das ich vielleicht hätte werden können, sie freut sich daß alles so schön rot ist, rot wie Wein rot wie Blut rot wie junge Lippen daß es so glitzert und funkelt, noch überlegt sie nicht daß sie nichts für den Schmuck bekommen wird wenn sie ihn einmal verkaufen muß, ich weiß Bescheid, ich kenne mich aus, ich bin ein alter Handelsmann, ich liebe die bunten Steine aber ich würde sie mir nie kaufen, sie sind eine unsichere Anlage zu sehr der Mode unterworfen, nur Brillanten geben einige Sicherheit, der neueste Schliff der Parvenügeschmack triumphiert, und Gold eben, reines Gold, das sich hinzulegen hat Sinn, solange ich Gold und Brillanten habe brauche ich nicht zu arbeiten, ich will nicht vom Wecker geweckt werden, ich will nie sagen »verzeihen Sie, Herr Bürovorsteher, entschuldigen Sie, Herr Werkmeister, ich habe die Straßenbahn versäumt«, dann hätte ich die Straßenbahn versäumt, wenn ich das je sagen müßte, die Bahn meines Lebens, nie! nie! nie! und du meine Schöne und Nette, du mit deinen Korallen und Granaten, Herr Schellack wird viel von dir verlangen für die Ringlein und Kreuzlein, für die Kettchen und die Anhänger, aber geh mal zu ihm, meine Süße, komm mal und biete ihm dasselbe Ringehen, dieselbe Kette an, tu's doch, biet sie ihm an, er wird dir sagen, daß deine hübschen Granaten und Korallen nichts wert sind, gar nichts, da lernst du's, da weißt du's, du Unschuldslamm, du Unverschämte aus Amerika‹. Emilia nahm ihr Geschmeide vom Ladentisch zurück. Herr Schellack sagte mit trägem Lächeln: »Ich bedaure, gnädige Frau.« Er dachte, sie würde gehen. Er dachte ›schade, so kommt die Kundschaft herab, ihre Großmutter hat den Schmuck bei meinem Vater gekauft, sie wird zweitausend Mark gezahlt haben, zweitausend in Gold.‹ Emilia aber ging nicht. Sie suchte die Freiheit. Für einen Augenblick wenigstens wollte sie frei sein. Sie wollte frei handeln, eine freie Tat tun, die von keinem Zwang und keiner Notwendigkeit bestimmt und mit keiner Absicht verbunden war, außer der Absicht, frei zu sein; doch auch dies war keine Absicht, es war ein Gefühl, und das Gefühl war eben da, ganz absichtslos. Sie ging zu Kay und sagte: »Lassen Sie die Korallen und Granaten. Sie sind rot und hübsch. Aber diese Perlen und Diamanten sind hübscher; auch wenn Herr Schellack behauptet, sie seien zu altmodisch. Ich schenke sie Ihnen. Ich schenke sie dir, weil du nett bist.« Sie war frei. Ein unerhörtes Gefühl von Glück durchströmte Emilia. Sie war frei. Das Glück würde nicht währen. Aber für den Augenblick war sie frei. Sie befreite sich, sie befreite sich von Perlen und Diamanten. Im Anfang hatte ihre Stimme gezittert. Aber jetzt jubelte sie. Sie hatte es gewagt, sie war frei. Sie legte Kay den Schmuck an, sie knüpfte ihr die Kette im Nacken zu. Und auch Kay war frei, sie war ein freier Mensch, unbewußter als Emilia, war sie vielleicht um so selbstverständlicher frei, sie trat zum Spiegel, betrachtete sich lange mit dem ihr umgetanen Geschmeide, beachtete nicht Schellack, der offenen Mundes protestieren wollte und nicht die Worte fand, und sagte: »Ja. Es ist herrlich! Die Perlen, die Diamanten, das Geschmeide. Es ist wunderschön!« Sie wandte sich zu Emilia und sah sie mit ihren grünen Augen an. Kay war unbefangen, während Emilia doch etwas erregt war. Aber beide Mädchen hatten die herrliche Empfindung zu rebellieren, sie fühlten das wunderbare Glück, gegen Vernunft und Sitte zu rebellieren. »Du mußt auch etwas von mir nehmen«, sagte Kay. »Ich hab' keinen Schmuck. Vielleicht nimmst du meinen Hut.« Sie nahm ihren Hut vom Kopf, es war ein spitzer Reisehut mit einer bunten Feder, und setzte ihn Emilia auf. Emilia lachte, blickte in den Spiegel und rief entzückt: »Jetzt sehe ich wie Till Eulenspiegel aus. Genau wie Till Eulenspiegel.« Sie schob den Hut in den Nacken, dachte ›besoffen, sieht besoffen aus, aber ich schwör's, ich hab' noch keinen Schluck getrunken, Philipp würd' mir's nicht glauben‹. Sie lief zu Kay. Sie umarmte Kay, sie küßte Kay, und als sie Kays Lippen berührte, dachte sie ›herrlich, so schmeckt die Prärie‹ –

– ›wie in einem Wildwestfilm‹, überlegte Messalina. Sie hatte Susanne in ihrer Wohnung nicht gefunden, aber man hatte ihr gesagt, daß sie in der Wirtschaft am Heiliggeistplatz zu finden sei. ›Wie in einem Wildwestfilm, aber wir drehen keine mehr, unkünstlerischer Klamauk.‹ Sie trat selbstbewußt in den Dunst, in die stinkende grausame Magie des Lokals, in dem man früher seinen Schoppen getrunken hatte, bevor man zur Hexenverbrennung auf den Markt ging. Messalina war schüchtern. Man sah es noch auf dem Bild, das sie als Kommunikantin zeigte, in weißem Kleid, eine Kerze in der Hand. Aber schon damals, als dieses Bild aufgenommen wurde, im Atelier eines der letzten Photographen, die noch Samtjacken trugen und große schwarze Schmetterlingsschleifen und die »bitte recht freundlich« riefen (Messalina hatte kein freundliches Gesicht gemacht: ein schüchternes, aber schon ein schüchternes, das mit Trotz und Gewaltsamkeit gegen die Schüchternheit ankämpfte), schon damals wollte sie nicht schüchtern sein, nicht diese Rolle spielen, nicht gegen die Wand gedrückt werden, und es war der Tag der Kommunion, der Ausgangspunkt ihres Wachstums, ihre Blutung kam, und sie wuchs und nahm zu an Laster und Gemeinheit und Fleischesfülle, sie wurde zum lästerlichen gemeinen Denkmal, wo sie ging und wo sie stand, sie war ein Denkmal, das erschreckte oder begeisterte: wer wußte, daß sie schüchtern geblieben war? Dr. Behude wußte es. Aber Dr. Behude war noch viel schüchterner als Messalina, und da er seine Schüchternheit nie wie sie ins Überdimensionale ausgeglichen hatte, wagte er, aus Schüchternheit, Messalina nicht zu sagen, daß sie schüchtern sei, und dabei wäre dies, hätte es Behude gesagt, ein Zauberwort gewesen, ein Wort der Denkmalzerstörung, und Messalina wäre in den schüchternen reinen Zustand der Vorkommunion zurückgekehrt. Alle betrachteten Messalina, die kleinen Nutten und die kleinen Zuhälter, die kleinen Diebe allzumal und auch der kleine Kriminalagent, der hier, von jedem als Kriminaler gekannt, verkleidet saß: Messalina schüchterte alle ein. Nur Susanne schüchterte sie nicht ein. Susanne dachte ›das Aas, wenn sie mir den Nigger vermasselt‹. Sie wollte denken ›dann kratze, beiße, schlage, trampele ich‹, aber sie dachte es nicht, sie war nicht eingeschüchtert, aber sie fürchtete sich, sie fürchtete Messalinas Schläge, denn sie hatte Messalinas Schläge gespürt. Susanne erhob sich. Sie sagte: »Moment, Jimmy.« Zwei Wolken des gleichen Parfüms, Guerlain Paris, vereinten sich, hielten stand gegen Schweiß, Pisse, Zwiebel, Wurstbrühe, gegen Bierdunst und Tabakrauch. Susanne wurde aufgefordert, am Abend zu Alexander zu kommen, und sie dachte ›ich wär' schön blöd wenn ich's täte, ein schlechtes Geschäft, wenn aber Alexander doch mit mir schliefe? ja, er schläft, aber nicht bei mir, er kann nicht mehr, und wenn er könnte, wer glaubt es mir, und wenn mir es keiner glaubt, ist mir der Nigger am Arsch lieber, der kann, wenn ich auch gar nicht drauf aus bin, aber die unbefriedigten Weiber? ohne mich, *Erste Legion warnt vor Ohne-mich-Parole, Justizminister sagt wer Frau und Kind nicht verteidigt, ist kein Mann*‹. Doch empfand es Susanne als unpassend, einer Dame, Dame der Gesellschaft, Überdame einer von Susanne unklar empfundenen Denkmalheftigkeit, eine Einladung abzuschlagen. Sie sagte, sie käme, natürlich, gern, geehrt und mit Freuden, und sie dachte ›du kannst lange warten, leck mich, aber leck mich aus der Ferne, meine Ruh' will ich haben, meinst, du bist was Besseres als ich? ich möchte mich mit dir noch lange nicht vergleichen‹. Messalina hatte sich im Lokal umgesehen. Sie hatte Susannes freien Platz neben Odysseus entdeckt, und sie sagte: »Bring doch einen Schwarzen mit, wenn du willst.« Sie dachte ›vielleicht ist er was für die Schwulen‹. Susanne wollte antworten, wollte eine Ausrede finden, wollte sagen, daß sie mit dem Neger nichts zu tun habe, oder sie konnte auch für den Jimmy oder den Joe zusagen, es war ja egal, sie ging ja doch nicht hin, da erhob sich Geschrei und Gewalt. Odysseus war bestohlen worden, sein Geld war verschwunden, weg waren die Dollars und die deutschen Scheine, der Musikkoffer spielte Jimmys-Boogie-Woogie, König Odysseus war gekränkt, er war beleidigt, er griff sich den Nächsten, langte sich einen Zuhälter oder einen Dieb oder den kleinen Kriminalagenten, beschuldigte ihn, schüttelte ihn, »seht den Gorilla, King Kong, Ficker, schmeißt ihn 'raus, den Niggerficker, 'raus‹, die Meute sprang auf, die Herde setzte sich durch, Kameradschaft siegte, *Gemeinnutz geht vor Eigennutz,* sie stürzten sich auf ihn, sie nahmen Bierseidel, Stuhlbeine, feststehende Messer, sie stürzten sich auf den großen Odysseus, die Schlacht brandete, tobte, ruckte, Odysseus war in Feindesland, es ging um sein Leben, der Tisch schlug um, Josef hielt den Musikkoffer, er hielt ihn über sich, schützend hielt er Jimmys-Boogie-Woogie über sich, die Töne rasselten, die Synkopen fauchten, es war wie im Unterstand, da war wieder das Trommelfeuer, der Chemin-des-Dames, der Argonnerwald, doch Josef nahm nicht teil am Kampf, er entsühnte sich, er tötete nicht, er trieb in den Wellen eines fernen Stroms, floh mit Odysseus, der sich freigekämpft hatte, umflossen von der Musik des Stromes des fernen Erdteils, Jimmys-Boogie-Woogie. Messalina stand allein, innerlich verschüchtert und äußerlich ein Denkmal, im Trubel. Ihr geschah nichts. Der Kampf bewegte sich um das Denkmal herum. Niemand beleidigte Messalina. Sie stand inmitten des Lokals wie ein allgemein respektiertes Monument, das hierhergehörte. Susanne aber folgte dem neuen Freund. Es wäre klug gewesen, es nicht zu tun. Es wäre klug gewesen zu bleiben. Vielleicht wäre es sogar klug gewesen, mit Messalina zu gehen. Aber da Susanne Kirke und die Sirenen und vielleicht noch Nausikaa war, mußte sie Odysseus folgen. Sie mußte ihm gegen alle Vernunft folgen. Sie war mit Odysseus verstrickt. Sie hatte es gar nicht so recht gewollt. Sie hatte nicht widerstehen können, sie war dumm gewesen, und jetzt war sie töricht. Odysseus und Josef liefen über den Heiliggeistplatz. Susanne lief hinterher. Sie folgte Jimmys-Boogie-Woogie.

Die Glocken der Heiliggeistkirche läuteten. Auf den Fliesen knieten Emmi und Hillegonda. Es roch in der Kirche nach altem Weihrauch und frischem Mörtel. Hillegonda fror. Sie fror mit ihren nackten Knien auf den kalten Fliesen. Emmi schlug das Kreuz und-vergib-uns-unsere-Sünden. Hillegonda dachte ›was ist denn nur meine Sünde? wenn es mir nur jemand sagen täte, ach, Emmi, ich fürchte mich‹. Und Emmi betete: »Herr, du hast diese Stadt zerstört, und du wirst sie wieder zerstören, denn sie gehorchen dir nicht und mißachten dein Wort, und ihr Geschrei ist ein Greuel vor deinen Ohren.« Hillegonda hörte von draußen gellende Rufe, und es war, als ob Steine gegen die Tür der Kirche geworfen würden. »Emmi, hörst du? Emmi, was ist das? Man will uns was tun, Emmi!« – »Es ist der Teufel, Kind. Der Teufel geht um. Bete nur! Ach-Herr-erlöse-uns!«

Sie lagen hinter Mauerschutt und Steinen aus dem Bombeneinschlag der Kirche. Die Meute ging gegen sie vor, Susanne dachte ›worauf lass' ich mich ein? ich bin verrückt daß ich mich darauf einlasse, aber die haben mich gestern verrückt gemacht bei Alexander, und jetzt lass' ich mich drauf ein‹. Jimmys-Boogie-Woogie. »Geld«, sagte Odysseus. Er brauchte Kapital. Er war im Krieg. Er war wieder im alten Krieg Weiß gegen

Schwarz. Auch hier wurde der Krieg geführt. Er brauchte Geld zum Kriegführen. »Geld! Schnell!« Odysseus packte Josef. Josef dachte ›es ist wie am Chemin-des-Dames, der Schwarze ist nicht der Teufel, er ist der Reisende den ich getötet habe, er ist der Turko der Senegalese den ich getötet habe auf meinem Ausflug in Frankreich‹. Josef wehrte sich nicht. Er erstarrte nur. Vor seinen alten Augen verwandelte sich das Bild seiner Kinderlandschaft noch einmal in ein europäisches Schlachtfeld mit außereuropäischen Kämpfern, fremden Reisenden, die töten wollten oder getötet wurden. Josef hielt krampfhaft den Koffer fest. Der Koffer war sein Dienst. Für das Tragen des Koffers war er bezahlt worden. Er mußte ihn festhalten. Jimmys Boogie-Woogie –

Sie standen sich gegenüber, Freunde? Feinde? Gatten? sie standen sich in Carlas Zimmer gegenüber, in der Hurenwohnung der Frau Welz, in einer Welt der Unzucht und Verzweiflung, und da sie in einer Welt der Unzucht und Verzweiflung lebten, schrien sie einander an, und Frau Welz verließ die Hexenküche, den Herd mit den brodelnden Dämpfen, schlich durch den Korridor und zischte durch die spaltbreit geöffneten Türen der Mädchenzimmer, wo sie sich bereitmachten, nackend, in Höschen, in schmierigen Schlafmänteln, bei der Toilette aufgeschreckt, beim Anlegen der Schönheit für den Abend, nicht fertig geformte, erst halb gepuderte Gesichter, sie vernahmen das Wirtinnengezisch, den geilen Jubel in der Stimme, daß Böses geschah: »Jetzt prügelt er sie, der Nigger. Jetzt schlägt er sie. Jetzt zeigt er's ihr. Ich hab' mich schon lange gewundert, daß er's ihr nicht zeigt.« Washington schlug sie nicht. Gegen seine Brust schlugen Teller und Tassen, zu seinen Füßen lagen die Scherben: die Scherben seines Glücks? Er dachte ›ich kann gehen, wenn ich meine Mütze nehme und gehe wird das alles hinter mir liegen, vielleicht werde ich es vergessen, es wird gar nicht gewesen sein‹. Carla schrie, ihr Gesicht war tränenverschwollen: »Du hast mir den Doktor vermiest. Du falscher Kerl! Du bist bei Frahm gewesen. Meinst, ich will deinen Bankert haben? Meinst, ich will ihn haben? Mit Fingern würden sie auf mich weisen. Ich pfeif' auf dein Amerika. Auf dein dreckiges schwarzes Amerika. Ich bleib' hier. Ich bleib' hier ohne deinen Bankert, und wenn ich bei draufgehe, ich bleib'!« Was hielt ihn zurück? Warum nahm er nicht seine Mütze? Warum ging er nicht? Vielleicht war es Trotz. Vielleicht war es Verblendung. Vielleicht war es Überzeugung, vielleicht Glaube an den Menschen. Washington hörte, was Carla schrie, aber er glaubte ihr nicht. Er wollte das Band, das nun zu reißen drohte, das Band zwischen Weiß und Schwarz, nicht lösen, er wollte es fester knüpfen durch ein Kind, er wollte ein Beispiel geben, er glaubte an die Möglichkeit dieses Beispiels, und vielleicht forderte auch sein Glaube Märtyrer. Für einen Augenblick dachte er wirklich daran, Carla zu schlagen. Es ist immer die Verzweiflung, die prügeln will, aber sein Glaube überwand die Verzweiflung. Washington nahm Carla in seine Arme. Er hielt sie fest in seinen kräftigen Armen. Carla zappelte in seinen Armen wie ein Fisch in der Hand des Fischers. Washington sagte: »Wir lieben uns doch, warum sollen wir's nicht durchstehen? Warum sollen wir's nicht schaffen? Wir müssen uns nur immer lieben. Wenn alle andern uns beschimpfen: wir müssen uns liebhaben. Noch als ganz alte Leute müssen wir uns lieben.«

Odysseus schlug mit dem Stein, oder ein Stein, den die Meute geworfen hatte, schlug gegen Josefs Stirn. Odysseus riß das Geld, den Schein, den er Josef gegeben hatte, König Odysseus, aus dem Notizbuch des Dienstmannes, aus dem abgegriffenen Heft, in das Josef seine Botengänge und seine Einnahmen eingetragen hatte. Odysseus rannte. Er rannte um die Kirche herum. Die Meute rückte nach. Sie sahen Josef am Boden liegen und sahen das Blut auf seiner Stirn. »Der Nigger hat den alten Josef totgeschlagen!« Da wimmelte der Platz voll Gestalten, die aus Kellern, Verschlägen und Gemäuer kamen, jeder im

Viertel hatte ihn gekannt, den alten Josef, den kleinen Josef, er hatte hier gespielt, er hatte hier gearbeitet, er war in den Krieg gezogen, er hatte wieder gearbeitet, und jetzt war er ermordet worden: er war um seinen Lohn ermordet worden. Sie umstanden ihn: eine graue Wand armer und alter Leute. Im Musikkasten neben Josef erklang ein Negro-Spiritual. Marian Anderson sang, eine schöne, volle und weiche Stimme, eine Vox humana, eine Vox angelica, Stimme eines dunklen Engels; es war, als ob die Stimme den Erschlagenen versöhnen wolle. ›Ich muß weg‹, dachte Susanne, ›ich muß schleunigst hier weg, ich muß weg bevor die Polente kommt, die MP wird kommen, und die Funkstreife wird kommen‹. Sie drückte ihre rechte Hand gegen die Bluse, wo sie das Geld fühlte, das sie Odysseus aus der Tasche gezogen hatte. ›Warum hab' ich's nur getan‹, dachte sie, ›ich hab' doch nie so etwas getan, die haben mich schlecht gemacht, die Schweine bei Alexander haben mich schlecht gemacht, ich wollte mich rächen, ich wollte mich an den Schweinen rächen, aber man rächt sich immer nur an den Falschen.‹ Susanne schritt durch die graue Wand der Alten und Armen, die sich vor ihr öffnete. Die Alten und Armen ließen Susanne passieren. Sie gaben Susanne die Mitschuld an den Ereignissen, eine Frau war immer bei einem Unglück dabei, aber sie waren keine Psychologen und keine Kriminalisten, sie dachten nicht *›cherchez la femme‹,* sie dachten ›auch sie ist arm, auch sie wird alt werden, sie gehört zu uns‹. Erst als die Wand sich hinter Susanne wieder geschlossen hatte, schrie ein Bengel »Ami-Hur'!« Ein paar Frauen schlugen das Kreuz. Ein Priester kam und beugte sich über Josef. Der Priester legte sein Ohr auf Josefs Brust. Der Priester war grauhaarig, und sein Gesicht war müde. Er sagte: »Er atmet noch.« Aus dem Spital kamen vier Dienende Brüder mit einer Bahre. Die Dienenden Brüder sahen arm und wie gescheiterte Verschwörer in einem klassischen Drama aus. Sie legten Josef auf die Bahre. Sie trugen die Bahre in das Heiliggeistspital hinüber. Der Priester folgte der Bahre. Hinter dem Priester ging Emmi. Sie zog Hillegonda hinter sich her. Man ließ Emmi und Hillegonda in das Spital gehen. Man dachte wohl, daß sie zu Josef gehörten, und dann vernahm man die Sirenen, die Sirenen der Funkstreife und der Militärpolizei. Von allen Seiten näherten sich die Sirenen dem Platz.

Es war der Moment, die Stunde am Abend, da die Radfahrer durch die Straßen sausen und den Tod verachten. Es war die Zeit der niederfallenden Dämmerung, die Zeit des Schichtwechsels, des Ladenschlusses, die Stunde der Heimkehr der Werktätigen, die Stunde des Ausschwärmens der Nachtarbeiter. Die Polizeisirenen kreischten. Die Überfallwagen drängten sich durch den Verkehr. Die blauen Lampen verliehen ihrem Rasen einen geisterhaften Schein: Gefahr verkündende Sankt-Elmsfeuer der Stadt. Philipp liebte die Stunde. In Paris war es die *heure bleue,* die Stunde des Träumens, eine Spanne relativer Freiheit, der Augenblick des Freiseins von Tag und Nacht. Die Menschen waren freigelassen von ihren Werkstätten und Geschäften, und sie waren noch nicht eingefangen von den Ansprüchen der Gewohnheit und dem Zwang der Familie. Die Welt hing in der Schwebe. Alles schien möglich zu sein. Für eine Weile schien alles möglich zu sein. Aber vielleicht war dies eine Einbildung von Philipp, dem Außenstehenden, der von keiner Arbeit zu keiner Familie heimkehrte. Der Einbildung würde die Enttäuschung auf dem Fuße folgen. Philipp war an Enttäuschungen gewöhnt; er fürchtete sie nicht. Der Abendschein verklärte. Der Himmel brannte in südlichen Farben. Er war ein Ätna-Himmel, ein Himmel wie über dem alten Theater in Taormina, ein Feuer wie über den Tempeln in Agrigent. Die Antike hatte sich erhoben und lächelte einen Gruß über die Stadt. Die Konturen der Gebäude standen wie ein scharfer Stich vor diesem Himmel, und die Sandsteinfassade der Jesuitenkirche, an der Philipp vorüberging, war von tänzerischer Anmut, sie war ein Teil des alten Italiens, sie war human, klug und von karnevalistischer Ausgelassenheit. Wohin aber hatten Humanität und Klugheit und schließlich noch Ausgelassenheit geführt? Das Abendecho rief das Unheil des Tages aus *Rentner wählte den Tod, Sowjets beißen auf Granit, Wieder ein Diplomat verschwunden, Deutsche Wehrverfassung kommt, Explosion ließ Hölle sehen.* Wie ernst und wie dumm das war! Ein Diplomat war übergelaufen, er war zum Feind seiner Regierung übergelaufen, *Verrat aus Idealismus.* Die offizielle Welt bemühte sich noch immer, in hohlen Phrasen zu denken, in längst jeden Begriffes baren Schlagworten. Sie sahen feste, unverrückbare Fronten, abgesteckte Erdstücke, Grenzen, Territorien, Souveränitäten, sie hielten den Menschen für ein Mitglied einer Fußballmannschaft, der sein Leben lang für den Verein spielen sollte, dem er durch Geburt beigetreten war. Sie irrten: die Front war nicht hier und nicht dort und nicht nur bei jenem Grenzpfahl. Die Front war allüberall, ob sichtbar oder unsichtbar, und ständig wechselte das Leben seinen Standort zu den Milliarden Punkten der Front. Die Front ging quer durch die Länder, sie trennte die Familien, sie lief durch den Einzelnen: zwei Seelen, ja, zwei Seelen wohnten in jeder Brust, und mal schlug das Herz mit der einen und mal mit der anderen Seele. Philipp war nicht wetterwendischer als andere; im Gegenteil, er war ein Sonderling. Aber selbst er hätte mit jedem Schritt und mehr als tausendmal am Tag seine Meinung zu den Verhältnissen in der Welt ändern können. ›Überschaue ich es denn‹, dachte er, ›kenne ich die Rechnung der Politik? die Geheimnisse der Diplomaten? ich freue mich, wenn einer zum andern flieht und die Karten etwas durcheinanderbringt, die Macher werden dann das Gefühl haben, das wir haben, das Gefühl der Hilflosigkeit, kann ich die Wissenschaft noch verstehen? kenne ich die letzte Formel des Weltbildes, kann ich sie lesen?‹ Alle, die da auf der Straße gingen, radelten, fuhren, Pläne machten, Sorgen hatten oder den Abend genossen, alle wurden sie ständig belogen und betrogen, und die Auguren, die sie belügen und betrügen, waren nicht weniger blind als die einfachen Leute. Philipp lachte über die Dummheit der politischen Propaganda. Er lachte über sie, obwohl er wußte, daß sie ihn das Leben kosten konnte. Aber die andern auf der Straße? Lachten sie auch? War ihnen das Lachen vergangen? Hatten sie im Gegensatz zu Philipp keine Zeit zu lachen? Sie erkannten nicht, wie schlecht das Futter war, das man ihnen vorwarf, und wie billig man sie kaufen wollte. ›Ich bin leidlich immun gegen Verführungen‹, überlegte Philipp, ›und doch, ich höre einmal hier ein Wort, das mir gefällt, und manchmal von der anderen Seite einen Ruf, der noch besser klingt, ich spiele immer die lächerlichen Rollen, ich bin der alte Tolerante, ich bin für das Anhören jeder Meinung, wenn man schon auf Meinungen hören will, aber die ernsten Leute regen sich nun auf beiden Seiten auf und brüllen mich an, daß meine Toleranz gerade die Intoleranz fördere, es sind feindliche Brüder, beide intolerant bis auf die Knochen, beide einander gram und nur darin sich einig, daß sie meinen schwachen Versuch, unbefangen zu bleiben, begeifern, und jeder von ihnen haßt mich, weil ich nicht zu ihm gehen und gegen den andern bellen will, ich will in keiner Mannschaft spielen, auch nicht im Hemisphärenfußball, ich will für mich bleiben.‹ Es gab noch Hoffnung in der Welt: *Vorsichtige Fühler, kein Krieg vor dem Herbst –*

Die Lehrerinnen aus Massachusetts gingen in Zweierreihen wie eine Schulklasse durch die Stadt. Die Klasse war auf dem Wege in das Amerikahaus. Sie genoß artig den Abend. Die Lehrerinnen wollten den Vortrag von Edwin hören und vorher noch etwas vom Leben der Stadt sehen. Sie sahen nicht viel. Sie sahen so wenig vom Leben dieser Stadt, als die Stadt vom Leben der Lehrerinnen sah. Nichts. Miß Wescott hatte die Führung übernommen. Sie schritt der Klasse voran. Sie führte die Kolleginnen nach dem Stadtplan des Reisehandbuchs. Sie führte sie sicher und ohne Umwege. Miß Wescott war verstimmt. Kay war verschwunden. Sie hatte sich am Nachmittag aus dem Hotel entfernt, um sich die Auslagen der Läden anzusehen. Sie war zur verabredeten Stunde nicht zurückgekehrt. Miß Wescott machte sich Vorwürfe. Sie hätte Kay hindern müssen, allein in die fremde Stadt zu gehen. Kannte man die Leute? Waren es nicht Feinde? Konnte man ihnen trauen? Miß Wescott hatte eine Nachricht im Hotel zurückgelassen, daß Kay sich sofort ein Taxi nehmen und ins Amerikahaus fahren solle. Miß Wescott verstand Miß Burnett nicht. Miß Burnett sagte, Kay würde jemand kennengelernt haben. War das Kay zuzutrauen? Sie war jung und unerfahren. Es konnte nicht sein. Miß Burnett sagte: »Sie wird jemand kennengelernt haben, der sie besser unterhält, als wir es können.« – »Und da bleiben Sie so ruhig?« – »Ich bin nicht eifersüchtig.« Miß Wescott kniff die Lippen zusammen. Diese Burnett war unmoralisch. Und Kay war einfach ungezogen. Sonst war es nichts. Kay hatte sich verlaufen oder die Zeit vertrödelt. Die Lehrerinnen gingen über den großen Platz, eine von Hitler entworfene Anlage, die als Ehrenhain des Nationalsozialismus geplant war. Miß Wescott machte auf die Bedeutung des Platzes aufmerksam. Im Gras hockten Vögel. Miß Burnett dachte ›wir verstehen nicht mehr als die Vögel von dem was die Wescott quatscht, die Vögel sind zufällig hier, wir sind zufällig hier, und vielleicht waren auch die Nazis nur zufällig hier, Hitler war ein Zufall, seine Politik war ein grausamer und dummer Zufall, vielleicht ist die Welt ein grausamer und dummer Zufall Gottes, keiner weiß warum wir hier sind, die Vögel werden wieder auffliegen und wir werden weitergehen, hoffentlich läßt unsere Kay sich auf keine Dummheit ein, es wäre dumm wenn sie sich auf eine Dummheit einließe, der Wescott kann ich das nicht sagen die würde verrückt werden, aber Kay lockt die Verführer an, sie kann nichts dafür, sie lockt sie an wie die Vögel den Jäger oder den Hund‹. »Was ist mit Ihnen?« fragte Miß Wescott Miß Burnett. Miß Wescott war befremdet; Miß Burnett hörte ihr nicht zu. Miß Wescott fand, daß die Burnett das Gesicht eines ausgehungerten Jagdhundes hatte. »Ich schau' mir nur die Vögel an«, sagte Miß Burnett. »Seit wann interessieren

Sie sich für Vögel?« fragte Miß Wescott. »Ich interessiere mich für uns«, sagte Miß Burnett. »Das sind Spatzen«, sagte Miß Wescott, »gewöhnliche Spatzen. Achten Sie lieber auf die Weltgeschichte.« – »Das ist dasselbe«, sagte Miß Burnett, »es spielt sich alles unter Spatzen ab. Auch Sie sind nur ein Spatz, liebe Wescott, und unser Spätzchen, die Kay, fällt grade aus dem Nest.« – »Ich verstehe Sie nicht«, sagte Miß Wescott spitz, »ich bin kein Vogel.«

Philipp ging in den Saal des Alten Schlosses, in dem der Staat einen Weinausschank eingerichtet hatte, um den Absatz des heimatlichen Weinbaus zu fördern. Der Saal war um diese Zeit sehr besucht. Die Beamten der zahllosen Ministerien und Staatskanzleien tankten hier ein wenig Fröhlichkeit, bevor sie nach Hause gingen, nach Hause zu ihren Frauen, zu ihren herzlosen Kindern, zu dem lieblos aufgewärmten Essen. Es war eine Männerwelt. Es waren wenig Frauen da. Nur zwei Redakteurinnen waren da. Aber das waren keine richtigen Frauen. Sie gehörten zum Abendecho. Sie löschten im Wein den Brand ihrer Schlagzeilen. Philipp dachte, daß er heimgehen, daß er zu Emilia gehen müsse. Aber er wollte doch auch zu Edwin gehen, obwohl die Begegnung mit Edwin so peinlich verlaufen war. ›Wenn ich jetzt nicht zu Emilia gehe, kann ich heute überhaupt nicht mehr nach Hause gehen‹, dachte Philipp. Er wußte, daß Emilia sich betrinken würde, wenn sie ihn am Abend nicht zu Hause fände. Er dachte ›ich würde mich in unserer Wohnung allein mit all den Tieren auch betrinken, ich würde mich betrinken wenn ich mich überhaupt betrinken würde, ich betrinke mich schon lange nicht mehr‹. Der Wein, den es im Alten Schloß gab, war gut. Aber Philipp mochte auch keinen Wein mehr. Er war sehr begabt, sich zu freuen, aber er hatte die Lust an fast allen Freuden verloren. Er war fest entschlossen, zu Emilia zu gehen. Emilia war wie Dr. Jekyll und Mr. Hyde in der Geschichte von Stevenson. Philipp liebte Dr. Jekyll, eine reizende und gutherzige Emilia, aber er haßte und fürchtete den widerlichen Mr. Hyde, eine Emilia des späten Abends und der Nacht, die ein wüster Trunkenbold und eine eifernde Xanthippe war. Wenn Philipp jetzt nach Hause ginge, würde er noch den lieben Dr. Jekyll treffen, besuchte er aber Edwins Vortrag, würde der entsetzliche Mr. Hyde auf ihn warten. Philipp überlegte, ob er sein Leben mit Emilia nicht anders führen, ob er es nicht ganz anders gestalten könnte. ›Es ist meine Schuld, wenn sie unglücklich ist, warum verschaffe ich ihr kein Glück?‹ Er dachte daran, aus dem Haus in der Fuchsstraße auszuziehen, aus der verfallenen Villa, die Emilia so bedrückte. Er dachte ›wir könnten in eins ihrer unverkäuflichen Landhäuser ziehen, die Häuser sind mit Mietern besetzt, die Mieter gehen nicht 'raus, schön, dann bauen wir uns eben eine Hütte im Garten, andere haben es auch getan‹. Er wußte, daß er nichts bauen würde, keine Hütte, kein Haus im Freien. Emilia würde aus der Fuchsstraße nicht ausziehen. Sie brauchte die Luft des Familienzwistes, den Anblick des immer nahen Geldverhängnisses. Und auch Philipp würde nie aufs Land ziehen. Er brauchte die Stadt, auch wenn er in der Stadt arm war. Er las manchmal Gartenbücher und bildete sich ein, im Züchten von Pflanzen Frieden zu finden. Er wußte, daß es eine Einbildung war. Er dachte ›auf dem Lande, in der selbstgebauten Hütte, wenn wir sie bauten, würden wir uns zerfleischen, in der Stadt lieben wir uns noch, wir tun nur so als ob wir uns nicht liebten‹. Er zahlte den Wein. Leider hatte er am Tisch der Abendecho-Damen den Redakteur des Neuen Blattes übersehen. Der Redakteur machte Philipp Vorwürfe wegen des unterlassenen Interviews. Er erwartete, daß Philipp nun wenigstens zu Edwins Vortrag gehen und über ihn für das Neue Blatt berichten würde. »Gehen Sie doch«, sagte Philipp. »Nee, wissen Se«, antwortete der Redakteur, »für den Schmonzes hab' ich Sie. Da müssen Sie mir schon den Gefallen tun.« – »Zahlen Sie mir ein Taxi?« fragte Philipp. »Schreiben Sie's auf die Spesen«, sagte der Redakteur. »Gleich«, sagte Philipp. Der Redakteur holte einen Zehnmarkschein aus einer Tasche und reichte ihn Philipp. »Wir verrechnen es nachher«, sagte er. ›So weit ist es mit mir gekommen‹, dachte Philipp, ›ich verkaufe mich und Edwin.‹

Von der Schlägerei am Heiliggeistplatz erschreckt, von den Polizeisirenen verwirrt und begleitet, eilte Messalina in die stille Bar des Hotels. Messalina war so mit Spannung geladen, daß sie meinte, in der Stille zerplatzen zu müssen. ›Ist denn niemand hier?‹ dachte sie. Alleinsein war schrecklich. Messalina war aus dem Dirnenlokal zurück in die Bezirke der ihrer Meinung nach guten Gesellschaft geflohen, der guten Gesellschaft, an deren Rande sie gern räuberte. Messalina trennte sich nie ganz von der Gemeinschaft der gesitteten Klasse. Sie gab nichts auf. Sie wollte etwas dazuhaben. Die Gemeinschaft der gesitteten Klasse war ein Halt; von dort aus konnte sie sich mit der ungesitteten verbrüdern, eine vorübergehende Sinnenverbrüderung mit der Schicht treffen, die sie für das Proletariat hielt. Die Ahnungslose! Sie hätte nur Philipp zu fragen brauchen. Philipp hätte beredte Klage darüber geführt, wie puritanisch gesonnen das Proletariat war. Philipp war kein besonders ausschweifender Mensch. Messalina hielt ihn für einen Mönch. Aber das war was anderes. Philipp klagte oft: »Ein puritanisches Jahrhundert zieht herauf!« Er berief sich dabei in etwas unklarer Weise auf Flaubert, der das Aussterben des Freudenmädchens bedauerte. Das Freudenmädchen war gestorben. Philipp hielt den Puritanismus der Arbeiterschaft für ein Unglück. Philipp wäre sehr für die Aufhebung des Eigentums, aber er wäre entschieden gegen die Einengung der Freude gewesen. Übrigens machte er einen Unterschied zwischen Freuden- und Trauermädchen; zu den Trauermädchen zählte Philipp die gesamte landläufige Prostitution. ›Was für hemmungslose Menschen‹, dachte Messalina, ›sie prügelten sich.‹ In Messalinas Haus wurde nur in ästhetisch schicklicher Weise nach gemessenem Ritus geschlagen. Messalina sah sich um. Die Bar schien wirklich leer zu sein. Doch nein, in der hintersten Ecke saßen zwei Mädchen: Emilia und die kleine Amerikanerin mit den grünen Augen. Messalina stellte sich auf Zehenspitzen. Das große Denkmal, das sie war, schwankte gefährlich. Sie wollte die Kleinen beschleichen. Die Mädchen tranken, lachten, sie umarmten und küßten sich. Was ging da vor? Was für einen komischen Hut hatte Emilia auf? Sie hatte nie einen Hut getragen. Wie die meisten unsicheren Menschen glaubte Messalina gern, daß andre sich gegen sie verschworen, daß sie Geheimnisse hatten, von denen Messalina ausgeschlossen blieb. Die kleine grünäugige Amerikanerin war beunruhigend. Mit Philipp hatte die Grünäugige gesprochen, und nun wurde sie in Umarmungen und Küssen, es waren kleine Mädchenpensionatsküsse, mit Emilia überrascht. Wer war die kleine Reizende? Wo hatten Philipp und Emilia sie aufgetrieben? ›Vielleicht kommen sie doch auf meine Party, dann werden wir weiter sehen‹, dachte Messalina. Aber da sah sie Edwin, und sie stellte sich wieder auf die Füße. Vielleicht konnte sie Edwin gewinnen. Edwin war der größere, wenn auch weniger wohlschmeckende Fisch. Edwin kam mit schnellen Schritten in die Bar und eilte zur Theke. Er flüsterte mit dem Mixer. Der Mixer goß Edwin den Kognak in ein großes Rotweinglas. Edwin trank das Glas aus. Er hatte Lampenfieber, Vortragsfieber. Er bekämpfte die Erregung mit Kognak. Vor dem Hotel wartete schon der Wagen des Konsulats. Edwin war ein Gefangener seiner Zusage. Ein entsetzlicher Abend! Warum hatte er sich nur drauf eingelassen? Eitelkeit! Eitelkeit! Eitelkeit der Weisen. Warum war er nicht in seiner Klause geblieben, der behaglichen mit Büchern und Antiquitäten vollgestopften Wohnung? Neid auf den Ruhm der Schauspieler, Neid auf den Beifall, mit dem man den Protagonisten überschüttete, hatte ihn hinausgetrieben. Edwin verachtete die Schauspieler, die Protagonisten und die Menge, von der sie lebten und mit der sie lebten. Aber ach, es war eine Verführung, der Beifall, die Menge, die Jugend, die Jünger, sie waren Lockung und Verführung, wenn man so lange wie Edwin am Schreibtisch gesessen und sich einsam um Erkenntnis und Schönheit, aber auch um Anerkenntnis gemüht hatte. Da war die gräßliche Gesellschaftsjournalistin, das Treppenweib wieder, dieser Geschlechtskoloß, sie starrte ihn an, er mußte fliehen. Und Kay rief zu Emilia: »Da ist Edwin! Siehst du ihn nicht? Komm mit! Ich muß zu seinem Vortrag. Wo ist der Zettel von der Wescott? Komm doch mit! Bald hätt' ich's vergessen!« Emilia blickte Kay auf einmal böse an: »Geh mir mit deinem Edwin! Ich verabscheue die Literaten, diese Schießbudenfiguren! Ich rühr' mich nicht!« – »Aber er ist ein Dichter«, rief Kay, »wie kannst du so was sagen!« – »Philipp ist auch ein Dichter«, sagte Emilia. »Wer ist das, Philipp?« fragte Kay. »Mein Mann«, sagte Emilia. ›Sie ist verrückt‹, dachte Kay, ›was will sie? sie ist verrückt, sie ist doch gar nicht verheiratet, sie kann doch nicht erwarten, daß ich hier sitzen bleibe, ich bin schon ganz betrunken, ich habe genug verrückte Weiber in meiner Reisegesellschaft, aber sie ist entzückend, diese kleine verrückte Deutsche.‹ Sie rief: »Wir sehen uns noch!« Sie warf Emilia eine Kußhand zu, eine letzte flüchtige Geste. Sie wirbelte zu Edwin. Sie hatte Whisky getrunken; jetzt würde sie Edwin ansprechen; sie würde ihn um das Autogramm bitten; sie hatte Edwins Buch nicht mehr in der Hand, wo war es nur? wo lag es wohl? aber Edwin konnte das Autogramm auf den Block des Mixers schreiben. Doch Edwin eilte schon fort. Kay rannte ihm nach. Emilia dachte ›es geschieht mir recht, jetzt kommt auch noch Messalina‹. Messalina schaute empört hinter Edwin und Kay drein. Was war das schon wieder? Warum stürmten die fort? Hatten sie sich gegen Messalina verschworen? Emilia würde es ihr erklären müssen. Aber Emilia war auch verschwunden, sie war durch eine Tapetentür verschwunden. Auf dem Tisch lag neben den leeren Gläsern nur der komische Hut, den Emilia aufgehabt hatte. Er lag da wie eine erlittene Enttäuschung. ›Es ist Hexerei‹, dachte Messalina, ›es ist die reine Hexerei, ich bin ganz allein auf der Welt.‹ Sie wankte, eine für den Augenblick Gebrochene, zur Theke. »Einen Dreifachen«, rief sie. »Was soll's denn sein, gnädige Frau«, fragte der

Mixer. »Ach irgendwas. Ich bin müde«. Sie war wirklich müde. So müde war sie lange nicht gewesen. Sie war auf einmal furchtbar müde. Aber sie durfte nicht müde sein. Sie mußte ja noch zum Vortrag, sie mußte ja noch so viel für die Party organisieren. Sie griff nach dem hohen Glas, über das wasserhell der Schnaps schwippte. Sie gähnte.

Der Tag war müde. Das Abendlicht des Himmels, die untergehende Sonne schien direkt in die horizontblaue Limousine hinein, und für einen Augenblick blendete das Licht Carla und Washington. Das Licht blendete, aber es reinigte und verklärte auch. Carla und Washington hatten erleuchtete Gesichter. Erst nach einer Weile stellte Washington den Blendschutz ein. Sie fuhren langsam am Ufer des Flusses entlang. Gestern hätte Carla noch geträumt, sie würden auf dem Riverside-drive in New York oder am Golden Gate in Kalifornien so spazierenfahren. Jetzt hatte ihr Herz sich beruhigt. Sie fuhr keiner Magazin-Traum-Wohnung entgegen mit Liegestühlen, Fernsehapparatur und mechanischer Küche. Es war ein Traum gewesen. Ein Traum, der Carla gequält, weil sie in ihrem innersten Herzen immer gefürchtet hatte, das Traumland nicht zu erreichen. Die Last dieser Sehnsucht war nun von ihr genommen. In ihrem Zimmer hatte sie sich wie erschlagen gefühlt. Als Washington sie zum Auto führte, war sie nicht mehr als ein Sack an seinem Arm gewesen, ein schwerer Sack mit irgendeiner toten Füllung. Jetzt war sie befreit. Sie war nicht von dem Kind befreit, aber von dem Traum an die faule Glückseligkeit des Daseins, an den Schicksalsbetrug durch einen Knopf, an dem man drehen konnte. Sie glaubte wieder. Sie glaubte Washington. Sie fuhren am Fluß entlang, und Carla glaubte an die Seine. Die Seine war nicht so weit wie der Mississippi, sie war nicht so fern wie der Colorado. An der Seine würden sie beide zu Hause sein. Sie würden beide Franzosen werden, wenn es sein mußte, sie, eine Deutsche, würde Französin werden, und Washington, ein schwarzer Amerikaner, würde Franzose werden. Die Franzosen freuten sich, wenn einer bei ihnen leben wollte. Carla und Washington würden das Lokal errichten, Washington's Inn, die Wirtschaft, in der niemand unerwünscht ist. Ein Wagen überholte sie. Christopher und Ezra saßen in dem Wagen. Christopher freute sich. Er hatte in einem Antiquitätengeschäft eine Tasse der Berliner Porzellanmanufaktur gekauft, eine Tasse mit dem Bild eines großen preußischen Königs. Er würde die Tasse mit an die Seine nehmen. Er würde sie im Hotel an der Seine Henriette schenken. Henriette würde sich über die Tasse mit dem Bild des preußischen Königs freuen. Henriette war eine Preußin, wenn sie jetzt auch eine Amerikanerin war. ›All diese Nationalitäten sind Unsinn‹, dachte Christopher, ›wir sollten Schluß damit machen, natürlich ist jeder auf seinen Heimatort stolz, ich bin stolz auf Needles am Colorado, aber deshalb schlag' ich doch noch keinen tot.‹ – ›Wenn's nicht anders geht, schlag' ich ihn tot‹, dachte Ezra, ›ich nehm' einen Stein und schlag' ihn tot und dann schnell in das Auto hinein, der Hund muß vorher schon in das Auto hinein, die Dollar kriegt er nicht der Kraut, wenn Christopher bloß schnell und genügend Gas gibt.‹ Ezras kleine Stirn war schon seit Stunden in besorgte Falten gelegt. Christopher hatte Ezra die zehn Dollar gegeben. »Nun wirst du also nicht verlorengehen«, hatte er gescherzt, »oder wenn du verlorengehst, wirst du mit Hilfe der zehn Dollar wieder zu mir finden.« »Ja, ja«, hatte Ezia gesagt. Die Sache schien ihn nicht mehr zu interessieren. Er hatte die zehn Dollar gleichgültig eingesteckt. »Kommen wir rechtzeitig ins Bräuhaus?« fragte Ezra. »Was willst du nur im Bräuhaus?« erkundigte sich Christopher. »Andauernd fragst du, ob wir rechtzeitig hinkommen.« – »Nur so«, sagte Ezra. Er durfte nichts verraten. Christopher würde dagegen sein. »Aber wenn wir die Brükke erreicht haben, kehren wir um«, bohrte Ezra. »Natürlich kehren wir dann um. Warum sollten wir nicht umkehren?« Christopher wollte noch schnell die Brücke sehen, von der es im Reisehandbuch hieß, daß sie einen romantischen Blick über das Flußtal biete. Christopher fand Deutschland schön.

Behude konnte in drei Stehausschänke gehen. Von draußen sahen sie alle gleich aus. Es waren die gleichen Behelfsbauten, sie hatten die gleichen Flaschen im Fenster, die gleichen Preise auf der Tafel stehen. Der eine Ausschank gehörte einem Italiener, der andere einem alten Nazi und der dritte einer alten Dirne. Behude wählte den Ausschank des alten Nazis. Emilia trank manchmal beim alten Nazi ein Glas. Es war Masochismus von ihr. Behude lehnte sein Fahrrad an die bröckelnde aus Preßmüll gefertigte Mauer des Ausschanks. Der alte Nazi hatte schlaffe Wangen, und eine dunkle Brille verdeckte seine Augen. Emilia war nicht da. ›Ich hätte doch zur alten Dirne gehen sollen‹, dachte Behude, aber nun war er schon beim alten Nazi. Behude verlangte einen Wodka. Er dachte ›wenn er keinen Wodka hat, kann ich wieder gehen‹. Der alte Nazi hatte Wodka. ›Eigentlich bin ich der Typ für Mineralwasser‹, dachte Behude, ›Sportsmann, hätte nicht Psychiater werden sollen, ruiniert einen.‹ Er trank den Wodka und schüttelte sich. Behude mochte keinen Alkohol. Aber zuweilen trank er ihn aus Trotz. Er trank nach der Sprechstunde. Er dachte ›und der Beutel schlapp und leer‹. Es war ein Studentenlied. Behude hatte es nicht gesungen. Er hatte überhaupt keine Studentenlieder gesungen. Aber der Beutel war schlapp und leer. Er selber war schlapp, leer, er, Dr. Behude, nach jeder Sprechstunde war er schlapp und leer. Und der Beutel war es auch. Zwei Patienten hatten Behude wieder angepumpt. Behude konnte sie nicht abweisen. Er behandelte ja die Leute wegen Lebensuntüchtigkeit. ›Dieser Nazi ist auch schlapp und leer‹, dachte er. Er bestellte noch einen Wodka. »Nun wird's bald wieder losgehen«, sagte der Nazi. »Was denn?« fragte Behude. »Nun, Tschindradada«, sagte der Nazi. Er tat, als ob er eine Pauke schlüge. ›Sie haben wieder Oberwasser‹, dachte Behude, ›was auch geschehen mag, es treibt sie nach oben.‹ Er trank den zweiten Wodka und schüttelte sich wieder. Er zahlte. Er dachte ›wäre ich nur zur alten Dirne gegangen‹, aber sein Geld reicht nicht mehr zur alten Dirne.

Emilia stand im Stehausschank der alten Dirne. Sie hatte nach Hause gehen wollen. Sie hatte nicht betrunken nach Hause kommen wollen, weil Philipp dann schimpfte oder manchmal auch weinte. Philipp war in letzter Zeit hysterisch.

Es war verrückt von ihm, Emilias wegen besorgt zu sein. »Ich vertrage schon einen Stiefel«, sagte Emilia. Sie kannte die Zweiteilung Dr. Jekyll und Mr. Hyde, die Philipp mit ihr vornahm. Sie wäre gern als Dr. Jekyll zu ihm gekommen, als der liebe gute Doktor. Sie hätte Philipp dann gesagt, daß noch etwas von dem Geld des Leihamtes, etwas von dem Geld der Königstasse, etwas von dem Geld des Gebetteppichs übriggeblieben sei. Man würde wieder einmal die Lichtrechnung zahlen können. Sie hätte Philipp dann von dem Schmuck erzählt, den sie verschenkt hatte. Philipp hätte das verstanden. Er hätte auch verstanden, warum sie sich, als sie der grünäugigen Amerikanerin den Schmuck umhängte, so frei gefühlt hatte. Aber im ganzen war es doch ärgerlich gewesen. Philipp würde es ihr gleich sagen »du hättest weglaufen müssen. Du hättest ihr den Schmuck umhängen und dann weglaufen müssen.« Philipp war ein Psychologe. Das war wunderbar, und das war ärgerlich. Man konnte Philipp nichts verbergen. Es war besser, man erzählte ihm alles. ›Warum bin ich nicht weggelaufen? weil ihr Mund so gut schmeckte, weil er so frisch und frei nach Prärie schmeckte, mach' ich mir was aus Mädchen? nein ich mach' mir gar nichts aus Mädchen, aber vielleicht hätt' ich so ein bißchen geflirtet wie mit einem hübschen Schwesterlein, Streicheln, Küsse und komm-doch-noch-gut-Nacht-sagen, sie hatte auch Lust dazu, der blöde Edwin, jede menschliche Beziehung ist blöd, wär' ich gleich davongelaufen hätte ich mich heute wohl gefühlt, ich hätte nie mit dieser Amerikanerin sprechen dürfen, ich hasse sie jetzt!‹ Aber der Kummer hatte Emilia diesmal nicht zur alten Dirne getrieben. Emilia hatte der Lust, bei der alten Dirne einzukehren, widerstanden. Aber sie war verführt worden. Sie hatte kurz hinter dem Hotel den herrenlosen Hund mit dem nachschleppenden Bindfaden getroffen.

»Du Armer«, hatte sie gerufen, »du kannst überfahren werden.« Sie hatte den Hund an sich gelockt. Der Hund witterte Emilias andere Tiere, und sofort zeigte er, daß er hier auf Stellungssuche ging; Emilia war für ihn ein guter Mensch, und seine Nase trog ihn nicht. Emilia sah, daß der Hund Hunger hatte. Sie hatte ihn in den Ausschank der alten Dirne geführt und ihm eine Wurst gekauft. Da sie schon im Ausschank war, trank Emilia einen Kirsch. Sie trank das scharfe kernbittere Kirschwasser. Sie trank es aus Lebensbitternis und wegen der Bitterkeit des Tages, der Bitterkeit der Schmuckaffäre, der Bitterkeit mit Philipp und der Bitterkeit des Fuchsstraßenheims. Die alte Dirne war freundlich, aber auch bitter. Emilia trank mit der alten Dirne. Emilia lud die alte Dirne zum Trinken ein. Die alte Dirne war wie ein gefrorener Wasserstrahl. Sie hatte einen großen Hut auf, der wie der erstarrte Wasserkranz eines Springbrunnens war, und dann hatte sie jettbesetzte Handschuhe an. Das Jett auf den Handschuhen klirrte bei jeder Bewegung der Hände wie Eis; es klirrte wie kleine Eisstückchen in einem Becher, den man schüttelt. Emilia bewunderte die alte Dirne. ›Wenn ich so alt bin wie sie, werde ich lange nicht so gut aussehen, ich werde nicht halb so gut aussehen, ich werde auch keinen Stehausschank haben, ich werde mein Geld in ihrem Stehausschank gelassen haben, sie hat ihr Geld zusammengehalten, sie hat nie auf eigene Kosten getrunken, sie hat immer nur auf Kosten der Männer getrunken, ich werde nicht aufhören, auf eigene Kosten zu trinken.‹ Der Hund wedelte. Er war sehr klug. Man sah es ihm nicht an, aber er war klug. Er ahnte, daß er das menschliche Wesen, das sich nun seiner angenommen hatte, rühren konnte. Er würde die Frau beherrschen. Die Aussicht zu herrschen war hier viel günstiger als bei den Kindern, die unberechenbare launische Götter waren. Die neue Göttin war eine gute Göttin. Der Hund war, wie der Psychiater Behude, der Meinung, daß Emilia ein guter Mensch sei. Emilia wird den Hund nicht enttäuschen. Schon ist sie entschlossen, ihn mit nach Hause zu nehmen. »Du bleibst bei der

Tante«, sagte sie. »Ja, mein Guter, ich weiß, wir trennen uns nicht mehr.«

Im Stehausschank des Italieners beugte sich Richard über die Theke. Wo war er hingeraten? Er war da so 'reingegangen. Die Tür hatte offengestanden. Er hatte den Laden für einen Drugstore gehalten. Er hatte gedacht ›vielleicht ist ein Mädchen dort, es wäre nett, wenn ich am ersten Abend in Deutschland ein deutsches Mädchen hätte‹. Jetzt war er auf ein Schlachtfeld geraten. Flaschen, Gläser und Korkenzieher wurden zu Bastionen und rollenden Panzern, Zigarettenpackungen und Zündholzschachteln zu Luftgeschwadern. Der italienische Besitzer des Stehausschankes war ein wütender Stratege. Er zeigte dem jungen amerikanischen Flieger, wie man Europa verteidigen müsse. Von der geglückten Verteidigung ging er zum Angriff über und löschte den Osten aus. »Nehmt doch ein paar Bomben«, rief er. »Nehmt ein paar Bomben, und ihr habt gesiegt!« Richard trank einen Wermut. Er merkte verwundert, daß der Wermut bitter schmeckte. Er schmeckte wie bitteres Zuckerwasser. ›Vielleicht hat der Kerl recht‹, dachte Richard, ›es ist so einfach, ein paar Bomben, vielleicht hat er recht, warum kommt Truman nicht auf die Idee? ein paar Bomben, warum macht man es im Pentagon anders?‹ Aber dann fiel Richard etwas ein; es fiel ihm etwas aus der Geschichtsstunde ein, oder aus den Zeitungen, die er gelesen, oder aus den Reden, die er gehört hatte. Er sagte: »Das hat doch Hitler schon getan, das haben doch die Japaner schon gemacht: einfach angreifen, so einfach über Nacht angreifen –« – »Hitler hat recht gehabt«, sagte der Italiener. »Hitler war ein großer Mann!« – »Nein«, sagte Richard, »er war ein abscheulicher Mann.« Richard wurde blaß, weil es ihm peinlich war, sich zu streiten, und weil er sich ärgerte. Er war nicht hergekommen, um sich zu streiten. Er konnte sich nicht streiten; er wußte nicht, was hier vorging. Vielleicht sahen hier die Leute alles ganz anders an. Er war aber auch nicht hergekommen, um seine amerikanischen

Grundsätze zu verleugnen; die Grundsätze, auf die er so stolz war. »Ich bin nicht hier, um wie Hitler zu handeln«, sagte er. »Wir werden niemals wie Hitler handeln.« – »Sie werden müssen«, sagte der Italiener. Er warf wütend die Bastionen, die Panzer und die Luftgeschwader durcheinander. Richard brach das Gespräch ab. »Ich muß ins Bräuhaus«, sagte er. Er dachte ›man verliert hier jeden Halt‹.

Der Krieger, der kein Krieger hatte sein wollen, der Töter, der nicht hatte töten wollen, der Erschlagene, der von einem gemächlicheren Tod geträumt hatte, er lag auf dem harten Bett im Heiliggeistspital, er lag in einer weißgekalkten Kammer, in einer Mönchszelle, er lag unter einem Kreuz mit dem Gekreuzigten daran, eine Kerze brannte zu seinem Haupt, ein Priester kniete neben ihm, eine Frau kniete mit einem viel strengeren Gesicht als der Geweihte Gottes hinter dem Priester, die Vertreterin einer unerbittlichen Religion, die selbst das Sterben noch als Sünde betrachtete, so verhärtet war ihr Herz, ein kleines Mädchen stand vor ihm und starrte ihn an, und immer mehr Polizeibeamte drängten sich wie Statisten in die enge Kammer. Auf der Straße heulten die Polizeisirenen. Das Viertel wurde durchsucht. Die deutsche Polizei und die amerikanische Militärpolizei suchten den großen Odysseus. Der Todesengel hatte längst die Hand auf Josef gelegt. Was gingen ihn die Sirenen an? Was kümmerten ihn die Polizisten zweier Nationen und zweier Erdteile? Als Josef arbeitete, war er der Polizei aus dem Wege gegangen. Die Polizei brachte nie etwas Gutes. Sie brachte Stellungsbefehle oder Vermahnungen. Am besten war es gewesen, wenn niemand nach Josef fragte. Wenn man nach ihm rief, wollte man etwas von ihm; man wollte dann immer etwas Unangenehmes von ihm. Jetzt brachte sein Sterben die ganze Stadt in Aufruhr. Der alte Dienstmann hatte das nicht gewollt. Er kam noch einmal zu sich. Er sagte: »Es war der Reisende.« Er sagte es nicht, um anzuklagen. Er war froh, daß es der Reisende gewesen war. Die Schuld war beglichen.

Der Priester sprach die Absolution. Emmi bekreuzte sich und murmelte ihr Vergib-uns-unsere-Sünden. Sie war eine grimmige kleine Gebetsmühle. Hillegonda überlegte: da war ein alter Mann; er sah lieb aus; er war tot; der Tod sah lieb aus; der Tod war gar nicht zu fürchten; er war lieb und still; aber Emmi meinte, der alte Mann sei in Sünden gestorben und Sünden müßten ihm vergeben werden; es schien Emmi noch gar nicht sicher zu sein, daß dem alten Mann seine Sünden vergeben würden; Gott war noch nicht entschlossen, sie zu vergeben; er würde die Schuld bestenfalls gnadenweise verzeihen; Gott war sehr streng; es gab kein Recht vor Gott; man konnte sich auf nichts vor Gott berufen, alles war Sünde; aber wenn alles Sünde war, dann war es doch ganz gleich was man tat; wenn Hillegonda schlimm war, dann war es Sünde, aber wenn sie brav war, dann blieb es immer noch Sünde; und warum war der Mann so alt geworden, wenn er ein Sünder war; warum hatte Gott ihn nicht früher schon gestraft, wenn er ein Sünder war; und warum sah der alte Mann so lieb aus? man konnte also verbergen, daß man ein Sünder war; man sah es keinem an, wer er war; man konnte keinem trauen. Und wieder regte sich bei Hillegonda ein Mißtrauen gegen Emmi: konnte man Emmi trauen, der frommen betenden Emmi, war nicht die Frömmigkeit vielleicht eine Maske, die den Teufel verbarg? Wenn Hillegonda nur mit ihrem Vater hätte darüber reden können, aber der Vater war so dumm, er sagte, daß es keine Teufel gebe, vielleicht meinte er auch, daß es keinen Gott gebe: oh, er kannte Emmi schlecht, es gab den Teufel. Man war ihm immer ausgeliefert. Die vielen Polizisten: waren das nun die Polizisten Gottes oder die Polizisten des Teufels? Sie holten den toten alten Mann, um ihn zu bestrafen; Gott wollte ihn bestrafen, und der Teufel wollte ihn bestrafen. Es kam am Ende auf dasselbe 'raus. Es gab keinen Ausweg für den toten alten Mann. Er konnte sich nicht verbergen. Er konnte sich nicht wehren. Er konnte nicht mehr davonlaufen. Hillegonda tat der alte Mann leid. Er konnte doch gar nichts dafür. Hillegonda trat zu dem toten Josef und küßte ihm die Hand. Sie küßte die Hand, die so viele Koffer getragen hatte, eine runzelige Hand mit Rillen voll Erde, voll Schmutz, voll Krieg und Leben. Der Priester fragte: »Du bist seine Enkelin?« Hillegonda brach in Tränen aus. Sie barg ihren Kopf in der Soutane des Priesters und schluchzte bitterlich. Emmi unterbrach ihr Gebet und sagte ärgerlich: »Sie ist ein Schauspielerkind, Hochwürden. Lüge, Verstellung und Komödie liegen ihr im Blut. Strafen Sie das Kind, retten Sie seine Seele!« Aber noch ehe der Priester, der erschrocken aufhörte, Hillegonda zu streicheln, der Kinderfrau antworten konnte, erhob sich unter Josefs Spitalbett und Totenbahre eine Stimme. Odysseus' Musikkoffer, der unter dem Bett abgestellt war und eine Weile geschwiegen hatte, sprach wieder. Er sprach diesmal mit einer englischen Stimme, weich, leise, swingend, eine schöne, eine gebildete, eine etwas gezierte Oxfordstimme, die Stimme eines Philologen, und sie wies auf Edwins Bedeutung und seinen Vortrag im Amerikahaus hin. Die Stimme schilderte es als ein Glück für Deutschland, daß Mr. Edwin, ein Kreuzfahrer des Geistes, in die Stadt gekommen sei, um hier für den Geist, die Tradition, für die Unvergänglichkeit des Geistes, für das alte Europa zu zeugen, das seit den Tagen der Französischen Revolution, die Stimme zitierte Jacob Burckhardt, in seiner gesellschaftlichen und geistigen Ordnung erschüttert und in einem Zustand des andauernden Zuckens und Bebens sei. War Edwin gekommen, die Erschütterung zu bannen, die Unordnung zu ordnen und, freilich im Sinne der Tradition, neue Tafeln eines neuen Gesetzes zu errichten? Der Priester, der Josefs Leben überdachte, den die Unruhe bewegte, die der Tod des alten Dienstmannes im Sprengel hervorrief, und der seltsam berührt war von der finsteren Frömmigkeit der Kinderfrau, von ihrem jeder Wärme, jeder Freude baren steinernen Gesicht und gerührt vom Schluchzen des kleinen Mädchens, dessen Tränen in den Schoß seines Priesterkleides fielen, der geistliche Herr hörte beiläufig der englischen Stimme zu, der Stimme aus dem Musikkoffer unter dem Totenbett, und er hatte die Empfindung, die Stimme spreche von einem falschen Propheten.

Schnakenbach, der Schläfer, der entlassene Gewerbelehrer, der nicht genug gebildete Einstein, hatte den Nachmittag im Lesesaal der Amerikanischen Bibliothek verbracht. Er hatte sich im Halbschlaf zum Amerikahaus geschleppt und war, wie von einem Engel behütet, noch einmal den Straßenbahnen, den Automobilen und den Radfahrern entgangen. Im Lesesaal der Bibliothek hatte er alle erreichbaren chemischen und pharmakologischen Publikationen um sich aufgestapelt. Er wollte sich über den neuesten Stand der Forschung in Amerika unterrichten; er wollte sehen, wie weit sie in dem großen Amerika mit der Herstellung schlafhindernder Mittel vorangekommen seien. In Amerika schien es viele Schlafsüchtige zu geben. Die Amerikaner beschäftigten sich eingehend mit dem Problem, wach zu bleiben. Schnakenbach lernte von ihnen. Er machte sich Notizen. Er schrieb und zeichnete mit winziger Schrift Formeln und Strukturen auf; er rechnete; er beachtete den Spiegel der Moleküle; er bedachte, daß es linksdrehende und rechtsdrehende Verbindungen gab und daß er herausfinden mußte, ob sein Leben, dieser Teil des allgemeinen Lebens, diese Ich denkende Zusammensetzung chemischer Kräfte, die er, Schnakenbach, für eine Weile war, bevor er wieder in die große Retorte getan wurde, sich nach links oder nach rechts drehe. Bei dieser Überlegung übermannte ihn sein Feind, sein Leiden, der Schlaf. Man kannte Schnakenbach im Lesesaal. Man störte seinen Schlaf nicht; man entriß ihn nicht seinem Feind. Die Bibliothekarin hatte seltsame Kunden. Der Lesesaal übte eine ungeheure Anziehungskraft auf Obdachlose, Wärmeschinder, Sonderlinge und Naturmenschen aus. Die Naturmenschen kamen barfuß, in handgewebtes Linnen gehüllt, mit langem Haupthaar und wildem Bart. Sie verlangten Werke über Hexen und böse Blicke, Kochbücher für Rohkostspeisen, Broschüren über das Leben nach dem Tode und über die Übungen indischer Fakire, oder sie vertieften sich in die letzten Veröffentlichungen der Astrophysik. Sie waren kosmologische Geister und knabberten Wurzeln und Nüsse. Die Bibliothekarin sagte: »Ich erwarte immer, daß sich einer bei mir die Füße wäscht; aber sie waschen sich nie.« Die Amerikanische Bibliothek war eine herrliche Einrichtung. Ihre Benutzung war völlig kostenlos. Die Bibliothek stand jedermann offen, fast war sie Washington's Inn, fast das Lokal, das der Neger und amerikanische Bürger Washington Price in Paris eröffnen wollte, das Lokal, in dem niemand unerwünscht ist. Schnakenbach schlief. Während er schlief, füllte sich der große Vorlesungssaal des Hauses. Viele kamen, um Edwin zu hören. Studenten kamen, junge Arbeiter kamen, ein paar Künstler kamen, die aus existentiellen Gründen Vollbärte trugen und ihre Baskenmützen nicht vom Kopf nahmen, es kam die Philosophieklasse des Priesterseminars, Bauerngesichter, die sich zum Geist, zur Strenge oder zur Einfalt wandelten, es kamen zwei Straßenbahnschaffner, ein Bürgermeister und ein Gerichtsvollzieher, der Literaten zu seiner Klientel zählte und so auf die schiefe Bahn geraten war, und außerdem kamen sehr viele gutangezogene und wohlgenährte Leute. Edwins Vortrag war ein gesellschaftliches Ereignis. Die gutangezogenen Leute waren beim Rundfunk oder beim Film angestellt, oder sie arbeiteten in der Reklamebranche, soweit sie nicht das Glück hatten, Volksvertreter, höherer Ministerialbeamter, gar Minister selbst oder Besatzungsoffizier und Konsularagent zu sein. Sie alle waren an Europas Geist interessiert. Die Kaufleute der Stadt schienen am Geiste Europas weniger interessiert zu sein; sie hatten keinen Vertreter geschickt. Erschienen jedoch waren die Modeschöpfer, feminine wohlriechende Herren, die ihre Vorführpuppen mitgebracht hatten, schöngewachsene Mädchen, die man ihnen unbesorgt anvertrauen durfte. Behude hatte sich zu den Priestern gesetzt. Es war eine kollegiale Geste. Er dachte ›wir können jederzeit psychiatrischen und geistlichen Beistand leihen, nichts kann passieren‹. Messalina und Alexander hielten Hof. Sie standen in der Nähe des Podiums und wurden von den Pressephotographen mit Blitzlicht beleuchtet. Jack war bei ihnen. Er hatte eine verdrückte amerikanische Offizierssommerhose und einen buntgestreiften Sweater an. Er war ungekämmt und sah aus, als wäre er eben, durch ein Klingeln erschreckt, aus dem Bett gesprungen. Neben ihm hielt sich Hänschen, sein Freund, ein semmelblonder, leicht geschminkter Sechzehnjähriger in einem blauen Konfirmandenanzug, sehr artig. Er blickte mit kalten wasserhellen Augen auf die Modeschöpfer und ihre Puppen, Hänschen, Hänschen klein, war Hans im Glück: er wußte, wo was zu holen war. Jetzt erschien auch Alfredo, die Bildhauerin. Ihr angestrengtes, müdes, enttäuschtes Gesicht, das Spitzgesicht einer Katze von den Inschriften der Pyramiden, war gerötet, als hätte sie sich selber geohrfeigt, um Mut und Frische für den Abend zu gewinnen. Gegen Messalina wirkte Alfredo so zierlich und klein, daß man wünschte, Messalina möge Alfredo auf den Arm nehmen, damit sie alles gut sehen könne. Alexander wurde beglückwünscht. Ein paar Wichtigtuer und ein paar Speichellecker beglückwünschten ihn. Sie hofften, mit auf die Blitzlichtaufnahmen und in die Zeitungen zu kommen: *Alexander im Gespräch mit Pippin dem Kleinen, Bund erwägt Kulturpfennig stiftet Akademie.* Sie sprachen von der *Erzherzogliebe, Bessere Filme im neuen Deutschland, liegt es am Drehbuch, Dichter an die Filmfront.* »Es soll ein so wundervoller Film sein«, schwärmte eine Dame, deren Mann den »Gerichtskurier« herausgab, *Vampir in Frauenkleidern,* und damit genug Geld verdiente, um seine Frau bei den femininen Modeschöpfern anziehen zu lassen. »Ein Schmarren«, sagte Alexander. »Wie witzig Sie wieder sind«, flötete die Dame. ›Natürlich‹, dachte sie, ›natürlich ist es ein Schmarren, aber warum sagt er's so laut? Ist es vielleicht doch kein Schmarren? dann ist es sicher ein ernster und langweiliger Schmarren‹, *Neorealismus nicht mehr gefragt.* Die Lehrerinnen aus Massachusetts saßen in der vordersten Reihe. Sie hatten ihre Merkbücher in der Hand. Sie hielten die im Blitzlicht Stehenden für Koryphäen des europäischen geistigen Lebens. Sie hatten das Glück gehabt, keine Filme mit Alexander zu sehen. »Es ist ein sehr interessanter Abend«, sagte Miß Wescott. »Ein Zirkus«, sagte Miß Burnett. Sie schielten beide zur breiten Eingangstür, ob nicht Kay endlich noch käme. Sie waren beide sehr besorgt um Kay. Edwin wurde durch eine kleine besondere Pforte auf das Podium geführt. Die Photographen knieten wie Schützen nieder und feuerten ihr Blitzlicht ab. Edwin verneigte sich. Er hatte die Augen geschlossen. Er zögerte den Moment hinaus, da er in sein Auditorium blikken mußte. Ihm war ein wenig schwindlig. Er glaubte, er würde kein Wort sprechen können, keinen Ton aus der Kehle bekommen. Er schwitzte. Er schwitzte vor Angst, aber er schwitzte auch vor Glück. So viele waren gekommen, ihn zu hören! Sein Name hatte sich durchgesetzt in der Welt. Er wollte es nicht überschätzen. Aber die Menschen kamen, um seinen Worten zu lauschen. Edwin hatte sein Leben den geistigen Bemühungen geweiht, er war zum Geist gekommen, er war Geist geworden, und nun konnte er den Geist weitergeben: Jünger empfingen ihn in jeder Stadt, der Geist würde nicht sterben. Edwin legte sein Manuskript auf den Lesetisch. Er rückte die Lampe zurecht. Er räusperte sich. Aber noch einmal wurde die breite Tür geöffnet, und Philipp und Kay liefen die Stufen hinunter, die in den Saal führten. Philipp hatte Kay vor der Tür getroffen. Der Ordner wollte sie nicht mehr hineinlassen, aber Philipp hatte die Pressekarte des Neuen Blattes wie einen Zauber gezückt, und der Ordnungsmann hatte die Tür freigegeben. Philipp und Kay setzten sich abseits des Auditoriums auf zwei Klappstühle, die bei Theateraufführungen für den Feuerwehrmann und den Polizisten reserviert waren. Zu Edwins Vortrag war kein Feuerwehrmann und kein Polizist gekommen. Miß Wescott stieß Miß Burnett an: »Sehen Sie das?« flüsterte sie. »Es ist dieser deutsche Dichter, ich weiß seinen Namen nicht«, sagte Miß Burnett. »Sie hat sich mit ihm herumgetrieben.« Miß Wescott war entrüstet. »Wenn sie weiter nichts getan hat«, sagte Miß Burnett spitz. »Es ist furchtbar«, stöhnte Miß Wescott. Sie wollte aufspringen und zu Kay gehen; sie hatte das Gefühl, daß man die Polizei rufen müsse. Aber wieder räusperte sich Edwin, und Stille senkte sich über den Saal. Edwin wollte mit der griechischen und lateinischen Antike beginnen, er wollte die Christenheit erwähnen, die Verbindung biblischer Tradition mit der Klassik, er wollte von der Renaissance sprechen und Lob und Tadel an den französischen Rationalismus des achtzehnten Jahrhunderts wenden, aber leider drang statt der Worte nur Geräusch zu seinen Zuhörern, ein Gurgeln und Knacken und Raspeln wie von Jahrmarktspritschen. Edwin, am Lesepult, merkte zunächst nicht, daß die Lautsprecheranlage des Saales in Unfunktion geraten war. Er spürte Unruhe im Raum und ein der geistigen Konzentration ungünstiges Klima. Er sprach noch ein paar Worte von der Bedeutung der Halbinsel, die dem eurasischen Kontinent vorgestreckt liegt, als ihn Scharren und Rufe, lauter und deutlicher zu sprechen, unterbrachen. Edwin war wie einem Hochseilgänger zumute, der mitten auf dem Seil merkt, daß er nunmehr weder vorwärts noch rückwärts gehen kann. Was wollten die Leute? Waren sie gekommen, ihn zu verhöhnen? Er schwieg und hielt sich am Pult fest. Man rebellierte. Die Technik rebellierte gegen den Geist, die Technik, das vorlaute, entartete, schabernacksüchtige, unbekümmerte Kind des Geistes. Ein paar Eifrige stürzten vor, um die Mikrophone zu verrücken. Der Fehler lag aber an der Lautsprecheranlage des Hauses. ›Ich bin hilflos‹, dachte Edwin, ›wir sind hilflos, ich habe mich auf diesen dummen und bösen Sprechtrichter verlassen, hätte ich ohne diese Erfindung die mich nun lächerlich macht vor sie hintreten können? nein, ich hätte es nicht gewagt, wir sind keine Menschen mehr, keine ganzen Menschen, ich hätte nie wie Demosthenes direkt zu ihnen sprechen können, ich brauche Blech und Draht die meine Stimme und meine Gedanken wie durch ein Sieb pressen.‹ Messalina fragte: »Siehst du Philipp?« – »Ja«, sagte Alexander, »ich muß mit ihm über das

Manuskript reden. Ihm wird nichts eingefallen sein.« – »Quatsch«, sagte Messalina, »er schreibt doch nie was. Aber das Mädchen. Die Niedliche. Eine Amerikanerin. Die verführt er. Was sagst du nun?« – »Nichts«, sagte Alexander. Er gähnte. Er würde einschlafen. Mochte doch Philipp verführen, wen er Lust hatte. ›Er muß schön potent sein‹, dachte Alexander. »Idiot«, flüsterte Messalina. Das Krachen in der Lautsprecheranlage des Hauses war auch im Lesesaal zu hören und hatte Schnakenbach geweckt. Auch er hatte zu Edwins Vortrag gehen wollen, auch er interessierte sich für den europäischen Geist. Er sah, daß es schon spät war und daß der Vortrag schon begonnen hatte. Er taumelte hoch und torkelte in den Saal. Irgend jemand hielt Schnakenbach für den erwarteten Haustechniker, der wohl im Keller geschlafen hatte, und reichte ihm versehentlich das Mikrophon. Schnakenbach sah sich plötzlich vor eine Zuhörerschaft gestellt; er glaubte, schlafbenommen wie er war, vor der Klasse zu stehen, die er geleitet hatte, bevor er sein Amt als Gewerbeschullehrer aufgeben mußte, und so schrie er in das Mikrophon die große Sorge, die ihn erfüllte: »Schlaft nicht! Wacht auf! Es ist Zeit!«

Es war Zeit. Heinz beobachtete den Platz zwischen dem Bräuhaus und dem Klub der Negersoldaten. Es war viel Polizei auf dem Platz; es war viel zuviel Polizei auf dem Platz. Die Wache der Militärpolizei vor dem Klub war verstärkt worden. Die Militärpolizisten waren besonders große, besonders schön gewachsene Neger. Sie trugen weiße Gamaschen, weiße Koppel und weiße Handschuhe. Sie sahen wie nubische Legionäre des Cäsar aus. Heinz wußte noch immer nicht, wie er es anstellen sollte. Das beste würde es sein, die Dollar zu nehmen und in die Ruinen zu laufen. In den Ruinen würde der amerikanische Junge ihn nicht finden. ›Aber wenn er den Hund sehen will? natürlich wird er den Hund sehen wollen, bevor er mit seinem Schein 'rausrückt.‹ Es war dumm, daß der Hund weggelaufen war. Es konnte das Geschäft gefährden. Aber es wäre gelacht, wenn Heinz sich deshalb schon vom Geschäft zurückzöge, weil der Hund ausgekniffen war. Heinz hatte sich gut versteckt. Er stand im Eingang der Broadway-Bar. Die Bar war geschlossen. Der Eingang war dunkel. Der Besitzer der Bar hatte es vorgezogen, zum wirklichen Broadway zu fliehen. In der Neuen Welt war Sicherheit. In der Alten Welt konnte man sterben. In der Neuen Welt konnte man auch sterben, aber man starb in größerer Sicherheit. Der Besitzer der Broadway-Bar hatte in Europa Ängste, Schulden, Finsternis und nackte Mädchen zurückgelassen. Er hatte auch Gräber zurückgelassen, ein großes Grab, in dem seine erschlagenen Verwandten lagen. Die Bilder der nackten Mädchen klebten in der Dunkelheit des Ganges vergessen und verworfen an der schmutzigen Mauer. Die Mädchen lächelten und hielten mit neckischer Gebärde kleine Schleier vor ihre Scham. Ami-Huren – ein Entrüsteter hatte es hingeschrieben. Die Mädchen lächelten, sie blieben neckisch, sie hielten sich neckisch die kleinen Schleier vor. Ein Nationalist hatte Deutschland-erwache an die Wand gemalt. Die Mädchen lächelten. Heinz pißte gegen die Mauer. Susanne ging am dunklen Eingang der Bar vorüber. Sie dachte ›die Schweine pissen überall hin‹. Susanne ging zum Klub der Negersoldaten. Die schwarzen Militärpolizisten prüften Susannes Ausweis. Sie hielten den Ausweis in ihren blendendweiß behandschuhten Händen. Der Ausweis war in Ordnung. Ein Sirenenwagen der weißen Militärpolizei fuhr beim Klub vor. Die weißen Militärpolizisten riefen ihren schwarzen Kameraden eine Botschaft zu. Die weißen Polizisten sahen nicht so elegant aus wie die schwarzen. Sie sahen gegen die schwarzen Polizisten schäbig aus. Susanne verschwand in der Tür des Klubs. Einer der weißen Polizisten dachte ›diese Nigger haben die hübschesten Mädchen‹.

Im Klub spielte eine deutsche Kapelle. Der Klub war arm. Eine amerikanische Kapelle war zu teuer gewesen. Nun spielte eine deutsche Kapelle, und die deutsche Kapelle war auch ganz gut. Es war die Kapelle des Obermusikmeisters Behrend. Die Kapelle spielte alle Jazzstücke, und zuweilen spielte sie den Hohenfriedberger Marsch oder den Spanischen Walzer von Waldteufel. Der Marsch gefiel den schwarzen Soldaten sehr. Waldteufel gefiel ihnen weniger. Kapellmeister Behrend war zufrieden. Er spielte gern in den Klubhäusern der amerikanischen Armee. Er fand, daß er gut bezahlt wurde. Er war glücklich. Vlasta machte ihn glücklich. Er blickte zu Vlasta hinüber, die an einem kleinen Tisch neben der Kapelle saß. Vlasta war über eine Näharbeit gebeugt. Zuweilen schaute sie auf, und Vlasta und Herr Behrend lächelten einander zu. Sie hatten ein Geheimnis: sie hatten sich gegen die Welt gestellt und sich behauptet; sie hatten sich jeder gegen die eigene Umwelt und ihre Anschauungen gestellt, und sie hatten den Kreis des Vorurteils, der sie einengen wollte, gesprengt. Der Obermusikmeister der deutschen Wehrmacht hatte das kleine Tschechenmädchen im Protektorat Böhmen und Mähren kennengelernt und geliebt. Mit Mädchen schliefen viele. Aber sie verachteten die Mädchen, mit denen sie schliefen. Nur wenige liebten das Mädchen, mit dem sie schliefen. Der Obermusikmeister liebte Vlasta. Er hatte sich erst gegen die Liebe gewehrt. Er hatte gedacht ›was will ich mit dem Tschechenmädel?‹ Aber dann hatte er sie geliebt, und die Liebe hatte ihn verwandelt. Sie hatte nicht nur ihn verwandelt, sie hatte auch das Mädchen verwandelt, auch das Mädchen war eine andere geworden. Als man in Prag die deutsche Wehrmacht wie freigegebenes Wild jagte, versteckte Vlasta Herrn Behrend in der Truhe, und später floh sie mit ihm aus der Tschechoslowakei. Vlasta hatte sich von allem losgesagt; sie hatte sich von ihrem Vaterland losgesagt; und Herr Behrend hatte sich von vielem losgesagt; er hatte sich von seinem ganzen bisherigen Leben losgesagt: sie fühlten sich beide losgelöst, sie waren frei, sie waren glücklich. Sie hätten es vorher nicht für möglich gehalten, daß man so frei und so glücklich sein könne. Die Kapelle spielte Dixieland. Unter der Stabführung des Musikmeisters spielte sie eine der ersten Jazzkompositionen, deutsch und romantisch in der Weise des Freischütz.

Susanne fand die Kapelle langweilig. Die blassen Idioten schlugen ein zu gemächliches Tempo an. Die Kapelle entsprach nicht dem, was Susanne schräge Musik nannte. Sie wollte Wirbel, sie wollte Rausch; sie wollte sich dem Wirbel und dem Rausch hingeben. Es war dumm, daß alle Neger sich ähnlich sahen. Wer kannte sich da aus? Nachher ging man mit dem Falschen mit. Susanne hatte ein Kleid aus gestreifter Seide an. Sie trug das Kleid wie ein Hemd auf der bloßen Haut. Sie hätte jeden haben können. Jeder im Saal wäre mit ihr fortgegangen. Susanne suchte Odysseus. Sie hatte ihm Geld gestohlen, aber da sie Kirke und die Sirenen und vielleicht auch Nausikaa war, mußte sie wieder zu ihm gehen und konnte ihn nicht in Ruhe lassen. Sie hatte ihm sein Geld gestohlen, aber sie würde ihn nicht verraten. Nie würde sie ihn verraten; sie würde nie verraten, daß er Josef erschlagen hatte. Sie wußte nicht, ob Odysseus Josef mit dem Stein erschlagen hatte, aber sie glaubte es. Susanne tat es nicht leid, daß Josef gestorben war, ›wir müssen alle sterben‹. Aber sie bedauerte, daß Odysseus nicht einen anderen erschlagen hatte. Er hätte Alexander oder Messalina erschlagen sollen. Aber wen er auch erschlagen hatte: Susanne mußte zu ihm halten, ›wir müssen gegen die Schweine zusammenhalten‹. Susanne haßte die Welt, von der sie sich ausgestoßen und mißbraucht fühlte. Susanne liebte jeden, der sich gegen diese hassenswerte Welt wandte, der ein Loch in ihre kalte grausame Ordnung schlug. Susanne war treu. Sie war ein zuverlässiger Kamerad. Auf Susanne konnte man sich verlassen. Man brauchte keinen Polizisten zu fürchten.

Heinz drückte sich gegen die Mauer mit den nackten Mädchen. Ein deutscher Polizist schlenderte am Eingang der Bar vorüber. Die deutschen und die amerikanischen Polizisten waren an diesem Abend wie aus ihrem Nest aufgeschreckte Wespen. Ein Neger hatte einen Taxichauffeur umgebracht oder einen Dienstmann. Heinz wußte es nicht genau. In der Altstadt sprach man davon. Die einen meinten, es sei ein Taxifahrer gewesen, die andern sagten ein Dienstmann. ›Ein Dienstmann hat doch kein Geld‹, dachte Heinz. Er lugte aus dem Gang und sah Washingtons horizontblaue Limousine vor dem Negerklub vorfahren. Washington und Carla stiegen aus. Sie gingen in den Klub. Heinz wunderte sich. Washington und Carla waren lange nicht im Klub gewesen. Carla hatte nicht mehr hingehen wollen. Sie hatte sich geweigert, mit den Nutten zusammenzukommen, die im Klub verkehrten. Wenn Washington und Carla wieder in den Klub gingen, mußte sich etwas ereignet haben. Heinz wußte nicht, was sich ereignet haben konnte, aber es mußte bedeutungsvoll sein. Es beunruhigte ihn. Wollte das Paar nach Amerika fahren? Sollte er mitfahren? Sollte er nicht mitfahren? Wollte er überhaupt mitfahren? Er wußte es nicht. Er wäre jetzt am liebsten nach Hause gegangen, um im Bett darüber nachzudenken, ob er nach Amerika fahren solle. Vielleicht hätte er im Bett geweint. Vielleicht hätte er auch nur Old Shatterhand gelesen und Schokolade gegessen. Konnte man Karl May trauen? Washington sagte, Indianer gebe es nur noch in Hollywood. Sollte er nach Hause gehen? Sollte er zu Bett gehen? Sollte er über all diese Probleme nachdenken? Da kam das Auto, das einem Flugzeug so ähnlich sah, auf den Platz gefahren. Der Parkwächter wies das Auto ein. Christopher und Ezra stiegen aus. Ezra guckte sich um. Er war also gekommen. Er wollte das Geschäft machen. Heinz konnte nicht mehr zurück. Er konnte nicht mehr ins Bett gehen. Es wäre feige gewesen, sich jetzt vom Geschäft zurückzuziehen. Christopher ging ins Bräuhaus. Ezra ging langsam hinter Christopher her. Er schaute sich immer wieder um. Heinz dachte ›ob ich ihm ein Zeichen gebe?‹ Aber er überlegte ›nein, es ist noch zu früh, sein Vater, der alte Ami, muß erst beim Bier sitzen‹.

›Was für ein junger Kerl er ist, was für ein junger Ami‹, dachte das Fräulein, ›es ist sein erster Abend in Deutschland, und schon habe ich ihn kennengelernt.‹ Das Fräulein war hübsch. Es hatte dunkle Locken und blanke Zähne. Das Fräulein hatte sich von Richard in der Hauptstraße ansprechen lassen. Es hatte gesehen, daß Richard Lust hatte, ein Mädchen anzusprechen, und daß er zu schüchtern war, es zu tun. Das Fräulein hatte es Richard leichtgemacht. Das Fräulein hatte sich ihm in den Weg gestellt. Richard merkte, daß sie es ihm leichtmachte. Sie gefiel ihm, aber er dachte ›wenn sie nun krank ist?‹ Man hatte ihn in Amerika gewarnt. Man warnte in Amerika die ausreisenden Soldaten vor den Fräuleins. Aber er dachte ›ich will ja gar nichts von ihr, und vielleicht ist sie auch gar nicht krank‹. Sie war nicht krank. Sie war auch kein Straßenmädchen. Richard hatte Glück gehabt. Das Fräulein verkaufte im Warenhaus am Bahnhof Socken. Das Warenhaus verdiente an den Socken. Das Fräulein verdiente wenig. Es gab das Wenige zu Hause ab. Es hatte aber keine Lust, am Abend zu Hause zu sitzen und die Radiomusik zu hören, die der Vater bestimmte: Glühwürmchen-flimmere, das ewige tödlich langweilige Wunschkonzert, das zäheste Erbe des Großdeutschen Reiches. Der Vater las, während das Glühwürmchen flimmerte, die Zeitung. Er sagte: »Bei Hitler war's anders! Da war Zug drin.« Die Mutter nickte. Sie dachte an die alte ausgebrannte Wohnung; da war Zug drin gewesen; es war Zug in den Flammen gewesen. Sie dachte an die immer gehütete und dann verbrannte Aussteuer. Sie konnte den Linnenschrank der Aussteuer nicht vergessen, aber sie wagte dem Vater nicht zu widersprechen: der Vater war Portier in der Vereinsbank, ein angesehener Mann. Das Fräulein suchte nach den Socken und nach der Glühwürmchen-Musik etwas Heiterkeit. Das Fräulein wollte leben. Es wollte sein eigenes Leben. Es wollte nicht der Eltern Leben wiederholen. Das Leben der Eltern war nicht nachahmenswert. Die Eltern waren gescheitert. Sie waren arm. Sie waren unheiter, unglücklich, vergrämt. Sie saßen vergrämt in einer grämlichen Stube bei grämlich munterer Musik. Das Fräulein wollte ein anderes Leben, eine andere Freude, wenn es sein sollte, einen anderen Schmerz. Die amerikanischen Jungen waren dem Fräulein lieber als die deutschen Jungen. Die amerikanischen Jungen erinnerten das Fräulein nicht an das grämliche Zuhause. Sie erinnerten das Fräulein nicht an alles, was es bis zum Überdruß kannte: die ewige Einschränkung, das ewige Nach-der-Decke-Strecken, die Wohnungsenge, die völkischen Ressentiments, das nationale Unbehagen, das moralische Mißvergnügen. Um die amerikanischen Jungen war Luft, die Luft der weiten Welt; der Zauber der Ferne, aus der sie kamen, verschönte sie. Die amerikanischen Jungen waren freundlich, kindlich und unbeschwert. Sie waren nicht so mit Schicksal, Angst, Zweifel, Vergangenheit und Aussichtslosigkeit belastet wie die deutschen Jungen. Auch wußte das Fräulein, was ein Kommis im Warenhaus verdient; es kannte die Entbehrungen, die er litt, um sich einen Anzug kaufen zu können, einen Anzug im schlechten Geschmack der Konfektion, in dem er unglücklich aussah. Das Fräulein würde einmal einen überarbeiteten, enttäuschten, schlechtangezogenen Mann heiraten. Das Fräulein wollte das heute vergessen. Es wäre gern tanzen gegangen. Aber Richard wollte ins Bräuhaus gehen. Auch das Bräuhaus war lustig. Ging man also ins Bräuhaus. Aber man spielte auch im Bräuhaus die Glühwürmchen-Musik.

Die Säle waren überfüllt. Die Volks- und Völkergemeinschaft, die viel gerühmte, die oft besungene Gemütlichkeit des Bräuhauses tobte. Aus großen Fässern strömte und schäumte das Bier; es strömte und schäumte in ununterbrochenem Fluß, die Zapfer drehten die Spünde nicht ab; sie hielten die Maßkrüge unter den Strom, rissen sie vom Bier zurück, schnitten sie ab vom Naß und hielten schon den nächsten Krug unter den Fluß. Kein Tropfen ging verloren. Die Kellnerinnen schleppten acht, zehn, ein Dutzend Krüge zu den Tischen. Das Fest des Gottes Gambrinus wurde gefeiert. Man stieß an, man trank aus, man legte den Krug auf den Tisch, man wartete auf die zweite Füllung. Die Oberländer-Kapelle spielte. Es waren alte Herren in kurzen Lederhosen, die haarige gerötete Knie zeigten. Die Kapelle spielte das Glühwürmchen, sie spielte Sah-ein-Knab'-ein-Röslein-stehn, und alle im Saal sangen das Lied mit, sie faßten sich unter, sie standen auf, sie stellten sich auf die Bierbänke, sie hoben die Krüge und brüllten langgezogen gefühlsbetont Röslein-auf-der-Hei-hei-den. Man setzte sich wieder. Man trank wieder. Väter tranken, Mütter tranken, kleine Kinder tranken; Greise umstanden den Waschbottich und suchten nach Bierneigen in den abgestellten Krügen, die sie durstig gierig hinunterspülten. Man sprach von der Ermordung des Taxifahrers. Ein schwarzer Soldat hatte einen Taxifahrer ermordet. Es war Josefs Tod, von dem gesprochen wurde; aber die Fama hatte aus dem Dienstmann einen Taxifahrer gemacht. Ein Dienstmann schien der Fama ein zu armes Opfer für einen Mord zu sein. Die Stimmung war den Amerikanern nicht günstig. Man schimpfte, man raunzte; man hatte zu klagen. Bier hebt in Deutschland das nationale Bewußtsein. In andern Ländern regt Wein, in manchen vielleicht Whisky den Nationalstolz an. In Deutschland ist das Bier der die Vaterlandsliebe belebende Stoff: ein dumpfer, ein nicht erhellender Rausch. Den einzelnen Angehörigen der Besatzung, die sich in den Hexenkessel des Bräuhauses verirrt hatten, begegnete man nachbarlich freundlich. Viele Amerikaner liebten das Bräuhaus. Sie fanden es großartig und gemütlich. Sie fanden es noch großartiger und noch gemütlicher als alles, was sie darüber gelesen oder gehört hatten. Die Oberländer-Kapelle spielte den Badenweiler Marsch, den Lieblingsmarsch des toten Führers. Man brauchte der Kapelle nur eine Lage zu spendieren, und sie spielte den Marsch, der den Einzug Hitlers in die Versammlungssäle der Nationalsozialisten begleitet hatte. Der Marsch war die Musik der jungen und verhängnisvollen Geschichte. Der Saal hob sich wie eine einzige geschwellte Brust der Begeisterung von den Plätzen. Es waren nicht Nazis, die sich da erhoben. Es waren Biertrinker. Die Stimmung allein machte es, daß alle sich erhoben. Es war nur eine Gaudi! Warum so ernst sein? warum an Vergangenes, Begrabenes, Vergessenes denken? Auch die Amerikaner wurden von der Stimmung mitgerissen. Auch die Amerikaner erhoben sich. Auch die Amerikaner summten den Marsch des Führers, schlugen mit Füßen und Fäusten den Takt. Amerikanische Soldaten und davongekommene deutsche Soldaten umarmten sich. Es war eine warme rein menschliche Verbrüderung ohne politische Absicht und diplomatischen Handel. *Fraternization verboten, Fraternization freigegeben, Die Woche der guten Nachbarschaft.* Christopher fand es wunderbar. Er dachte ›Warum sträubt Henriette sich dagegen? Warum kann sie nicht vergessen? Sie sollte das hier sehen, es ist wunderbar, es sind prächtige Leute‹. Ezra beobachtete die Kapelle, er beobachtete die Menschen. Seine Stirn hatte sich noch mehr gekraust; ganz eng, ganz klein war sie. Er hätte schreien mögen! Er war in einem finsteren Wald. Jeder Mann war hier ein Baum. Jeder Baum war eine Eiche. Und jede Eiche war ein Riese, der böse Riese des Märchens, ein Riese mit einer Keule. Ezra ahnte, daß er den Aufenthalt in diesem Wald nicht lange ertragen konnte. Er würde die Furcht nicht lange mehr bannen können. Wenn der Junge mit dem Hund nicht bald kam, würde Ezra schreien. Er würde schreien und davonlaufen. Frau Behrend drängte sich durch die Reihen. Sie suchte Richard, den jungen amerikanischen Verwandten, den Sohn des Paketeschickers, man konnte nicht wissen, vielleicht kam wieder eine schlechte Zeit, *Konflikt verschärft sich*, Verwandte mußten zusammenhalten. Welch eine Dummheit von dem Jungen, sie in das Bräuhaus zu bestellen! Fast an jedem Tisch saß ein Amerikaner. Sie saßen da wie unsere Soldaten, fast wie die Soldaten der Wehrmacht; sie saßen nur in schlechterer Haltung, sie saßen bequem und nicht zackig da. ›Zu viel Freiheit verwildert‹, dachte Frau Behrend. Sie sprach junge Amerikaner an: »Bist du es, Richard? Ich bin Tante Behrend!« Sie erntete Verständnislosigkeit oder Gelächter. Einige riefen »setz dich, Alte« und schoben ihr den Bierkrug hin. Ein dicker Kerl, ein Faß fast, klapste ihr den Hintern. ›Was die für Soldaten haben, es sind nur ihre Autos und ihre Flugzeuge die gesiegt haben.‹ Frau Behrend eilte weiter. Sie mußte Richard finden! Richard durfte nicht nach Hause berichten, was die giftige Lebensmittelhändlerin ihm erzählt hatte. Frau Behrend mußte Richard finden. Sie sah ihn mit einem Mädchen sitzen, einem schwarzlockigen ganz hübschen Flitscherl. Die beiden tranken aus einem Krug. Die linke Hand des Mädchens lag auf der rechten Hand des jungen Mannes. Frau Behrend dachte ›ist er das? er könnte es sein, dem Alter nach könnte er es sein, aber er kann es nicht sein, es ist unmöglich daß er es ist, er wird doch wenn er mit seiner Tante verabredet ist nicht sein Flitscherl mitbringen‹. Richard merkte, daß die Frau ihn beobachtete. Er erschrak. Er dachte ›das ist sie wohl, die Frau mit dem Fischgesicht ist die Tante mit der Negertochter, ich bin nicht neugierig, ich will mich nicht aufdrängen‹. Er wandte sich seinem Mädchen zu, er nahm das Fräulein in die Arme und küßte es. Das Fräulein dachte ›ich muß aufpassen, er ist stürmischer als ich dachte, ich fürchtete er würde mich erst vorm Haus küssen‹. Des Fräuleins Lippen schmeckten nach Bier. Auch Richards Lippen schmeckten nach Bier. Das Bier war sehr gut. ›Er ist es nicht‹, dachte Frau Behrend, ›er würde sich nie so benehmen, auch wenn er in Amerika groß geworden ist, würde er sich nie so benehmen.‹ Sie setzte sich auf eine Bank und bestellte sich zögernd ein Bier. Das Bier war eine unnötige Ausgabe. Frau Behrend machte sich nichts aus Bier. Aber sie war durstig, und sie war auch zu erschöpft, um den Kampf mit der Kellnerin, den Kampf mit dem Saal aufzunehmen und nichts zu bestellen.

Carla und Washington waren in den Negerklub gegangen, um die Zukunft zu feiern, die Zukunft, in der niemand mehr unerwünscht ist. An diesem Abend glaubten sie an die Zukunft. Sie glaubten, daß sie diese Zukunft erleben würden, die Zukunft, in der niemand, wer er auch sein mochte und wie er leben würde, unerwünscht wäre. Carla war musikalisch. Noch ehe sie ihn sah, hatte sie an seiner Art, den Jazz zu spielen, ihren Vater, den alten Freischütz-Dirigenten, erkannt. Gestern wäre es Carla noch peinlich gewesen, den Musikmeister in einem Negerklub zu treffen, und fürchterlich wäre es ihr erschienen, von ihm dort mit Washington gesehen zu werden. Jetzt berührte sie die Begegnung anders. Sie waren Menschen. Menschen dachten anders. In einer Musikpause begrüßte Carla den Vater. Herr Behrend freute sich, Carla zu sehen. Er war etwas verlegen, aber er bekämpfte die Verlegenheit und machte Carla mit Vlasta bekamst. Auch Vlasta war verlegen. Sie waren alle drei verlegen. Aber sie dachten nichts Böses voneinander. »Da sitzt mein Freund«, sagte Carla. Sie deutete auf Washington. »Wir gehen nach Paris«, sagte sie. Der Musikmeister wäre auch beinahe einmal nach Paris gegangen. Er sollte im Krieg nach Paris versetzt werden. Er wurde aber nach Prag versetzt. Herr Behrend überlegte ›ob es recht von Carla ist, einen Neger zu lieben?‹ Er wagte die Frage nicht zu beantworten. Der Neger war wohl ein guter Mensch, wenn Carla mit ihm lebte. Einen Augenblick regte sich in allen das Gift des Zweifels. Sie dachten ›wir verkehren miteinander, weil wir alle deklassiert sind‹. Aber weil sie sich an diesem Abend froh fühlten, hatten sie die Kraft, den Zweifel zurückzudrängen, die hämischen Empfindungen zu töten. Sie blieben freundlich und liebten sich. Herr Behrend sagte: »Jetzt wirst du staunen. Du wirst sehen, daß dein Vater auch *hot* spielen kann, einen richtigen Hot-Jazz.« Er ging wieder auf das Podium. Carla lächelte. Auch Vlasta lächelte. Der arme Vater. Er bildete sich ein, richtigen Jazz spielen zu können. Den richtigen Jazz konnten nur die Schwarzen spielen. Die Kapelle des Herrn Behrend fing an, mit Blech zu rasseln und die Trommeln zu rühren. Dann setzten die Trompeten ein. Es war laut, und es war auch schön. Susanne hatte Odysseus gefunden. Er hatte sich in den Klub gewagt. Er hatte sich ihretwegen aus Verstecken hervor an Polizeischlingen vorbei in den Klub gewagt, Susanne hatte gewußt, daß Odysseus kommen würde; sie hatten sich mit einem Wort, einem Ruf verständigt, und er war gekommen. Susanne, die Kirke und die Sirenen und vielleicht auch Nausikaa war, hielt Odysseus umschlungen. Zur Hot-Weise des Musikmeisters glitten sie wie ein Leib im Tanz über das Parkett, wie eine vierfüßige sich windende Schlange. Sie waren beide erregt. Alles, was sie heute erlebten, hatte sie erregt. Odysseus hatte fliehen, Odysseus hatte sich verstecken müssen, man hatte ihn nicht gefangen, der große listenreiche Odysseus war den Häschern entkommen, er hatte Susanne Kirke die Sirenen betört, oder sie hatten ihn betört, und vielleicht hatte er Nausikaa erobert. Wenn das nicht erregte? Es erregte. Es erregte sie beide. Die Schlange mit den vier Beinen, die so geschmeidig sich windende Schlange wurde von allen bewundert. Nie würden sie sich aus dieser Umschlingung lösen. Die Schlange hatte vier Beine und zwei Köpfe, ein weißes und ein schwarzes Gesicht, aber nie würden die Köpfe sich gegeneinander wenden, nie die Zungen gegeneinander geifern: sie würden sich nie verraten, die Schlange war ein Wesen gegen die Welt.

Er war nicht die Rote Schlange, er war Wildtöter. Der rothaarige Amerikanerjunge war die Rote Schlange. Wildtöter beschlich die Rote Schlange. Heinz war in die Ruine eines Geschäftshauses geklettert. Vom Stumpf der gesprengten Mauer konnte er in den Saal des Bräuhauses blicken. Die Prärie wogte. Büffelherden zogen durch das Gras. Das Licht der Saallampen, an riesige Wagenräder gehängte Leuchten, verdämmerte in der Ausdünstung der Menschen und des Bieres wie in einem Nebel. Heinz konnte niemand erkennen. Wildtöter mußte die Blauen Berge verlassen. Er mußte sich auf Schleichwegen durch die Prärie bewegen. Er duckte sich unter Tische und Bänke. Da entdeckte er einen Feind, den er hier nicht vermutet hatte. Frau Behrend saß überraschenderweise im Bräuhaus und trank Bier. Heinz mochte die Großmutter nicht. Frau Behrend wollte Heinz in eine Erziehungsanstalt geben. Frau Behrend war eine gefährliche Frau. Was tat sie im Bräuhaus? War sie jeden Abend hier? Oder war sie nur heute hier, um Heinz aufzulauern? Ahnte sie, daß er auf dem Kriegspfad war? Heinz durfte sich nicht sehen lassen. Aber es lockte ihn, Frau Behrend einen Streich zu spielen. Es war eine Mutprobe. Er durfte sich ihr nicht entziehen. Die Kapelle spielte Fuchs-du-hast-die-Gans-gestohlen. Der Saal hatte sich wieder erhoben. Alle hatten sich untergefaßt und sangen das Lied. Frau Behrend war von zwei kahlköpfigen Geschäftsleuten untergefaßt und sang gib-sie-wieder-her. Heinz wollte Frau Behrend das Bier ausschütten. Er drängte sich hinter Frau Behrend und die dikken kahlköpfigen Geschäftsleute. Aber als er dicht hinter Frau Behrend stand, traute sich Heinz nicht mehr, den Krug zu nehmen und das Bier auszuschütten. Er nahm nur das volle Schnapsglas, das neben dem Krug stand, und schüttete den Schnaps in das Bier. Dann entwischte er. Er war wieder Wildtöter, der die Rote Schlange suchte.

Ezra schwitzte. Er zitterte. Er glaubte zu ersticken. Auch sein Vater war nun ein Riese geworden, einer der deutschen Riesen in dem deutschen Zauberwald. Christopher stand neben den andern und sang sonst-wird-dich-der-Jäger-holen-mit-dem-Schießgewehr. Er kannte die Worte nicht, er konnte sie nicht aussprechen, aber er bemühte sich, sie zu singen, und zuweilen unterstützte ihn sein deutscher Nachbar, stieß ihn an und sang die Worte deutlicher silbentrennend und belehrend Schieß-ge-wehr, und Christopher nickte und lachte und hob den Bierkrug gegen den Nachbar, und dann bestellten Christopher und der Nachbar Würste und Rettiche, und sie aßen zusammen Würste und Rettiche, und Christopher ahnte nicht, daß sein Kind sich fürchtete. Wildtöter hatte sie gefunden. Er suchte den Blick der Roten Schlange und machte ihr ein Zeichen. Es war soweit. Ezra konnte dem Kampf nicht ausweichen. Der deutsche Junge war sein ihm von den Riesen des Waldes erwählter Gegner. Mit ihm mußte er sich messen. Mit ihm mußte er ringen. Wenn er den Jungen besiegte, hatte er den Wald besiegt. »Ich geh' zum Auto«, sagte Ezra. Christopher sagte: »Was willst du im Wagen? Bleib hier.« – »Ich sitz' lieber im Auto«, sagte Ezra. »Komm auch bald. Wir müssen nach Hause fahren. Wir müssen ganz schnell nach Hause fahren.« Christopher dachte ›Ezra hat recht, es gefällt ihm nicht, es ist nichts für einen Jungen, er ist noch zu klein, ich werde mein Bier austrinken, und dann werde ich ihn ins Hotel fahren, ich kann ja noch mal zurückkommen wenn ich noch weiter Bier trinken will, wenn Ezra schläft kann ich zurückkommen und weiter Bier trinken‹. Es gefiel ihm. Das Bräuhaus gefiel ihm sehr. Es gefiel ihm zu denken, daß er zurückkommen und weiter Bier trinken würde.

Die Fama erreichte Frau Behrend. Ein Neger hatte gemordet, Neger waren Verbrecher, die Polizeisirenen kreischten, man suchte den Neger. »Es ist eine Schande«, sagte Frau Behrend. »Sie sind wie die wilden Tiere. Sie sind wie wilde reißende Tiere. Man sieht es ihnen ja an. Ich könnte Ihnen Geschichten erzählen.« Der Geschäftsmann zur Linken von Frau Behrend verdächtigte sie im stillen, seinen Schnaps ausgetrunken zu haben. Er dachte ›sieh mal an, die Alte, ganz munter, trinkt heimlich meinen Schnaps und tut, als sei nichts gewesen‹. Aber er fand, daß Frau Behrend eine anständige Gesinnung hatte. Mochte sie den Schnaps getrunken haben, sie hatte eine anständige Gesinnung, er würde ihr noch einen bestellen. Frau Behrend dachte ›ich könnte es nicht erzählen, ich brächte es nicht über mich, aber wenn ich es erzählen könnte –‹. Sie malte sich das Erstaunen und die Entrüstung der Geschäftsleute aus. Sie dachte ›der Vater mit einem ausländischen Flitscherl und die Tochter mit einem Neger‹. Und der amerikanische Neffe? Der Neffe hatte sich gedrückt. Er hatte sie genarrt. Er war nicht im Bräuhaus erschienen. Frau Behrend tat ergrimmt einen tiefen Zug aus ihrem Krug. Mit den Ausländern kannte man sich nicht aus. Bei den Steinkrügen sah man nicht, wieviel man noch drin hatte. Sollte sie wirklich schon das Bier ausgetrunken haben? Es war wahr; der Saal, die Musik, die Menschen, das Singen, die Erregung, der Ärger, die Verbrechen der Neger – alles machte einen durstig. Auch der andere Geschäftsmann dachte, daß Frau Behrends Gesinnung gut sei. Ihr Krug war leer. Er würde sie zu einem weiteren Bier einladen. Die Frau sah noch ganz gut aus. Aber vor allem hatte sie die richtige Gesinnung. Darauf kam es an. Was wollten die Neger hier? Es war eine Schande! Die Geschäftsleute hatten keine schwarzen Kunden.

»Wo ist der Hund?« fragte Ezra, »ich will ihn sehen.« Die Rote Schlange wollte den Hund sehen. Wildtöter hatte es gefürchtet. Es konnte alles noch an dem verdammten, ausgekniffenen Hund scheitern. Heinz mußte Zeit gewinnen. Er sagte: »Kommen Sie in dieses Haus. Ich werde Ihnen dann den Hund zeigen.« Die Kinder begegneten einander steif und mit Würde. Sie sprachen miteinander, als ob sie die Sätze aus einem Reisediktionär für vornehme Leute gelernt hätten. Heinz führte Ezra in das zerstörte Geschäftshaus. Er kletterte auf den Mauerstumpf. Ezra folgte ihm. Er wunderte sich nicht, daß Heinz ihn in eine Ruine führte. Auch Ezra wollte Zeit gewinnen. Auch er hatte noch immer keinen festen Plan. Er sorgte sich, ob Christopher rechtzeitig zum Auto kommen würde. Er mußte rechtzeitig zum Auto kommen und schnell davonfahren. Alles hing davon ab, daß Christopher rechtzeitig davonfahren würde. Sie saßen auf dem Mauerstumpf und blickten in den Saal des Bräuhauses. Für eine Weile fanden sie sich ganz nett. ›Wir könnten uns eine Schleuder machen und Steine in das Fenster schießen, Steine in die Prärie, Steine auf die Büffel‹, dachte Heinz. ›Von hier draußen sehen die Riesen nicht so furchtbar aus‹, dachte Ezra. ›Es hat keinen Zweck, es länger hinauszuzögern‹, dachte Heinz. Er hatte wahnsinnige Angst. Er hätte sich lieber nicht drauf einlassen sollen. Aber da er sich nun mal drauf eingelassen hatte, mußte er es auch durchführen. Er fragte: »Haben Sie die zehn Dollar bei sich?« Ezra nickte. Er dachte ›jetzt geht es los, ich muß siegen‹. Er sagte: »Wenn ich Ihnen das Geld zeige, rufen Sie dann den Hund?« Heinz nickte. Er rückte etwas zum Rand der Mauer. Von dort konnte er leicht abspringen. Wenn er das Geld gepackt hatte, konnte er abspringen. Er konnte auf eine niedrigere Mauer springen und dann durch die Ruine zur Bäckergasse laufen. Der amerikanische Junge würde ihm nicht folgen. Er würde in der Ruine hinfallen. Er würde Zeit verlieren und ihn in der Bäckergasse nicht mehr erwischen. Ezra sagte: »Wenn Sie ihn gerufen haben, kann ich dann den Hund mit in das Bräuhaus nehmen und ihn meinem Vater zeigen?« Er dachte ›wenn ich den Hund habe, müssen wir weg, Christopher muß dann losfahren‹. Heinz sagte: »Erst müssen Sie mir die zehn Dollar geben.« Er dachte ›zeig du was du willst, dir zeig' ich es schon‹. Ezra sagte: »Erst muß mein Vater den Hund sehen.« – »Sie haben das Geld gar nicht«, schrie Heinz. »Ich habe das Geld, aber ich kann es Ihnen erst geben, wenn mein Vater den Hund gesehen hat.« – ›Falscher Hund‹, dachte Heinz. Der war schlau. Die Rote Schlange war schlauer, als Heinz gedacht hatte. »Sie bekommen den Hund nicht, bevor ich nicht das Geld habe.« – »Dann ist nichts zu machen«, sagte Ezra. Seine Stimme bebte. Heinz schrie wieder: »Sie haben das Geld nicht!« Er war dem Weinen nahe. »Ich habe es!« rief Ezra. Seine Stimme überschlug sich. »Dann zeigen Sie es! Zeig's doch, blöder Hund, Hund blöder, zeig's doch, wenn du's hast!« Heinz hielt die Spannung nicht länger aus. Er fiel aus dem vornehmen Konversationston und packte Ezra. Ezra stieß ihn zurück. Die Knaben rangen. Sie rangen auf der Ruinenmauer, die unter den Bewegungen ihres erbitterten Ringens, unter der Erschütterung ihrer wütenden Stöße zu bröckeln begann. Der von der Hitze des Brandes ausgedörrte Mörtel rieselte aus allen Fugen zwischen den Steinen, und die Mauer stürzte mit den kämpfenden Jungen ein. Sie schrien. Sie schrien um Hilfe. Sie schrien deutsch und englisch um Hilfe. Die Polizisten auf dem Platz hörten die Schreie. Die deutschen Polizisten hörten die Schreie, und die amerikanischen Militärpolizisten hörten die

Schreie. Auch die Negerpolizisten hörten die Schreie. Die Sirene des amerikanischen Polizeijeeps schrillte. Die Sirenen der deutschen Streifenwagen antworteten.

Die Schreie der Sirenen drangen in den Bräuhaussaal und entzündeten die Biergeister. Die Fama, die allmächtige Unheil webende Fama erhob aufs neue ihr Haupt und kündete ihre Mär. Die Neger hatten ein neues Verbrechen begangen. Sie hatten ein Kind in die Ruinen gelockt und es erschlagen. Die Polizei war am Tatort. Die verstümmelte Leiche des Kindes war gefunden worden. Die Volksstimme gesellte sich der Fama. Die Fama und die Volksstimme sprachen im Chor: »Wie lange wollen wir das noch mit ansehen? Wie lange wollen wir uns das noch gefallen lassen?« Vielen war der Negerklub ein Ärgernis. Vielen waren die Mädchen, die Frauen, die sich mit Negern einließen, ein Ärgernis. Die Neger in Uniform, ihr Klub, ihre Mädchen, waren sie nicht ein schwarzes Symbol der Niederlage, der Schmach des Besiegtseins, waren sie nicht das Zeichen der Erniedrigung und der Schande? Noch einen Augenblick lang zögerte die Menge. Der Führer fehlte. Ein paar Burschen brachen als erste auf. Dann folgten sie alle, folgten mit roten Gesichtern, schwer atmend und erregt. Christopher wollte gerade zum Wagen gehen. Er fragte: »Was ist los? Warum rennen sie alle?« Der Mann, mit dem Christopher Rettich gegessen hatte, sagte: »Die Nigger haben ein Kind umgebracht. Ihre Nigger!« Er stand auf und sah Christopher herausfordernd an. Christopher rief: »Ezra!« Er lief mit der Menge auf den Platz und rief: »Ezra!« Sein Ruf ging unter im Geheul der erregten Stimmen. Er konnte sich zu seinem Auto nicht durchdrängen. Er dachte ›warum ist keine Polizei auf dem Platz?‹ Der Eingang zum Negerklub war unbewacht. Hinter den großen Fensterscheiben leuchteten rote Vorhänge. Man hörte Musik. Die Musik des Herrn Behrend spielte Hallelujah. »Schluß mit der Niggermusik«, schrie die Volksstimme. »Schluß, Schluß«, rief Frau Behrend. Die beiden kahlköpfigen Geschäftsmänner stützten sie. Frau Behrend schwankte ein wenig, aber ihre Gesinnung war vorzüglich. Man mußte sie stützen. Man mußte die gute Gesinnung stützen. In einem Auflauf weiß man nie, wer den ersten Stein wirft. Wer den ersten Stein wirft, weiß nicht, warum er es tut, es sei denn, man habe ihn dafür bezahlt. Aber einer wirft den ersten Stein. Die andern Steine fliegen dann schnell und leicht. Die Fenster des Negerklubs zerbrachen unter den Steinen.

›Alles zerbricht‹, dachte Philipp, ›wir können uns nicht mehr verständigen, nicht Edwin redet, der Lautsprecher spricht, auch Edwin bedient sich der Lautsprechersprache, oder die Lautsprecher, diese gefährlichen Roboter, halten auch Edwin gefangen: sein Wort wird durch ihren blechernen Mund gepreßt, es wird zur Lautsprechersprache, zu dem Weltidiom, das jeder kennt und niemand versteht.‹ Immer wenn Philipp einen Vortrag hörte, mußte er an Chaplin denken. Jeder Redner erinnerte ihn an Chaplin. Er war auf seine Weise ein Chaplin. Im ernstesten und traurigsten Vortrag mußte Philipp über Chaplin lachen. Chaplin bemühte sich, seine Gedanken zu äußern, Erkenntnisse zu vermitteln, freundliche und weise Worte in das Mikrophon zu sprechen, aber die freundlichen und weisen Worte stürzten wie Fanfarenstöße, wie laute Lügen und demagogische Parolen aus den Schalltrichtern. Der gute Chaplin am Mikrophon hörte nur seine Worte, er hörte die freundlichen und weisen Worte, die er in das Tonsieb sprach, er hörte seine Gedanken, er lauschte seinem Seelenklang, aber er vernahm nicht das Brüllen der Lautverstärker, es entgingen ihm ihre Simplifikationen und ihre dummen Imperative. Am Ende seiner Ansprache glaubte Chaplin sein Auditorium zur Besinnlichkeit geführt und es lächeln gemacht zu haben. Er war peinlich überrascht, wenn die Leute aufsprangen, Heil riefen und sich zu prügeln begannen. Edwins Zuhörer würden sich nicht prügeln. Sie schliefen. Die Leute, die sich vielleicht gerauft hätten, schliefen. Wer nicht schlief, würde sich auch nicht raufen. Es waren die Sanften, die nicht schliefen. Bei einem andern Chaplin hätten die Wilden nicht geschlafen, und die Sanften wären eingenickt. Die Wilden hätten dann die Friedfertigen unsanft geweckt. In Edwins Vortrag würde niemand geweckt werden. Der Vortrag würde völlig folgenlos bleiben. Als erster war Schnakenbach eingeschlafen. Behude hatte ihn von den Mikrophonen weggeführt. Er hatte Schnakenbach zwischen sich und die Philosophieklasse des Priesterseminars gesetzt. Er dachte ›weder sie noch ich können ihm helfen, wir erreichen ihn nicht‹. Gab es Schnakenbach überhaupt? Für Schnakenbach war der Saal, waren der vorlesende Dichter und seine Zuhörer ein nicht zu rechter Reaktion kommender chemisch-physikalischer Prozeß. Schnakenbachs Weltbild war unmenschlich. Es war völlig abstrakt. Seine Schulmeisterausbildung hatte Schnakenbach noch ein äußerlich intaktes Weltbild, das Weltbild der klassischen Physik, vermittelt, in der alles schön kausalgesetzlich zuging und in der Gott in einer Art Austragsstübchen, belächelt, aber geduldet, wohnte. In dieser Welt hätte sich auch noch Schnakenbach einrichten können. Seine Jahrgangskollegen richteten sich ein. Sie fielen im Krieg und hinterließen Frauen und Kinder. Schnakenbach wollte nicht in den Krieg ziehen. Er war unverheiratet. Er fing an nachzudenken, und er fand, daß das ihm überlieferte Weltbild nicht mehr stimmte. Vor allem entdeckte er, daß es schon Gelehrte gab, die wußten und verkündeten, daß dieses Weltbild nicht stimmte. Schnakenbach, um der Kaserne zu entgehen, schluckte Schlafentzugsmittel und studierte Einstein, Planck, de Broglie, Jeans, Schrödinger und Jordan. Er sah nun in eine Welt, in der Gottes Austragsstüblein aufgehoben war. Entweder gab es Gott gar nicht oder Gott war tot, wie Nietzsche behauptet hatte, oder, auch dies war möglich und war so alt wie neu, Gott war überall, doch er war gestaltlos, kein Gottvater mit Bart, und der ganze Vaterkomplex der Menschheit von den Propheten bis Freud erwies sich als selbstquälerischer Irrtum des Homo sapiens, Gott war eine Formel, ein Abstraktum, vielleicht war Gott Einsteins allgemeine Theorie der Schwerkraft, war das Kunststück der Balance in einer sich immer ausdehnenden Welt. Wo Schnakenbach auch war, er war die Mitte und der Kreis, er war der Anfang und das Ende, aber er war nichts Besonderes, jeder war Mitte und Kreis, Anfang und Ende, jeder Punkt war es, das Schlafkorn in seinem Auge, die ihm reichlich zugemessene Gabe des Sandmanns, war noch ein zusammengesetztes Ding, ein Mikrokosmos für sich mit Atomsonnen und Trabanten, Schnakenbach sah eine mikrophysikalische Welt, bis zum Bersten angefüllt mit dem Kleinsten, und, freilich, sie barst, barst fortwährend, explodierte in die Weite, entfloh in den unbeschreibbaren, den endlich unendlichen Raum. Der schlafende Schnakenbach war in dauernder Bewegung und Verwandlung; er empfing und verströmte Kräfte; aus den fernsten Teilen des Alls kamen sie zu ihm und flohen ihn, sie reisten mit Überlichtgeschwindigkeit und reisten Milliarden Lichtjahre, es kam auf die Betrachtungsweise an, erklären ließ es sich nicht, es ließ sich vielleicht in ein paar Zahlen aufnotieren, vielleicht konnte man es auf die abgerissene Hülle einer Pillenpackung schreiben, vielleicht brauchte man ein Elektronengehirn, um eine Annäherungsziffer zu finden, die wahre Summe würde unbekannt bleiben, vielleicht hatte der Mensch abgedankt. Edwin sprach von der Summa theologiae der Scholastik. »*Veni creator spiritus*, komm Schöpfer Geist, bleib Schöpfer Geist, nur im Geiste sind wir.« Edwin rief die großen Namen Homer, Vergil, Dante, Goethe. Er beschwor die Paläste und die Ruinen, die Dome und die Schulen. Er sprach von Augustin, Anselm, Thomas, Pascal. Er erwähnte Kierkegaard, die Christenheit sei nur noch ein Schein, und doch, sagte Edwin, sei dieser Schein, der vielleicht letzte Abendschein des müden Europas, das einzige wärmende Licht in der Welt. Die Modeschöpfer schliefen. Ihre Puppen schliefen. Alexander, der Erzherzogdarsteller, schlief. Sein Mund stand offen; Leere strömte ein und aus. Messalina kämpfte mit dem Schlaf. Sie dachte an Philipp und die reizende Grünäugige, und ob man nicht vielleicht doch noch Edwin für die Party gewinnen könne. Miß Wescott schrieb nach, was sie nicht verstand, aber für bedeutend hielt. Miß Burnett dachte ›ich habe Hunger, immer wenn ich einen Vortrag höre, kriege ich furchtbaren Hunger, mit mir muß was nicht stimmen: ich fühle mich nicht erhoben, ich fühle mich hungrig‹. Alfredo, die zarte ältliche Lesbierin, hatte die Wange auf Hänschens Konfirmandenanzug gelegt und träumte etwas furchtbar Unanständiges. Hänschen dachte ›ob sie Geld hat?‹ Er war eine kleine Rechenmaschine; aber er war noch unerfahren, sonst hätte er wissen müssen, daß die arme Alfredo kein Geld hatte. Er hätte seinen Arm, auf den sie sich stützte, zurückgezogen. Hänschen war brutal. Jack versuchte, sich alles zu merken, was Edwin sagte. Jack war ein Papagei. Er sprach gern nach. Aber die Rede war zu lang. Sie ermüdete und verwirrte. Jack konnte sich immer nur für eine kleine Weile konzentrieren. Er hatte Sorgen. Er dachte an Hänschen. Hänschen wollte schon wieder Geld haben. Aber auch Jack hatte kein Geld. Kay war vom Whisky, den sie mit Emilia getrunken hatte, benommen. Sie verstand ihren Dichter nicht. Was er sprach, war schön und weise; aber es war wohl zu hoch, Kay verstand es nicht. Dr. Kaiser hätte es wohl verstanden. Sie saß unbequem auf ihrem Feuerwehrsitz, und sie legte sich in den Arm des deutschen Dichters, der hart auf dem Polizeistuhl saß. Sie dachte ›vielleicht ist der deutsche Dichter leichter zu verstehen, er wird nicht so klug wie Edwin sein, aber vielleicht hat er mehr Herz, die deutschen Dichter träumen, sie besingen den Wald und die Liebe‹. Philipp dachte ›sie schlafen, und doch ist Größe in seinem Vortrag, hatte der Irre nicht recht, als er uns wecken wollte? es ist einer von Behudes Patienten, Edwins Bemühung rührt mich, ich verehre ihn, jetzt verehre ich ihn, sein Vortrag ist eine vergebliche Beschwörung, er empfindet sicher auch wie vergebens die Beschwörung ist, vielleicht rührt mich das, Edwin ist einer von den rührenden hilflosen gequälten Sehern, er sagt uns nicht was er sieht, was er sieht ist furchtbar, er versucht einen Schleier vor sein Gesicht zu ziehen, nur manchmal lüftet er den Schleier vor dem Grauen, vielleicht gibt es kein Grauen, vielleicht ist nichts hinter dem Schleier, er spricht nur für sich, vielleicht spricht er noch für mich, vielleicht für die Priester, ein Augurengespräch, die andern schlafen‹. Er drückte seinen Arm fester um Kay. Sie schlief nicht. Sie wärmte ihn. Sie war warmes frisches Leben. Immer wieder empfand Philipp Kays freiere Existenz. Nicht das Mädchen, die Freiheit verführte ihn. Er betrachtete ihren Schmuck, ein mondbleiches Geschmeide aus Perlen, Email und diamantenen Rosen. ›Es paßt nicht zu ihr‹, dachte er, ›wo mag sie es herhaben, vielleicht hat sie geerbt, sie sollte keinen Schmuck tragen, dieser alte Schmuck stiehlt ihr etwas von ihrer Frische, vielleicht sollte sie Korallen tragen.‹ Der Schmuck kam ihm bekannt vor, aber er erkannte ihn nicht als Emilias Schmuck. Philipp hatte keinen Sinn für Juwelen und kein Gedächtnis für ihre Form und Gestalt und außerdem vermied er es, Emilias Preziosen zu betrachten; er wußte, daß die Steine, die Perlen und das Gold Tränen herbeilockten, Tränen, die ihn bedrückten; Emilia mußte ihren Schmuck verkaufen, sie weinte, wenn sie ihn zum Juwelier trug, und von dem Erlös der Kostbarkeiten und der Tränen lebte auch Philipp. Es gehörte zu den Kalamitäten seiner Existenz, daß er allein, ohne Emilia, viel einfacher leben und sich erhalten konnte, aber da er Emilia liebte und mit ihr lebte, mit ihr die Tafel teilte und das Lager, beraubte er sie ihres Gutes und war, wie ein Vogel an der Rute, der Luxusboheme des Kommerzienratserbes verleimt und konnte seine natürlichen Schwingen zu den kleinen Flügen, die ihm bestimmt waren und die ihm sein Futter gegeben hätten, nicht mehr rühren. Es war eine Fesselung, Liebesfesselung, Bande des Eros, aber der Lebenslauf führte in die Abhängigkeit von der schlechten Verwaltung eines in Trümmer gesunkenen Vermögens, und das war eine andere Fesselung, eine ungewollte, die sich drückend auf das Empfinden der Liebe legte. ›Ich werde nie wieder frei sein‹, dachte Philipp, ›ich habe mein Leben lang die Freiheit gesucht, aber ich habe mich verlaufen.‹ Edwin erwähnte die Freiheit. Der europäische Geist, sagte er, sei die Zukunft der Freiheit, oder die Freiheit werde keine Zukunft mehr in der Welt haben. Hier wandte sich Edwin gegen einen Ausspruch der seinen Zuhörern völlig unbekannten amerikanischen Dichterin Gertrude Stein, von der erzählt wird, daß Hemingway bei ihr zu schreiben gelernt habe. Gertrude Stein und Hemingway waren Edwin gleichermaßen unsympathisch, er hielt sie für Literaten, Boulevardiers, zweitrangige Geister, und sie wieder gaben ihm die Nichtachtung reichlich zurück und nannten ihn ihrerseits einen Epigonen und sublimen Nachäffer der großen toten Dichtung der großen und toten Jahrhunderte. Wie Tauben im Gras, sagte Edwin, die Stein zitierend, und so war doch etwas von ihr Geschriebenes bei ihm haftengeblieben, doch dachte er weniger an Tauben im Gras als an Tauben auf dem Markusplatz in Venedig, wie Tauben im Gras betrachteten gewisse Zivilisationsgeister die Menschen, indem sie sich bemühten, das Sinnlose und scheinbar Zufällige der menschlichen Existenz bloßzustellen, den Menschen frei von Gott zu schildern, um ihn dann frei im Nichts flattern zu lassen, sinnlos, wertlos, frei und von Schlingen bedroht, dem Metzger preisgegeben, aber stolz auf die eingebildete, zu nichts als Elend führende Freiheit von Gott und göttlicher Herkunft. Und dabei, sagte Edwin, kenne doch schon jede Taube ihren Schlag und sei jeder Vogel in Gottes Hand. Die Priester spitzten die Ohren. Bearbeitete Edwin ihren Acker? War er nichts als ein Laienprediger? Miß Wescott hörte auf, die Rede mitzuschreiben. Hatte sie, was Edwin jetzt sagte, nicht schon einmal vernommen? Waren es nicht ähnliche Gedanken, die Miß Burnett auf dem Platz der Nationalsozialisten geäußert hatte, hatte nicht auch sie die Menschen mit Tauben oder mit Vögeln verglichen und ihr Dasein als zufällig und gefährdet geschildert? Miß Wescott blickte überrascht auf Miß Burnett. War der Gedanke, daß der Mensch sich gefährdet und als Objekt des Zufalls empfand, so allgemein, daß ihn der verehrte Dichter und die viel weniger verehrte Lehramtskollegin fast gleichzeitig äußern konnten? Miß Wescott verwirrte das. Sie war keine Taube oder sonst ein Vogel. Sie war ein Mensch, eine Lehrerin, sie hatte ein Amt, auf das sie sich vorbereitet hatte und immer wieder vorbereitete, sie hatte Pflichten, und sie suchte sie zu erfüllen. Miß Wescott fand, daß Miß Burnett hungrig aussah; ein seltsam hungriger Ausdruck lag in Miß Burnetts Gesicht, als habe die Welt, als hätten Edwins Erleuchtungen sie schrecklich hungrig gemacht. Philipp dachte ›jetzt wendet er sich Goethe zu, es ist fast deutsch, wie Edwin sich jetzt auf Goethe beruft, auf das Gesetz-nach-dem-wir-angetreten, und er sucht wie Goethe die Freiheit in diesem Gesetz: er hat sie nicht gefunden‹. Edwin hatte sein letztes Wort gesprochen. Die Lautsprecher knirschten und knackten. Sie knirschten und knackten weiter, als Edwin geendet hatte, und das wortlose Knirschen und Knacken in ihren zahnlosen Mündern riß die Zuhörer aus Schlaf, Traum und abwegigem Denken.

Die Steine, die Steine, die sie geworfen hatte, das klirrende Glas, die fallenden Scherben erschreckten die Menge. Die Älteren fühlten sich an etwas erinnert; sie fühlten sich an eine andere Blindheit, an eine frühere Aktion, an andere Scherben erinnert. Mit Scherben hatte es damals begonnen, und mit Scherben hatte es geendet. Die Scherben, mit denen es endete, waren die Scherben ihrer eigenen Fenster gewesen. »Hört auf! Wir müssen es doch bezahlen«, sagten sie. »Wir müssen's doch immer bezahlen, wenn etwas kaputtgeht.« Christopher hatte sich vorgedrängt. Er wußte nicht recht, um was es ging, aber er hatte sich vorgedrängt. Er stellte sich auf einen Stein und rief: »Seid doch vernünftig, Leute!« Die Leute verstanden ihn nicht. Aber da er die Arme so schützend ausgebreitet hielt, lachten sie und sagten, es sei der heilige Christophorus. Auch Richard Kirsch war vorgelaufen. Sein Fräulein hatte gemahnt »kümmere dich nicht darum, misch dich nicht ein, es geht dich nichts an«, aber er war doch vorgelaufen. Er war bereit, mit

Christopher zusammen Amerika zu verteidigen, das schwarze Amerika, das hinter ihm lag, das dunkle Amerika, das sich hinter zerbrochenen Fenstern und wehenden roten Vorhängen versteckte. Die Musik hatte aufgehört zu spielen. Die Mädchen kreischten. Sie riefen um Hilfe, obwohl ihnen niemand etwas tat. Der Luftzug, der durch die zersplitterten Fenster drang, legte sich wie eine Lähmung auf die schwarzen Soldaten. Sie fürchteten nicht die Deutschen. Ihr Schicksal, das sie verfolgte, die lebenslängliche Verfolgung, die sie auch in Deutschland nicht freigab, verfinsterte und lähmte sie. Sie waren entschlossen, sich zu verteidigen. Sie waren entschlossen, sich auf dem Boden des Klubs zu verteidigen. Sie würden kämpfen, sie würden in ihrem Klub kämpfen, aber die Lähmung hinderte sie, sich in das Meer zu stürzen, in das Meer der weißen Menschen, in diese weiße See, die meilenweit um ihre kleine schwarze Insel brandete. Die Sirenenwagen der Polizei rückten an. Man hörte ihre gellenden Rufe. Man hörte Pfiffe, Geschrei und Gelächter. »Komm«, sagte Susanne. Sie kannte einen Ausweg. Sie nahm Odysseus an die Hand. Sie führte ihn durch einen dunklen Gang, an Mülltonnen vorbei über einen Hof und zu einer niedrigen eingestürzten Mauer. Susanne und Odysseus kletterten über die Mauer. Sie tasteten sich durch eine Ruine und erreichten eine verlassene Gasse. »Schnell!« sagte Susanne. Sie eilten die Gasse entlang. Das Geräusch ihrer Schritte wurde übertönt vom unaufhörlichen Heulen der Sirenen. Die Polizei drängte die Menge zurück. Ein Kordon der Militärpolizei stellte sich vor den Eingang des Klubs. Wer den Klub verlassen wollte, wurde kontrolliert. Christopher fühlte sich von einer kleinen Hand von seinem Stein gezerrt. Vor ihm stand Ezra. Sein Anzug war zerrissen, seine Hände und sein Gesicht waren verschrammt. Hinter Ezra stand ein fremder Junge; auch seine Kleider waren zerrissen, auch sein Gesicht und seine Hände waren verschrammt. Ezra und Heinz waren auf die Steine der einstürzenden Mauer gefallen. Sie hatten sich weh getan. In der ersten Angst hatten sie um Hilfe gerufen. Aber dann, als sie die Polizeisirenen hörten, hatten sie sich gegenseitig von den Steinen aufgeholfen und waren zusammen in die Bäckergasse geflohen. Von dort hatten sie den Platz wieder erreicht. Sie wollten nichts mehr voneinander. Sie vermieden es, sich anzusehen. Sie waren aus Märchen und Indianergeschichten erwacht und schämten sich. »Frag nicht«, sagte Ezra zu Christopher, »frag nicht, ich möchte nach Hause fahren. Es ist nichts. Ich bin hingefallen.« Christopher drängte durch die Menge zu seinem Wagen. Aus dem Klub kamen Washington und Carla. Sie gingen zu ihrem Auto. »Da ist er!« rief Frau Behrend. »Wer ist das?« riefen die kahlköpfigen Geschäftsmänner. Frau Behrend schwieg. Sollte sie ihre Schande hinausschreien? »Ist es der Taximörder?« fragte der eine Kahlkopf. Er leckte sich die Mundwinkel. »Da geht der Taximörder«, rief der zweite Kahlkopf. »Die Frau sagt, es ist der Taximörder. Sie kennt ihn!« Dem zweiten Kahlkopf stand der Schweiß im Gesicht. Eine neue Welle der Wut schäumte aus der Menge. Die zerbrochenen Fenster hatten sie ernüchtert, aber da sie menschliches Wild sahen, erwachten ihre Jagdinstinkte, die Verfolgungswut und das Tötungsgelüste der Meute. Pfiffe gellten, »der Mörder und seine Hure« wurde gerufen, und wieder flogen die Steine. Die Steine flogen gegen die horizontblaue Limousine. Sie trafen Carla und Washington, sie trafen Richard Kirsch, der hier Amerika verteidigte, das freie, brüderliche Amerika, indem er den Gefährdeten beistand, die ruchlos geworfenen Steine trafen Amerika und Europa, sie schändeten den oft berufenen europäischen Geist, sie verletzten die Menschheit, sie trafen den Traum von Paris, den Traum von Washington's Inn, den Traum *Niemand ist unerwünscht,* aber sie konnten den Traum nicht töten, der stärker als jeder Steinwurf ist, und sie trafen einen kleinen Jungen, der mit dem Schrei »Mutter« zum horizontblauen Wagen gelaufen war.

Der kleine Hund schmiegte sich dicht an Emilia an. Noch fürchtete er sich. Er fürchtete sich vor den anderen Hunden der Fuchsstraßenvilla, er fürchtete sich vor den Katzen und vor dem kreischenden Papagei, er fürchtete sich vor der kalten und toten Luft dieses Hauses. Aber die Tiere taten ihm nichts. Sie beruhigten sich. Sie hatten geknurrt, gejault, gekreischt, sie hatten ihn beschnuppert, und dann beruhigten sie sich. Sie wußte, der neue Hund würde bleiben. Er war ein neuer Gefährte, ein neuer Kollege, mochte er bleiben. Es war genug Essen für die Tiere in diesem Haus, wenn es auch für die Menschen nicht mehr reichte. Der Hund würde sich an die kalte und tote Luft gewöhnen, und Emilia war ihm ein Versprechen von Freundschaft und Wärme. Emilia aber fror. Sie hatte gehofft, daß Philipp in der Wohnung auf sie warten würde. Noch war sie Dr. Jekyll. Sie hatte noch nicht viel getrunken, sie wollte Dr. Jekyll bleiben. Dr. Jekyll wollte nett zu Philipp sein. Aber Philipp war nicht da. Er hatte sich ihr entzogen. Er hatte den lieben Dr. Jekyll nicht liebgehabt. Wie Emilia das Haus haßte, aus dem sie niemals für immer fortgehen würde! Das Haus war ein Grab, aber es dar das Grab der lebenden Emilia, und sie konnte es nicht verlassen. Wie haßte sie die Bilder, die Philipp aufgehängt hatte! Ein Kentaur mit einem nackten Weib auf dem Pferderücken, die Nachbildung eines pompejanischen Wandgemäldes, starrte sie mit höhnischem Lächeln an. In Wahrheit war das Gesicht des Kentauren ausdruckslos. Es war so ausdruckslos wie alle Gesichter auf den pompejanischen Bildern, aber Emilia schien es, daß der Kentaur sie verhöhnte. Hatte nicht auch Philipp sie entführt, nicht gerade auf einem Pferderücken, aber jung und nackt hatte er sie aus dem Glauben an den Besitz, aus dem schönen unschuldigen Glauben an das ewige Recht des Besitzes gerissen und sie in das Reich der Intellektualität, der Armut, des Zweifels und der Gewissensnot geführt. In einem dunklen Rahmen hing ein Stich des Piranesi, das Gemäuer des alten Aquäduktes in Rom, eine Mahnung an Untergang und Verfall. Nur Moder umgab Emilia,

Stücke der Kommerzienratserbschaft, tote Bücher, toter Geist, tote Kunst. Dieses Haus war nicht zu ertragen. Hatte sie nicht Freunde? Hatte sie nicht Freunde unter den Lebenden? Konnte sie nicht zu Messalina und Alexander gehen? Bei Messalina gab es Musik und Getränke, bei Messalina wurde getanzt, bei Messalina gab es Vergessen. ›Wenn ich jetzt gehe‹, sagte sie sich, ›werde ich als Mr. Hyde nach Hause kommen‹. ›Schön‹, sagte sie sich, ›Philipp ist nicht hier. Wenn er es anders wollte, wäre er hier. Soll ich hier auf ihn warten? Bin ich eine Witwe? Will ich wie ein Eremit leben? Und wenn Philipp hier wäre? Was wäre dann? Nichts wäre! Keine Musik, kein Tanz. Wir würden uns düster gegenübersitzen. Die Liebe bliebe uns noch, die erotische Verzweiflung. Warum soll ich nicht trinken, warum nicht Mr. Hyde sein?‹ Philipp führte Kay aus dem Saal. Er sah noch, wie Edwin sich verneigte, wie lange er sein Gesicht zu Boden senkte, schamvoll die Augen schloß, als wäre der Dank, der ihm nun zuteil wurde, der Beifall um den er geheim die Schauspieler und die Protagonisten der Zeit beneidet hatte, etwas Sichtbares und Gräßliches, aus reinem Mißverstehen entstanden, ein brutaler Niederschlag, der dem Nichtverstehen folgte, eine Befreiung der Zuhörer, die nichts von Edwins Worten begriffen hatten und die nun mit dem Beifallsklatschen ihrer Hände noch den zarten und zärtlichen, den schon durch den Lautsprecher vergröberten und, als er sie erreichte, schon gestorbenen, schon toten, ja zu Staub und Moder gewordenen Anhauch seines Geistes als lästige Spinnwebe von sich streiften: es war eine Beschämung, und weil sie als Hohn und Beschämung und Sieg der Rührigkeit, der bloßen Konvention, des unrühmlichen Ruhmbetriebes und des Ungeistes von ihm erfaßt wurde, schloß der Dichter schamvoll die Augen. Philipp verstand ihn. Er dachte ›mein unglücklicher Bruder, mein lieber Bruder, mein großer Bruder‹. Emilia hätte gesagt: »Und mein armer Bruder? Das verschweigst du.« – »Gewiß. Auch mein armer Bruder«, hätte Philipp erwidert, »aber das ist unbedeutend. Was du arm nennst, ist das Herz des Dichters, um das sich Glück, Liebe und Größe der dichterischen Existenz legen, wie Schnee um den Kern der Lawine. Ein kaltes Bild, Emilia, aber Edwin, sein Wort, sein Geist, seine Botschaft, die in diesem Saal ohne sichtbare Wirkung blieben und keine wahrnehmbare Erschütterung hinterließen, zählen zu den großen Lawinen, die ins Tal unserer Zeit rollen.« – »Und zerstören«, hätte Emilia hinzugesetzt, »und Kälte verbreiten.« Aber Emilia war ja nicht da, sie war wohl zu Hause und schuf aus Schnaps und Wein den fürchterlichen Mr. Hyde, der die Besitzzerstörung beweinte, der über die Zerstörung des Besitzes zum Süffel wurde und mit Zerstörung im kleinen, mit dem irren Toben des Betrunkenen gegen die große Zerstörung der Zeit kämpfte. Philipp führte Kay aus dem Saal. Sie entkamen den Lehrerinnen; sie entwischten Alexander und Messalina. Die kosmetisch gepflegten, gutangezogenen und vergleichsweise wohlsituierten amerikanischen Lehrerinnen standen arm wie verschüchterte deutsche Lehrerinnen im Vortragssaal. In ihre Merkbücher hatten sie tote Wörter geschrieben, eine Aufzählung toter Wörter, Grabzeichen des Geistes; Wörter, die sie nicht zum Leben, die sie zu keinem Sinn erwecken würden. Es erwartete sie eine Autobusheimfahrt ins Hotel, ein kalter Imbiß im Hotel, das Briefeschreiben nach Massachusetts wir-haben-eine-deutsche-Stadt-besichtigt, wir-haben-Edwin-gehört-es-war-wundervoll, es erwartete sie das Herbergsbett, und es war nicht viel anders als das Bett an anderen Orten der Reise.

Was blieb? Der Traum blieb. Und dann die Enttäuschung mit Kay; die Reizende, die Schamlose, sie war mit dem deutschen Dichter, von dem man nicht mal wußte, wer er war und wie er hieß, davongelaufen, und es war sehr zu überlegen, ob man nicht die Polizei verständigen sollte, aber Miß Burnett war dagegen, und sie schüchterte Miß Wescott mit dem Skandal ein, den es wohl gäbe, wenn die Militärpolizei mit ihren Sirenenwagen die kleine treulose Kay suchen müßte. Das Amerikahaus, ein Führerbau des Nationalsozialismus, lag hinter Philipp und Kay. Das Haus sah, aus seinen symmetrisch aneinandergereihten Fenstern in die Nacht leuchtend, wie gewisse Museen aus, wie ein kolossales Grabmal der Antike, wie ein Bürogebäude, in dem der Nachlaß der Antike verwaltet wird, der Geist, die Heldensagen, die Götter. Kay wollte Philipp nicht begleiten, aber etwas in ihr sträubte sich nicht, ihn doch zu begleiten, und dieses Etwas riß die Kay, die nicht mit Philipp gehen wollte, mit, so stark war es, und es war Sehnsucht nach Romantik, Sehnsucht nach dem Ungewöhnlichen, Sehnsucht nach Erfahrung, nach besonderem Erleben, nach Abenteuer, nach Alter, nach Degeneration und Untergang, nach Opfer, Hingabe und Iphigenienmythe, es war Trotz, es war Überdruß an der Reisegesellschaft, es war die Erregung der Fremde, die Eile der Jugend, es war Emilias Whisky, es war, daß sie der schwärmenden, hemmungsvollen Liebe der Damen Wescott und Burnett müde war. Kay dachte ›er wird mich in seine Wohnung führen, ich werde die Wohnung eines deutschen Dichters sehen, das wird Dr. Kaiser interessieren, vielleicht wird der deutsche Dichter mich in seiner Wohnung verführen, Edwin wollte mich nicht verführen, ich hätte mich natürlich lieber von Edwin verführen lassen, aber Edwins Vortrag war langweilig, wenn ich ehrlich sein soll, war er kalt und langweilig, ich werde die einzige von unserer Reisegesellschaft sein, die zu Hause erzählen kann wie es ist wenn einen ein deutscher Dichter verführt‹. Sie stützte sich auf Philipps Arm. Die Stadt war erfüllt vom Schrei der Polizeisirenen. Kay dachte ›es ist ein Dschungel, in dieser Stadt passieren sicher viele Verbrechen‹. Und Philipp dachte ›wo kann ich mit ihr hingehen? ich könnte in die Fuchsstraße gehen, aber Emilia ist vielleicht schon betrunken, sie ist Mr. Hyde, wenn sie Mr. Hyde ist kann sie keinen Gast empfangen, soll ich mit der Amerikanerin in das Hotel Zum Lamm gehen? das Hotel ist schäbig, es ist deprimierend, das hieße, das Lämmchen zum Lamm bringen, was will ich von ihr? will ich mit ihr schlafen? vielleicht könnte ich mit ihr schlafen, für sie ist es Reiseromantik, ich bin für sie so etwas wie ein ältlicher Strichjunge, das Gedicht über die Porta Nigra von George: fühle ich den Hochmut des alten Strichjungen? Kay ist reizend, aber ich bin gar nicht versessen darauf, ich will gar nicht sie, ich will das andere Land, ich will die Weite, ich will die Ferne, einen anderen Horizont, ich will die Jugend, das junge Land, ich will das Unbeschwerte, ich will die Zukunft und das Vergängliche, den Wind will ich, und da ich nichts anderes will, wäre das andere ein Verbrechen?‹ Nach ein paar Schritten dachte Philipp ›ich will das Verbrechen‹.

Sie lagen zusammen, weiße Haut, schwarze Haut, Odysseus Susanne Kirke die Sirenen und vielleicht Nausikaa, sie schlängelten sich, schwarze Haut weiße Haut, in einer Kammer, die sich windig auf ein paar Balken stützte und fast wie ein kleiner Balkon über der Tiefe schwebte, denn die Grundmauern des Hauses waren an dieser Seite fortgerissen, eine Bombe hatte sie zur Seite gerissen, und nie würden sie wieder errichtet werden. Die Wände der Kammer waren mit Schauspielerbildern beklebt, die meistbetrachteten, die repräsentativen Gesichter der Zeit blickten mit ihrer dummen Wohlgeformtheit, mit ihrer leeren Schönheit auf sie herab, die auf den Kissen lagen, schwarz und weiß, auf den Kissen, die wie Tiere, wie Teufel und langbeinige Vamps geformt waren, nackt weiß und schwarz, sie lagen wie auf einem Floß, im Taumel der Vermischung lagen sie wie auf einem Floß, nackt und schön und wild, sie lagen unschuldig auf einem Floß, das in die Unendlichkeit segelte.

»Eine Unendlichkeit! Aber eine Unendlichkeit zusammengefügt aus allerkleinsten Endlichkeiten, das ist die Welt. Unser Körper, unsere Gestalt, das, von dem wir denken, daß wir es sind, das sind nur lauter Pünktchen, kleine aller-aller-kleinste Pünktchen. Aber die Pünktchen, die haben es in sich: das sind Kraftstationen, allerallerkleinste Kraftstationen von allergrößter Kraft. Alles kann explodieren! Aber die Milliarden Kraftstationen sind für den kleinsten Augenblick, für unser Leben, wie Sand in diese Form geweht, die wir unser Ich nennen. Ich könnte Ihnen die Formel aufzeichnen.« Schnakenbach wankte im Halbschlaf, auf Behudes Arm gestützt, nach Hause. Sein armer Kopf sah wie ein gerupftes Vogelhaupt aus. ›Es ist blödsinnig‹, dachte Behude ›aber was kann ich ihm entgegnen? Es ist Blödsinn, aber vielleicht hat er recht, wir kennen uns weder im Kleinen noch im Großen aus, wir sind gar nicht mehr zu Hause in dieser Welt, die Schnakenbach mir in einer Formel deuten will, wußte Edwin eine Deutung? Er wußte keine, sein Vortrag ließ mich kalt, er führte auch nur in eine kalte finstere und ausweglose Gasse.‹

Edwin hatte sich aller Gesellschaft entzogen, wie ein alter Aal hatte er sich allen Einladungen entwunden, auch der Heimfahrt im Konsulatswagen war er entkommen; über die Treppen des Amerikahauses, die breiten Marmorstufen des Führerbaus, war er in die Nacht, in die Fremde und in das Abenteuer entwischt. Ein Dichter altert nicht. Sein Herz schlägt jung. Er war in die Gassen gegangen. Er ging ohne Plan, seiner Nase nach, seine große Nase führte ihn. Er fand die finsteren Gassen um den Bahnhof, die Anlagen um den Justizpalast, die Gassen der Altstadt, das Revier von Oscar Wildes goldenen Nattern. Edwin war in dieser Stunde Sokrates und Alkibiades. Er wäre gern Sokrates in Alkibiades' Leib gewesen, aber er war Alkibiades in Sokrates' Körper, wenn auch aufrecht und wohlgekleidet. Sie erwarteten ihn. Bene, Kare, Schorschi und Sepp erwarteten ihn. Sie hatten schon lange auf ihn gewartet. Sie sahen nicht Sokrates und Alkibiades. Sie sahen einen alten Freier, einen alten Deppen, eine alte wohlhabende Tante. Sie wußten nicht, daß sie schön waren. Sie ahnten nicht, daß es ein Verfallensein an die Schönheit gibt und daß der Liebhaber im Geliebten, im Körper eines rüden Burschen, den Abglanz des ewig Schönen, das Unsterbliche lieben kann, die Seele, wie Plato sie anbetete. Bene, Schorschi, Kare und Sepp hatten auch

Platen nicht gelesen wer-die-Schönheit-angeschaut-mit-Augen -ist-dem-Tode-schon-anheimgegeben. Sie sahen einen eleganten reichen Freier, ein komisches Geschäft, das ihnen nicht einmal ganz verständlich, das aber, wie sie aus Erfahrung wußten, mitunter einträglich war. Edwin sah ihre Gesichter. Er dachte ›sie sind stolz und schön‹. Er übersah nicht ihre Fäuste, ihre großen und grausamen Fäuste, aber hielt sich an ihre Gesichter, stolz und schön.

Es war ein Fest ohne Stolz und Schönheit. War es ein Fest? Was feierten sie? Feierten sie das Nichts? Sie sagten: »Wir feiern!« Aber sie ließen nur ihre trüben Sinne laufen. Sie tranken Champagner, und sie ließen die Trostlosigkeit leben, sie füllten die Lebensleere mit Geräuschen, sie jagten die Angst mit Mitternachtsmusik und schrillem Lachen. Es war ein scheußliches Fest. Es kam keine Stimmung auf; nicht einmal die Stimmung der Lust kam auf. Alexander schlief. Er schlief mit offenem Mund. Auch Alfredo schlief, ein spitzmäuliges, enttäuschtes, schlecht träumendes Kätzchen. Messalina tanzte mit Jack. Jack unterlag widerwillig in einem Freistilringen. Hänschen sprach mit Emilia von Geschäften. Er wollte wissen, ob der Besatzungsdollar eingezogen würde. Er wollte sich Bruchgold kaufen. Er wußte, daß Emilia etwas vom Handel verstand. Die kleine Rechenmaschine Hänschen-klein schnurrte. Emilia trank. Sie trank Champagner und scharfen brennenden Gin, sie trank hochprozentigen Kognak und schwere Pfälzer Spätlesen. Sie füllte sich voll. Sie trank alles durcheinander. Sie baute den Mr. Hyde auf. Sie baute ihn böse und systematisch auf. Sie trank, um Messalina zu schädigen. Sie tanzte mit niemand. Sie ließ sich von niemand berühren. Sie war ein keuscher Süffel. Sie füllte hinein, was hineinging. Was kümmerte sie die Gesellschaft. Sie war hergekommen, um zu trinken. Sie lebte für sich. Sie war die Kommerzienratserbin. Das war genug. Man hatte die Erbin bestohlen; die Menschen hatten das Erbe angetastet. Das genügte ihr. Das genügte ihr von den Menschen. Mehr brauchte sie über die Menschen nicht zu wissen. Wenn sie ausgetrunken hatte, würde sie gehen. Sie hatte genug getrunken. Die Orgie interessierte sie nicht. Sie ging. Sie ging heim zu ihren Tieren. Sie ging heim, um zu toben, heim, um anzuklagen. Der feige Philipp würde sich dem Mr. Hyde nicht stellen, er würde sich dem Toben entziehen, sie mußte gegen den Hauswart toben, sie mußte gegen die verschlossenen Türen schreien, gegen die Türen, hinter denen nur Berechnung und Kälte wohnten.

Er schloß die Tür des Zimmers, und er sah, daß sie fror. Das häßliche Einbettzimmer, der schäbige Raum mit den billigen Schleiflackmöbeln, diese geschmacklose Einrichtung aus der Fabrik, war das die poetische Behausung, das Heim des deutschen Dichters? Er sah sie an, ›sie denkt, es ist eine Absteige‹. Er durfte jetzt nicht versuchen, zärtlich zu sein; er mußte sie niederwerfen, wie ein Kalb im Hof des Schlächters; er mußte sie niederwerfen, ›damit sie was von der Absteige hat‹. Verdorrt. Erstarrt. Er fühlte sich alt und fühlte sein Herz erkalten. Er dachte ›ich will nicht böse werden: kein Herz aus Stein‹. Er öffnete das Fenster. Die Hotelluft war dumpf und säuerlich. Sie atmeten die Nacht ein. Sie standen am Fenster des Hotels Zum Lamm und atmeten die Nacht ein. Ihr Schatten sprang in die Straße. Es war der Schatten der Liebe, eine flüchtige, vorüberhuschende Erscheinung. Sie sahen das Leuchtschild des Ecartéklubs aufflammen und das Kleeblatt des Glücks sich entfalten. Sie hörten die Sirenenwagen der Polizei. Sie hörten einen Hilferuf. Eine schrille englische Stimme rief um Hilfe. Es war nur ein kurzer kleiner Schrei, und dann starb der Schrei. »Das war Edwins Stimmen«, sagte Kay. Philipp erwiderte nichts. Er dachte ›es war Edwin‹. Er dachte ›welche Sensation für das Neue Blatt‹. Selbst das Abendecho würde einen überfallenen Dichter von Weltruhm auf die erste Seite setzen. Philipp dachte ›ich bin ein schlechter Reporter‹. Er rührte sich nicht. Er dachte ›kann ich noch weinen? habe ich noch Tränen? würde ich weinen, wenn Edwin tot wäre?‹ Kay sagte: »Ich möchte gehen.« Sie dachte ›er ist arm, wie arm er ist, er geniert sich, weil er so arm ist, wie arm ist dieses Zimmer, er ist ein armer Deutscher‹. Sie hakte den Schmuck ab, das mondbleiche Geschmeide aus Perlen, Email und diamantenen Rosen, den alten Großmutterschmuck, den Emilia ihr geschenkt hatte. Sie legte Emilias Versuch, eine freie und absichtslose Tat zu tun, auf die Fensterbank. Philipp verstand die Geste. Er dachte ›sie hält mich für einen Hungrigen‹. Die kleine Kay sah das Kleeblatt, das aufflammende Neonlicht und dachte ›das ist sein Wald, sein Eichenhain, sein deutscher Wald, in dem er wandelt und dichtet‹.

Mitternacht schlägt es vom Turm. Es endet der Tag. Ein Kalenderblatt fällt. Man schreibt ein neues Datum. Die Redakteure gähnen. Die Druckformen der Morgenblätter werden geschlossen. Was am Tage geschehen, geredet, gelogen, erschlagen und vernichtet war, lag in Blei gegossen wie ein flacher Kuchen auf den Blechen der Metteure. Der Kuchen war außen hart, und innen war er glitschig. Die Zeit hatte den Kuchen gebacken. Die Zeitungsleute hatten das Unheil umbrochen, Unglück, Not und Verbrechen; sie hatten Geschrei und Lügen in die Spalten gepreßt. Die Schlagzeilen standen, die Ratlosigkeit der Staatenlenker, die Bestürzung der Gelehrten, die Angst der Menschheit, die Glaubenslosigkeit der Theologen, die Berichte von den Taten der Verzweifelten waren vervielfältigungsbereit, sie wurden in das Bad der Druckerschwärze getaucht. Die Rotationsmaschinen liefen. Ihre Walzen preßten auf das Band des weißen Papiers die Parolen des neuen Tages, die Fanale der Torheit, die Fragen der Furcht und die kategorischen Imperative der Einschüchterung. Noch wenige Stunden, und müde, arme Frauen werden die Schlagzeilen, die Parolen, die Fanale, die Furcht und die schwache Hoffnung ins Haus des Lesers tragen; verfrorene, mißmutige Händler werden den Morgenspruch der Auguren an die Wände ihrer Kioske hängen. Die

Nachrichten wärmen nicht. *Spannung, Konflikt, Verschärfung, Bedrohung.* Am Himmel summen die Flieger. Noch schweigen die Sirenen. Noch rostet ihr Blechmund. Die Luftschutzbunker wurden gesprengt; die Luftschutzbunker werden wiederhergerichtet. Der Tod treibt Manöverspiele. *Bedrohung, Verschärfung, Konflikt, Spannung.* Komm-du-nun-sanfter-Schlummer. Doch niemand entflieht seiner Welt. Der Traum ist schwer und unruhig. Deutschland lebt im Spannungsfeld, östliche Welt, westliche Welt, zerbrochene Welt, zwei Welthälften, einander feind und fremd, Deutschland lebt an der Nahtstelle, an der Bruchstelle, die Zeit ist kostbar, sie ist eine Spanne nur, eine karge Spanne, vertan, eine Sekunde zum Atemholen, Atempause auf einem verdammten Schlachtfeld.